[美] 约翰·汤森·费奇 著

沈 弘 译

中西文化桥梁
费启鸿夫妇

河南文艺出版社

·郑州·

图书在版编目(CIP)数据

中西文化桥梁费启鸿夫妇／(美)约翰·汤森·费奇著；
沈弘译. -- 郑州:河南文艺出版社,2024.11. ISBN 978-7-
5559-1437-2

Ⅰ.I712.55

中国国家版本馆 CIP 数据核字第 2024XC0540 号

选题策划	刘晨芳　王战省
责任编辑	王战省
书籍设计	张　萌
责任校对	赵红宙　王耀东
责任印制	陈少强

出版发行	河南文艺出版社
社　　址	郑州市郑东新区祥盛街 27 号 C 座 5 楼
承印单位	郑州市毛庄印刷有限公司
经销单位	新华书店
开　　本	700 毫米 × 1000 毫米　1/16
印　　张	20.5
字　　数	297 000
版　　次	2024 年 11 月第 1 版
印　　次	2024 年 11 月第 1 次印刷
定　　价	56.00 元

前言

　　这是一部有关我从未谋面的祖父母费启鸿夫妇的传记：我祖母于 1918 年去世，祖父逝世于 1923 年，而我却是在 1926 年出生的。然而他们却留下了极其丰富的档案素材——书信、报告、剪报——使我能够来写这部传记。这并非我所撰写本家族的第一本书。早在我刚退休的 1981 年，我就开始专心研究宗谱和家族史。其结果就是出版了《殖民地时期康涅狄格州费奇家族自 1400 年起的英国祖先们》等一系列丛书。紧接着我又撰写了 1635 年首个从英国移民来美洲新大陆的祖先詹姆斯·费奇牧师的一部传记，题为《荒野中的清教徒》。后来我又出版了关于他后代的三卷书，《后代们》，从他开始一直写到第十代，也就是我所在的这一代。再后来，我又往后退了三代，撰写了我曾祖父的传记，题为《受召唤去西方》，因为他当时是从美国的佛蒙特州移民去了俄亥俄州。这本书的题目原为《受召唤去东方》，是因为它描写了我的祖父母受上帝的召唤去中国传教和服务。

致谢

首先我得感谢我妻子玛丽，她不知疲倦地翻阅了成箱成捆祖先留下来的家庭信件。她仔细阅读了每一片纸，并在每一段也许会令人感兴趣的地方做上了标记。而且，她跟我弟弟罗伯特·费奇博士和我女儿玛格丽特·蒂特里奥特一起审读了本书稿的每一章，并且进行了纠错和评论。我孙女艾莎·蒂特里奥特设计了本书的封面。我也要感谢上海原费启鸿纪念教堂鸿德堂的牧师景健美把她从美国长老会海外传教使团董事会抄来的记录送给我分享，并且在描写"God"中文译法（神——上帝）的那一节中给予了我帮助。

最后，读者们将会在书中看到好几张西德尼·甘博在1917—1919年拍摄的照片，它们现藏于美国杜克大学戴维·M. 鲁本斯坦善本书与手稿图书馆。

约翰·汤森·费奇

2018年于马萨诸塞州坎布里奇

目　录

第一章 成为一名牧师

费启鸿（George Field Fitch）1845 年 6 月 28 日出生于俄亥俄州距离克利夫兰 18 英里的埃文镇。他是费里斯·费奇（Ferris Fitch）牧师与妻子萨莉·史密斯·费奇（Sally Smith Fitch）的第八个也是最小的孩子。他的教名"乔治"或许是随他伯伯乔治，即费里斯的哥哥之名。他的中间名"菲尔德"也许是为了纪念他父亲的一位名叫菲尔德的朋友。在乔治出生之前，他的父母已经生了两个女孩和五个男孩。其中，有两个男孩——亨利和查尔斯——夭折了，所以乔治有五个比他大的哥哥和姐姐：他们的名字分别为凯瑟琳、阿瑟·克拉克、詹姆斯·费里斯、哈丽雅特·格里斯沃尔德和约翰·格里斯沃尔德。费里斯是因为被任命为埃文镇教区的牧师而刚把全家从俄亥俄州的弗里蒙特东迁到当地的。1846年，费里斯因在去附近的布朗赫尔姆看望姐姐南希的过程中得病而去世。费里斯的去世给萨莉留下了刚一岁多的乔治和其他五个孩子，以及一份价值一百美元的家产。几乎一贫如洗的萨莉因此把全家搬回了弗里蒙特的老家。1852 年，她改嫁给了当地教堂的一位长老——塞缪尔·哈福特（Samuel Hafford）。

费启鸿的女儿爱丽丝·（费奇·）哈里森后来这样写道：

萨莉·史密斯·（格里斯沃尔德·）费奇

塞缪尔·哈福特

俄亥俄州鲍尔维尔的哈福特家，约 1877 年

奥克伍德陵园哈福特墓碑基座

  我父亲住在离弗里蒙特大约有三英里远的哈福特农庄里，并在去弗里蒙特半途中的鲍尔维尔小镇上念小学，接着又每天徒步去弗里蒙特上中学，每个礼拜天去那儿上教堂。教堂的牧师为一些成绩优秀的学生开设了一门希腊语课程。①

---

  ① 爱丽丝·（费奇·）哈里森：《关于詹姆斯·费奇等人的笔记》，没有注明日期的手稿。

乔治的继父要比他母亲大 14 岁，他于 1871 年去世。他母亲活到了 1892 年，以 88 岁的高龄逝世。她与塞缪尔·哈福特都埋葬在鲍尔维尔的奥克伍德陵园。

当时的"西储"地图

西储学院

1862 年，乔治进入了位于俄亥俄州克利夫兰东南面哈德逊的西储学院学习。"西储"或"火地"是康涅狄格州因英国人在美国独立战争时期烧掉了那么多的民居而要求作为补偿的一块俄亥俄州的土地。

申请进入西储学院的一年级新生必须通过英语语法、地理、算术、包含二级方程式的代数……拉丁语语法、拉丁语韵律学，以及 80 页厚的拉丁语散文作文、西塞罗的演说选段、希腊语语法等课程的入学考试。由于有教授希腊语资质的老师很少，考生可以选择考一门额外的数学卷子，以取代希腊语这门课的一部分分数。

考生还必须具备良好的道德品格。根据以往的经验，如果学生在入学之前准备不足的话，那他们将来就很难取得进步，因为很少有学生能够弥补预科知识的先天不足。①

在介绍学校情况的小册子中专门有一页是讲"入学费用"的。列举如下：

学费	30 美元
宿舍租用费	9 美元
杂费	7 美元
应急费	2 美元
每年共需	48 美元

膳食费必须预先缴纳，以防止食品涨价。目前在一个条件良好的家庭里，每人每周的膳食费在 3.5 美元至 4 美元之间。大部分学生俱乐部的膳食费是在每人每周 2.4 美元至 3.3 美元。

木柴的价格是 4 美元一捆；煤炭的价格是 5 美元一吨。学生们要自己准备家具、电灯，以及承担洗衣、买书和买文具用品的费用。教师们有权为那些立志将来要成为牧师，并已养成勤奋和节俭习惯的学生减免学费。②

1866 年 1 月 4 日，乔治花费 78 美分购买了一本里面已经画好线的笔记本，并开始记日记。在笔记本的扉页上，他写道：

---

① 《1865—1866 学年西储学院师生情况介绍》（俄亥俄州克利夫兰：费尔班克斯和贝内迪克特公司，1865 年），第 xi 页。

② 同上，第 xvi 页。

费启鸿日记的题词页

价格：78 美分

乔治·菲尔德·费奇的日记

西储学院，1866 年

购于 1866 年 1 月 4 日

他的大部分日记是以流水账的方式记录了他在西储学院的生活。例如，在 1866 年 1 月 12 日的日记中，他这样写道：

> 早上进城去了。丽贝卡·威尔逊小姐和我乘车到了距城里约两英里处，剩下的路程我们都是徒步走的。她试图千方百计地购买一个豪斯专利床底构架。① 愿望落空。觉得有点灰心，但并没有为此感到沮丧。天气很好，而且每年的这个季节路况也不错。

然而在 1 月 18 日的日记中他首次提到了玛丽·麦克莱伦这个名字，这位姑娘是他在弗里蒙特上中学时就认识的。

> 今天收到了吉姆（二哥詹姆斯）1 月 12 日发出的一封信。他希望我告诉他

---

① 一个连接和固定床架横板，使它们不至于日后松动的装置。这个专利是于 1857 年 5 月 12 日颁给俄亥俄州克利夫兰的 J. F. 基勒的。

哈福特农庄。图中人物分别是费启鸿的母亲萨莉、哥哥约翰及其家人：
妻子玛丽和两个孩子，范妮和罗林

是否仍然还爱着玛丽·麦克莱伦，这件事是我在以前的信中告诉他的。他说吉姆·格林想方设法向她求爱却没有成功，还有弗雷德·多尔愿以父亲的靴鞋店为代价来赢得她的芳心。要不是因为她的父亲，我本来也是会给她写信的。也许上帝为了我之前在圣日学校的愚蠢行为而要让我受一点儿苦。

不幸的是，我们并不知道是何种"愚蠢行为"——也许涉及玛丽——触怒了她的父亲。但言归正传，我们很快就可以从日记中发现乔治有很深的基督教情结。在1月21日礼拜天的日记中他这样写道：

又一个安息日过去了，又一个充满特权和祝福的日子。今天是举行圣餐仪式的礼拜天。满脑子想的都是宗教事务，但心里还是觉得有点不安。当我祈祷的时候，上帝并没有在我身边。今晚在市中心参加了祈祷会。这是一次非常令人回味的聚会。会场里挤满了人……如果这儿的青年学生们全都皈依了基督，并使得整个学院都充满了上帝的精神，那该多么好啊！教宗教的教授们目前在

费启鸿。辛辛那提长老会，1866 年

学院里只占一小部分。下午参加圣餐仪式的那些宗教教授也相对较少，而且我担心他们中间有些人并不信教，他们之所以参加只是出于职业的考虑。真的，现场我们所有的人都需要有一次觉醒。凌晨时分在市中心小教堂参加了圣餐仪式之外的学生祈祷会。

他以看上去似乎很轻松的口吻写下了这句话：

刚写完了对上次吉姆来信的回信。我知道他们都十分缺钱，所以我给他寄了一张邮票。

日记中偶尔也有一些空隙，即乔治在一两天内什么也没有写。然而在 3 月 7 日星期三，他这样写道：

上礼拜五中午背诵圣经时，我收到了一封电报，说跟我关系亲密的大姐凯特已于凌晨 1 点半去世。我给大哥发了一封急电之后，便搭乘 12 点半的火车离开了。第二天步行回到家里。看见了母亲和哈蒂 [哈丽雅特·格里斯沃尔德·

（费奇·）史密斯，现为唯一的姐姐] 和其他家人。凯特在礼拜天下葬，追悼仪式于上午 11 点开始。她被埋葬在新墓园里。家里人举行了祈祷仪式。上帝给予生命，但也会夺走生命。她未经挣扎便在耶稣的天国里安静地睡着了。她是在沃伦（沃伦·格雷夫斯·哈福特，她丈夫）的怀里逝去的，当时他正把她从椅子里抱到床上去。深深的忧伤降临到了沃伦身上。上帝赋予他力量来承受这一切。阿瑟和哈蒂在我到家之后也都回来了。礼拜二早上我来到城里，在照相馆里拍完照片后，去餐馆吃了饭。下午去麦克莱伦先生家里看望玛丽及其母亲。在那儿喝了下午茶。晚饭后跟玛丽一起去参加了祈祷会。……玛丽情况不错，还向我索要相片。她和我将互相交换各自的相片。

莱恩神学院

乔治 1866 年从西储学院毕业，接着便进入了辛辛那提的莱恩神学院。这所学校是专门为培养长老会牧师而创建的。1868 年 9 月 11 日，乔

俄亥俄州辛辛那提的莱恩神学院

治开始用一本新的日记本来记录他上课的笔记。最前面的 66 页记录的都是亨利·艾迪森·内尔森博士教的"神学"课。那个学期的课是在 1869 年 2 月 5 日上完第 29 堂课之后结束的。2 月 12 日，他便开始记录还是由内尔森博士教授的"牧师神学"课。这些笔记于 4 月 9 日在第 84 页处戛然而止。再往后这个本子就被玛丽用作她自己的日记本了。

授圣职

乔治是 1869 年从莱恩神学院毕业的，按理说能在辛辛那提长老会那儿查到有关他考试成绩和最终授予圣职的文字记载。然而我们却找不到这些记载，尽管其他毕业生的名字全都整整齐齐地记录在案。[1] 但是在弗里蒙特教堂的长老会执行委员会记录中却有一个条目指明，乔治是于 1869 年 8 月 12 日被授予圣职的。[2]

按照乔治女儿爱丽丝的说法，他的同学中包括了他朋友希伯·基恰姆和 R. E. 霍利。她引用了霍利于 1923 年写给她的信，信中这样说道：

> 是的，希伯·基恰姆牧师与你父亲是非常要好的朋友。他们在许多方面很相似。他俩都充满了基督精神，是彻头彻尾的圣人。他俩都是动听的歌手和一丝不苟的学生。你父亲和基恰姆兄弟都在莱恩神学院唱诗班唱歌。毕业后他在离辛辛那提不远的巴达维亚当了大约一年的教堂牧师。[3]

---

[1] 《辛辛那提长老会记录，1868—1873》现在收藏在位于伊登公园内的辛辛那提历史学会。
[2] 《长老会执行委员会记录，1849—1901》，下桑达斯基第一长老会教堂。
[3] 哈里森，如前所引。

俄亥俄州第一长老会教堂

在巴达维亚的任何长老会会议记录中都找不到关于乔治的信息。记录中提及早在 1867 年那儿就有"两个长老会最高宗教裁决会议",并提到了一个重组委员会(暗示乔治和巴达维亚有可能隶属于那另一个被兼并的"长老会最高宗教裁决会议")。这也许是因为早在 1837 年,长老会教会中保守的"老派"和发起奋进运动的"新派"间曾经有过一次分裂。而且这两派本身在美国内战时期又因为黑奴问题发生进一步的分裂。然而到了 1869 年,这两派又重新联合了起来。1868—1873 年度长老会记录的第 83 页是一个新的插页,上面的题目是"改组过的辛辛那提长老会记录"。①

希伯·基恰姆其实是在乔治之前担任巴达维亚牧师的,但没过多久

---

① 《辛辛那提长老会记录,1868—1873》,如前所引,第 83 页。

他就应召去俄亥俄州的新里士满当牧师了。

然而乔治担任牧师的任期是1869—1872，尽管他在1870年就离开了。教堂记录中首次提及乔治是在1869年4月10日。那一天的会议报告在出席教堂会议人员名单中提及了"乔治·F. 费奇牧师"。他跟其他两位长老安德鲁·阿普尔盖特和乔治·斯温一起审查并接受了几位新成员加入教会。[1]

虽然这似乎是首次，而且是很随意地提到了这位新牧师，但在这之前还有一条早许多的有趣信息。1866年5月3日，即在三年之前，哈丽雅特·费奇夫人被接受成为教会新成员。这个哈丽雅特几乎肯定是乔治大哥阿瑟的妻子，因为在后面另一个条目中，她的名字被写成"哈丽雅特·W. 费奇"，这正好对上了她结婚之前的原名"伍德"（"Wood"）。人们不禁会推测，她位于哈德逊的家族也许对乔治到这一特定教堂做牧师起过某些作用。

乔治用自己的笔迹写在会议记录中的首个条目是在1869年7月18日，那上面还有他的签名。他这样写道：

1869年7月18日安息日

上帝晚餐的圣餐仪式今天由L. 福特牧师主持，而上一次会议中被接受为本教会成员的那个人全程参加了本教堂的圣餐仪式。

G. F. 费奇[2]

到了10月9日，乔治一定是成了教堂牧师，因为他在记录中的签名称呼成了"主持人"，而且第二天还主持了上帝的晚餐这一圣餐仪式。

---

[1] 《俄亥俄州巴达维亚第一长老会教堂的长老会议报告》，第40页。
[2] 同上。

到了下一个月，即 1869 年 11 月 18 日，乔治在伊利诺伊州的万达利亚与小时候的同学玛丽·麦克莱伦举行了婚礼。

第二章　麦克莱伦家族

　　玛丽·麦克莱伦1848年4月6日出生于马萨诸塞州西北角的北亚当斯。她父亲名叫罗伯特·威廉·博尔顿·麦克莱伦，她母亲名叫贝琳达·（艾略特·）麦克莱伦。我们可以把麦克莱伦家族的历史上溯到丹尼尔·麦克莱伦牧师，据说他于1737年左右出生在宾夕法尼亚州。这是我们可以追溯到的最早日期。下面这篇文字可以解释我们这么做的理由。

　　在美国凡是姓麦克莱伦（McClellan, McLellan, Maclellan, McClelland）的家族毫无疑问最初全都来自苏格兰的西南部地区。在1646年的一场宗教战争中，许多姓这个姓氏的家族从苏格兰迁移到了爱尔兰。这个姓氏既不是爱尔兰的，也不是英格兰的。而完成这个迁移的时代也许当时在爱尔兰被称作"阿尔斯特殖民定居"。这些定居点主要位于爱尔兰北部的贝尔法斯特和邓甘嫩。1760—1770年，有众多的家庭从苏格兰和爱尔兰移民到了美洲，在新斯科舍、新英格兰、纽约、宾夕法尼亚、北卡罗来纳和南卡罗来纳等地定居下来，而这个姓氏就是从这些地方广泛地传到了南方和西方。宾夕法尼亚州切斯特县麦克莱伦家族的直接祖先就是爱尔兰班纳家臣的"领主"麦克莱伦，后者因其在那次宗教战争中所扮演的角色而于1685年被流放到了美洲。[1]

---

[1] 约翰·W. 乔丹：《宾夕法尼亚州殖民地时期和美国革命时期的家族》（纽约：路易斯出版公司，1911年），第3卷，第1541页。

丹尼尔·麦克莱伦

　　丹尼尔·麦克莱伦从宾夕法尼亚州迁移到了马萨诸塞州北部离佛蒙特州边界很近的科尔赖恩。这个村庄最初被称作波士顿第二城区，但后来由那些曾经在爱尔兰北方居住过的苏格兰殖民者改名为科尔赖恩（Coleraine > Colrain）。

　　科尔赖恩的一份教会出版物这样描述丹尼尔：

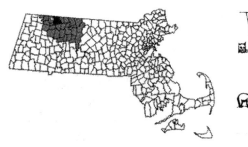
马萨诸塞州富兰克林县的科尔赖恩

科尔赖恩地图①

　　他是在苏格兰爱丁堡和爱尔兰受的教育，在爱尔兰被归正会，即"盟约派"，授予圣职，并且是在1766年来到美国的。他在盟约派教堂中当了两年的牧师，后因主张纽约和费城长老会对他的教堂具有管辖权而被免职。【特拉华

---

① 洛伊丝·麦克莱伦·帕特里：《马萨诸塞州科尔赖恩的历史及其早期家族的族谱》，科尔赖恩：格里斯沃尔德图书馆，1974年。

"科尔赖恩西部景观",美国学校

州】纽卡斯尔县长老会【隶属于费城长老会】于 1768 年审查并接纳了他。①

1768 年 1 月 4 日，科尔赖恩镇的民众投票：

——以派遣一个人去费城迎接丹尼尔·麦克莱伦牧师，"可能的话，来这儿布道和定居；或者请一位由那儿长老会推荐的其他牧师也行"。小詹姆斯·斯图尔特受命前往，并被允许报销九英镑的费用。②

1768 年 10 月 20 日，长老会第 49 次会议在距离特拉华州威尔明顿西北约 28 英里处的宾夕法尼亚州"上奥克托拉拉"举行。会议记录这样写道：

丹尼尔·麦克莱伦牧师先生，前爱尔兰归正派长老会成员，参加了这次会议，并为他在苏格兰获得归正会的执业证书和在爱尔兰被归正会授圣职等事宜

① 卡尔顿·C. 约翰逊：《古老的房子》（马萨诸塞州科尔赖恩：科尔赖恩长老会成立 200 周年出版物，1950 年），第 12 页。
② 查尔斯·H. 麦克莱伦：《马萨诸塞州科尔赖恩的早期定居者》，第 51、53 页。

提供了证词。他被爱尔兰归正会推荐给了宾夕法尼亚州以"盟约派"而著称的归正会，并为后者当了两年的牧师。但后因在两个问题上的看法而引祸上身，即认为教堂应服从民事政府的管辖，以及认为"盟约派"从长老会分裂出去的理由不充分。上述归正会对麦克莱伦先生提出了抗议，并将他扫地出门，关于这一点我们有足够的证据。这位麦克莱伦先生表示，他充分尊重长老会的宪章，并希望加入长老会，尤其是请求作为本长老会的成员。本长老会对于他的保证进行了考虑，向他提出了各种各样的问题，并对他的回答感到满意，于是便以足够的多数接受了他的请求，使他成为本长老会的成员。

从新英格兰北部的科尔赖恩传来消息，那儿的民众写信请求本长老会把丹尼尔·麦克莱伦先生派到科尔赖恩去当牧师。本长老会将这一请求传达给了麦克莱伦先生，他接受了这一请求，于是本长老会便顺应民意，把丹尼尔·麦克莱伦先生派往了上述科尔赖恩教区。①

然而第二年春天，麦克莱伦先生并没有出现在科尔赖恩。于是约翰·博尔顿便怀揣 15 英镑，于 1769 年 3 月前往宾夕法尼亚州。他获得授权，向牧师提供 100 英镑的安家费，从其定居那天起三年内付清，另有 53 英镑 6 先令 8 便士的法定年俸，从第三年开始每年增加 1 英镑 6 先令 8 便士，直至达到 66 英镑 13 先令 4 便士的上限为止。

传说，在麦克莱伦先生收到请他去科尔赖恩当牧师的请求时，他已经收到了另一个邀请。由于他难以取舍，便试图发现上帝的旨意：他竖起一根木头，看它往哪边倒。无论木头倒向哪一方向，他便往那个方向走。这根木头当然是倒向科尔赖恩的。

麦克莱伦考虑再三之后，接受了去科尔赖恩当牧师的请求。于是他便带着妻子和三个黑人奴仆随博尔顿来到了科尔赖恩。从纽约州的特洛伊开始，因没有了适合于通车的路，他们不得不骑马走，而且他们走过的大部分路程是荒野。②

---

① 《宾夕法尼亚州长老会奥克托拉拉会议记录》，1768 年 10 月 20 日，第 184 页。
② 同上。

麦克莱伦先生被描述为一个很有才能的人，他勤奋好学，是一位受尊敬的神职人员，还有一点与众不同的是，他懂希伯来语。

丹尼尔也许是在宾夕法尼亚州娶了玛格丽特·麦凯为妻。他们有一个儿子出生在那儿，名叫小丹尼尔。在到达科尔赖恩之后的第四个月，第二个儿子又于 1769 年 10 月 1 日出生，名为罗伯特·劳森·麦克莱伦。[①]

丹尼尔牧师在那儿仅服务了四年，于 1773 年 4 月 20 日去世，享年仅 36 岁。他被埋葬在科尔赖恩的钱德勒山墓园。他的墓碑似乎已经破损，上面部分的碎片是用金属夹板跟下面部分固定在一起的。其结果就是，墓碑上的部分铭文缺失，但是人们还是能够辨认出以下这些文字：

纪念丹尼尔·麦克莱伦先生，忠实和深受爱戴的科尔赖恩基督教堂牧师。他于 1773 年 4 月 20 日辞世，年仅 36 岁。死在基督怀里的逝者有福了，他们将不再劳碌，永享清闲……

洛伊丝·麦克莱伦·帕特里在其所著的科尔赖恩地方史中写道：

蓄奴在新英格兰从来就没有流行过，尽管在一些位于乡村的小社区中，有些家庭很早就拥有黑奴。在大多数情况下，这些黑奴都是操持家务的仆人。在科尔赖恩，我们知道丹尼尔·麦克莱伦牧师从宾夕法尼亚州来到这儿时随身带来了三个这样的仆人。当他去世之后，他的遗孀再婚时，这些仆人就加入了她第二任丈夫福布斯医生的家庭，后来福布斯医生解除了这些仆人的奴隶身份。[②]

---

① 约翰逊，如前所引，第 12 页。
② 帕特里，如前所引，第 138 页。

马萨诸塞州科尔赖恩钱德勒山墓园中的丹尼尔·麦克莱伦牧师墓碑

玛格丽特于 1818 年 8 月 5 日在科尔赖恩去世，享年 75 岁。

罗伯特·劳森·麦克莱伦

罗伯特·劳森·麦克莱伦是 1769 年 10 月 1 日在科尔赖恩出生的。他娶了 1771 年在科尔赖恩出生的蕾切尔·博尔顿，后者是约翰·博尔顿与玛莎·（麦吉·）博尔顿的女儿。他俩有七个孩子：艾米莉、简、米洛、丹尼尔、索芙洛尼娅、卡罗琳，以及一个后面我们将要谈到的罗伯特·威廉·博尔顿·麦克莱伦。

帕特里女士解释道："科尔赖恩村，或称后来人们所说的'镇'，发展成了一个贸易中心。"这一区域位于第 14 页科尔赖恩地图靠近中部的北河东段。在"镇"这个词的旁边，有一个教堂的象征。1802 年，罗伯特·麦克莱伦在科尔赖恩开办了一个酒馆和一个杂货店。帕特里女士说他"在地方事务中扮演了重要的角色——一个活跃的共济会会员和大地主"。1818年，罗伯特是一位令人敬仰的山区共济会支部首领。

> 1828年，发生在纽约的一个事件使得公众对共济会产生了强烈的反感，一个名叫摩根的人一段时间以来一直威胁要揭露共济会的秘密，结果他受到了暗算，被人从尼亚加拉瀑布上扔了下去。结果是科尔赖恩的共济会成员数量骤减，尽管会议仍继续在开，直到1832年，共济会山区支部才交出了它的宪章。①

那时，罗伯特已经从科尔赖恩搬迁到了马萨诸塞州的查尔斯蒙特。他大约在1819年关闭了酒馆。这也许是因为当年这儿遭受了一次洪灾，使得当地民众纷纷离开了科尔赖恩。"罗伯特·L.麦克莱伦和塞缪尔·佩克在科尔赖恩村与威利斯场之间创办了一所造纸厂。然而由于它不断地亏本经营，所以很快就倒闭了。"②

在查尔斯蒙特之后，罗伯特及其家人又搬迁到了马萨诸塞州西北角的北亚当斯。他与詹姆斯·亨特、霍克斯医生和一个马吉家族成员合伙创办了一个专门生产方格布的格雷罗克工厂。③

> 格雷罗克村位于北亚当斯西面1.75英里处，离通往威廉姆斯镇那条路很近。1846年，麦克莱伦和亨特公司花费1000美元购买了执事戴维殿堂、水力装置和十英亩的地。然后又花费12,000美元搭建起了一个木结构的车间，在车间内设置了制造棉布的机器，以及建造了两座工人住的宿舍。工厂的产品是一码宽的方格布。1848年，工厂的合伙人把整座工厂都卖给了安塞尔·B.卡因，但

---

① 同上，第177页。
② 同上，第121页。
③ 汉密尔顿·恰尔德：《马萨诸塞州伯克郡县地方志，1725—1885》（纽约州锡拉丘兹，1866年），第260页。

马萨诸塞州伯克郡的北亚当斯

后者未能及时付款，所以这座工厂的所有权又回到了原来的合伙人手中。1851年11月1日，詹姆斯·亨特将其股份卖给了合伙人麦克莱伦先生、马吉先生和霍克斯先生。他们又将工厂的一半股份卖给了梅森·B. 格林，后者仅持股了六个月。1851年，整座工厂全都卖给了皮特和斯诺这两位先生。后者很快就退休了，但前者一直把工厂的生意维持到了1856年，但他最终还是资不抵债。1857年，R. R. 安德鲁从受让人手中买下了整个工厂。[1]

罗伯特于1844年10月28日去世；他的妻子蕾切尔死于1847年12月14日。

罗伯特·威廉·博尔顿·麦克莱伦

罗伯特1815年7月27日出生于北亚当斯。1839年8月27日，他娶

---

[1] 《马萨诸塞州伯克郡县志及当地名人小传》（纽约：J. B. 比尔斯出版公司，1885年），第1卷，第533页。

Plows ! Plows !!
THE celebrated Worcester Plows,
made by Ruggles Nourse & Mason,
are for sale by the subscribers. They would
respectfully invite the attention of Farmers
in this vicinity to these Plows which are
being used with great satisfaction through-
out the New England States, New York,
&c. McLELLAN & NAGE.
Please read the following from one of
our well known Farmers.
From personal observation and use (of
one) of the above Plows, I can cordially
recommend them to the Farmers in the vi-
cinity. Their construction is such in my
opinion as to cut, raise, and turn the furrow
creating very little friction, and requiring
the least power of draft of any Plow with
which I am acquainted. I consider the
roller attached a great improvement—far
superior to all others that I have ever used
or seen.
SAMUEL BROWNING, Jr.
North Adams, March 15, 1844.

Weekly Transcript, North Adams, MA

马萨诸塞州北亚当斯的杂志《每周抄本》

了贝琳达·艾略特为妻，后者于 1816 年 4 月 6 日出生在佛蒙特州，是塞缪尔·艾略特和琳达·（海斯·）艾略特的女儿。琳达是拉瑟福德·B. 海斯总统的表妹。罗伯特与贝琳达有三个女儿：简（昵称珍妮）、索菲亚（夭折）和玛丽，后者是在 1848 年 4 月 6 日，即她母亲的生日那天出生的。

到了 1843 年，罗伯特已经跟 A. 马吉合伙办了一家公司，称作"麦克莱伦与马吉公司"。他们定期在北亚当斯的杂志《每周抄本》上登广告。在那个杂志的广告里我们一眼就发现罗伯特把家族名的拼写法给改掉了，即从原来的"McClallen"改为了更加常见的"McLellan"。一个典型的广告如下：

家庭用品系列：

棕色的床单和衬衫，厚重细腻；宽幅粗斜纹布；漂白的床单、衬衫和粗斜纹布；牛仔布、墨西哥混合织品；汉密尔顿格子花呢、围裙，等等。所有的商品全都廉价处理。

麦克莱伦与马吉公司

然而其他的广告，就像上述广告一样，表明有一系列不同的商品可供销售。

　　犁！犁！

　　由拉格尔斯·诺斯与梅森公司生产的名牌伍斯特犁可折价卖给订户。公司恭请周边的农民关注本公司所生产的这些犁，新英格兰各州和纽约州等地凡是用过这些犁的农民均对它们感到十分满意。

麦克莱伦与马吉公司

　　请阅读一位著名农场主所写的下列文字：

　　从我个人对于上面这些犁的观察和使用情况来说，我可以诚挚地把它们推荐给这周边的农民们。我认为它们的结构精良，能够轻松自如地切入、提升和

Fremont, Sandusky Co., Ohio

俄亥俄州桑达斯基县的弗里蒙特

罗伯特·威廉·博尔顿·麦克莱伦

翻转犁沟的土，几乎不会造成任何摩擦力，在我所熟悉的那些犁当中，它们拉起来也算是最省力的。我认为与犁相连接的滚轴大大改进了它的性能——比我以前用过或看到过的那些犁都要优越许多。

小塞缪尔·布朗宁

北亚当斯，1844 年 3 月 13 日

在不久之后的 1844 年 5 月 16 日，他们又登了一个广告，推荐"用 20 磅红色铁桶家庭装的精制猪油"。罗伯特及其合伙人继续这种广告生意，至少是做到了 1847 年 7 月。

罗伯特的女儿玛丽在日记中这样写道：

> 1852 年，我父亲在一位朋友的便条上签了字，后因那位朋友的生意破产，我父亲所有的财产都血本无归。他卖掉了自己的店铺和工厂，并还清了债务。

贝琳达的继父约翰·拉瑟福德·皮斯（1877—1881 年美国总统拉瑟福德·B. 海斯的表弟）之前已经搬迁到了俄亥俄州的弗里蒙特。1849

年，当地居民已经将下桑达斯基这个旧地名改成了弗里蒙特，以纪念约翰·C. 弗里蒙特。1873 年，后来成为美国总统的拉瑟福德·B. 海斯也搬到了弗里蒙特，入住了当地一个名叫施皮格尔树林的民居。

玛丽在日记中继续写道：

【约翰】对我母亲的强烈爱慕使他对我父亲提出了一个商业报价，后者致使我们最终搬迁到了弗里蒙特。我无法想象这对于我母亲意味着什么。她对于早先一段婚姻生活中的金钱和社会地位相比较而言并不是那么在意。实际上在许多年之后，即父亲几次试图创业失败之后，母亲这样告诉我，"上帝过于溺爱你的父亲，所以不允许他保持富有"。

1853 年，罗伯特与其他人创办了弗里蒙特与印第安纳铁路公司，以便建造一条朝西南方向通往印第安纳州边界的铁路。这家公司的总裁名叫 L. Q. 罗森；罗伯特担任财务主管。公司从 1853 年 9 月开始经营，1861 年 4 月，这条铁路终于开通。四年之后，这条铁路被伊利湖和太平洋铁路公司所兼并，改名为伊利湖和路易丝维尔铁路公司。①

罗伯特也许是在 1853 年被选为长老会教会长老的。1854 年 10 月 5 日的会议记录显示，罗伯特·麦克莱伦（玛丽的父亲）和塞缪尔·哈福德（乔治的继父）名列于年俸 600 美元的牧师名单之中。乔治的父亲，费里斯·费奇牧师 1839—1844 年也曾担任过这同一个教堂的牧师。乔治和玛丽现在已经在同一所弗里蒙特中学上课，在 1861 学年中，这所学校的学生们曾经在长老会教堂的会议室里上过课。他们这一年级总共有 67 名学生，其中包括 21 名男生和 46 名女生，教师名叫 J. 伯根纳。②

---

① 《1869 年桑达斯基县地方志与名册》（俄亥俄州桑达斯基：A. 贝利出版社，1869 年。）
② 《1861—1862 学年弗里蒙特中学学生名单，教师 J. 伯根纳》，没有注明日期的打字稿。

到了 1858 年 11 月，罗伯特以保险公司代理的身份为自己登广告：

你买保险了吗？一笔微薄的保险费经常可以节省数百，甚至数千美元。

R. W. B. 麦克莱伦

火险和人寿保险代理和公证人

办公室位于伯查德街区

这个广告出现在洛巴克医生的血丸广告与艾尔的泻药广告之间。[①]

玛丽的女儿爱丽丝·（费奇·）哈里森这样描述了在弗里蒙特的生活：

在学校和教堂生活中，麦克莱伦家的女儿们与费里斯·费奇牧师的儿子们相遇了，他们都对同样的事情感兴趣。当桑达斯基河结冰时，在河上滑冰是一种颇受欢迎的冬季运动。听我母亲说，当时的年轻人经常结伴在河上连续滑冰数小时。她为牧师教授的拉丁语班和古希腊语班不接受女学生而感到遗憾，也许这是因为牧师认为这两种语言在女孩子们以后的生活中不太用得着。

然而，玛丽还是通过就读于俄亥俄州佩恩斯维尔的伊利湖女子神学院来继续完成对自身的教育，费里斯·费奇 1834—1836 年就是在这个村子里当牧师。这个学校现已改名为伊利湖学院，它是在 1859 年首次开设课程的，最初招有 137 名学生。在它成立之初的那些年里，伊利湖女子神学院就给毕业生颁发神学文凭。

---

① 《桑达斯基民主党人》，1858 年 11 月 19 日，第 3 版。

伊利湖女子神学院

　　伊利湖女子神学院是按照曼荷莲（Mount Holyoke）女子学院的模式创办的，有很多校规如今看来过于严格，然而玛丽却非常享受那儿的学校生活，并且以同届第一名的成绩毕业。我记得她曾经说过，在毕业前的演讲比赛中，每一个毕业生都要念一篇自己写的文章。这些文章会发给每个同学，玛丽不得不念一篇她认为是枯燥无用的文章！她于1867年从女子神学院毕业，之后头几年她在家帮助母亲操持家务，并在一个私立学校授课。接着她就去密歇根州的卡拉马祖神学院执教了。[①]

　　然而，1869年4月1日的弗里蒙特《长老会教堂会议记录》中这样写道：

　　　　长老麦克莱伦提出了一项请求，即恭请教堂同意他与妻子转会到伊利诺伊州万达利亚的长老会去。大家表决同意了这项请求，并将下列决议写入了会议

---

　　① 爱丽丝·费奇·哈里森，如前所引，"玛丽·麦克莱伦·费奇，1848—1918年"，第2页。

记录。决议复件跟解职信附在一起。决议文本如下：

决议——我们非常遗憾地断绝与麦克莱伦兄弟之间的联系，他曾经是本教会的成员和两位长老之一。我们曾经作为上帝葡萄园中的仆人跟他并肩工作许多年，无论工作多么卑贱。在过去这些年当中，我们跟他一起分担过许多焦虑和牵挂，也一起分享过许多希望和喜悦。这些都是我们共同经历的，所以在此分别的时刻，我们对于这位兄弟的记忆足以使我们感到悲伤，因为将来我们再也不能像过去那样跟他在一起工作了。[①]

弗里蒙特的当地报纸也为麦克莱伦的离去发了以下的简短报道：

即将离去——在过去十年中一直担任伊利湖和路易丝维尔铁路公司秘书和财务主管的 R. W. B. 麦克莱伦先生即将搬迁至伊利诺伊州的万达利亚。他即将于 1869 年 4 月 1 日离开本城。麦克莱伦先生一直是本地最好的一个公民，并且受到大家的尊敬。我们所有人都对他的搬走而感到遗憾，而他将把所有人的祝福带到他的新居。

麦克莱伦一家移居万达利亚的原因也许是他们的女儿珍妮嫁给了詹姆斯·费奇，并且定居在万达利亚。无论如何，这篇报道解释了乔治·菲尔德·费奇（费启鸿）和玛丽·麦克莱伦为何是在这个城市里结婚的。

---

① 《长老会教堂会议记录》，E. 布什内尔牧师，第122页。

玛丽·麦克莱伦在佩恩斯维尔　　　　伊利诺伊州的万达利亚

后记

　　贝琳达·（艾略特·）麦克莱伦 1873 年 8 月 31 日在加利福尼亚州的雷德伍德城去世。罗伯特·威廉·博尔顿·麦克莱伦也于 1890 年 12 月 23 日在加州逝世。他俩都被埋葬在加州圣马特奥县雷德伍德城的协和墓园。

第三章　远赴中国

　　乔治和玛丽于 1869 年 11 月 18 日在玛丽父母和乔治的二哥詹姆斯及其妻子居住的伊利诺伊州费耶特县万达利亚城举行了婚礼。詹姆斯·费里斯·费奇与珍妮·麦克莱伦，即玛丽的姐姐，是在 1862 年 6 月 17 日结婚的。詹姆斯作为商人在万达利亚定居了下来。

　　在婚礼之前，一家报纸登载了关于一场婚前演奏会的报道：

　　　　音乐会——星期三晚上，在长老会教堂有一场精彩的演出。约翰·格里斯沃尔德·费奇①和乔治·费奇先生，以及玛丽·麦克莱伦小姐等歌唱者都表现不俗，前来观看演出的众多听众都为他们的表演感到欣喜若狂。我们曾有幸参加过好几个不错的家庭音乐会，但没有一个能超过昨晚音乐会的水平。昨晚音乐会的节目表很好——显示出组织者在选择曲目上很有品位，无论歌词还是乐曲都与结婚的情景十分契合。上述两位费奇先生和他们漂亮的助手们值得称赞，因为他们为听众们提供了一场难得的享受，同时还为慈善事业募集了资金。我们还可以为拥有如此才华横溢的一个乐队而感到骄傲。既然开了这么一个好头，就让这家庭音乐会继续开下去——请把它办成一个系列音乐会。我们相信所有参加昨晚音乐会的听众都会支持这个提议，因此我们宣布这一提议已经生效。

---

　　① 詹姆斯的弟弟，乔治的哥哥，他后半辈子一直住在弗里蒙特。

音乐最赏心悦目，是一种最天真无邪的娱乐，所以请给我们更多的音乐。昨晚的歌唱者有很好的嗓音，而且是有高超艺术技巧控制的嗓音。当一切都那么完美的时候，我们很难去强调具体的某一部分，而且完全没有必要这么做。然而我们可以提一下四重唱《天国的吾主》、男声独唱《当粮食已运入粮仓》、男女混声合唱、合唱《玛吉，当你我年轻的时候》、滑稽三人组唱《矮婆娘、高婆娘、没婆娘》《铁路大合唱》，以及双人合唱《我在梦幻中徘徊》。上述这些曲目都是上述三位歌者唱过的。

有好几首歌曲赢得了听众的热烈掌声，并且的确唱得荡气回肠，实至名归。说真的，我们注意到有好几首歌虽然唱得非常到位，但却没有获得应有的掌声，似乎听众有点害怕表达他们的欣喜，这是以通常的方式显而易见的。然而音乐会从一开始就很酷，深受欢迎，并且从第一个音节直至最高潮处的叠句"天国吾主"，都在不断地升温。当听众们离开教堂的时候，他们的脸上都带着笑容，心中都回荡着音乐的灵感，而且都在表达同一个意见——好极了。

乔治把新娘带回了巴达维亚，在那儿他和玛丽成了当地一家报纸读者来信的话题。

【寄给《克莱蒙特太阳报》的一封信】

聚会

《太阳报》编者：请允许我借贵报一角来描述一下我们村很久以来一场最精致和最令人欢欣鼓舞的娱乐聚会。这次聚会是由 J. M. 尼利夫妇在上礼拜五夜里组织的，目的是欢迎几天前刚携新娘，从伊利诺伊州的万达利亚回来的长老会教堂牧师 G. F. 费奇的。

接受邀请之后，我们在晚上 8 点半左右来到了聚会的那所房子里，发现很多人已经聚集在那儿。从连续不停的交谈和一阵阵爽朗的笑声来判断，似乎每

费启鸿夫妇, 1870 年

一个人都自得其乐——情况真的是这样。

在 10 点钟的时候,通往偌大餐厅的两扇大门被打开,所有的人都被请到了餐厅里,围着餐桌坐下来。新娘和新郎站立在餐桌的最前端。餐桌上放满了各种能够想象得到的和人们最想吃的那些美味佳肴。而且我可以向你保证,每个人都是放开肚子吃的。

费奇先生和他的新娘以其优美的歌声为这次聚会锦上添花。

晚上 11 点半左右演出结束。大家回家的时候都觉得他们度过了一个极其美妙的夜晚。

R.[①]

1870 年 4 月 9 日:

在预备性的讲演结束之后,立即举行了教堂的会议,乔治·F. 费奇在会前带领大家进行了祈祷……

---

① 《克莱蒙特太阳报》,没有日期,也没有页码。

玛丽·M. 费奇夫人呈上了一封俄亥俄州弗里蒙特长老会教堂的解职信。这封信在经过验证之后，她就被接受为本地长老会教堂的成员。会议结束时还是由乔治·F. 费奇带领大家进行祈祷。①

就这样，玛丽现在已经成为乔治所在教堂的成员。就在他们在巴达维亚所度过的那一年中，他们决定成为来华传教士。若想了解他们为什么这么做，我们需要考虑在他们的精神世界中到底发生了什么事情。

19 世纪初，西方的殖民扩张与传播福音的复兴运动（经常被称作第二次大觉醒）在英语世界里几乎是同时发生的，这导致了更多的海外传教活动。19 世纪被认为是现代宗教传教使团的"伟大世纪"。……1860 年，第二次鸦片战争结束时中国与法国和英国签订的条约使中国整个国家都对传教活动打开了大门。……1860 年时，中国境内的传教士人数只有 50 个，但到了 1900 年，在华传教士的人数就增加到了 2500 个，其中包括了传教士的妻子和孩子们。②

对于长老会传教士们来说，中国是长老会总部所开拓的首个"海外传教地"，它也是最大的一个传教地。一百多年以来，"在华传教使团"使用了长老会总部慈善经费预算中最大的一笔钱。这么多年来，长老会教堂的成员们都一如既往地把钱捐献给在华传教事业，而这一事业他们注定是不能亲眼所见的。③

1870 年 7 月 11 日，乔治被美北长老会海外传道部④任命为派往中国的传教士。辛辛那提长老会 1870 年 9 月 6 日有以下的记载：

G. F. 费奇牧师被海外传道部任命为派往中国的传教士，并要求相关负责

---

① 《俄亥俄州巴达维亚长老会教堂会议记录》。
② 维基百科："1807—1953 年的新教传教使团。"
③ G. 汤普森·布朗：《土制的容器与超验的力量：在华美国长老会传教士们，1837—1952 年》（纽约州的玛利诺：奥比斯图书出版公司，1997 年），第 6 页。
④ 当时还有另一个也在中国传教的美南长老会海外传道部，但这个传教使团的规模和预算要更小一些。

人为他提供给海外传道部的推荐书证明……供应委员会建议巴达维亚和芒特卡梅尔这两个教堂"共同为支持一位海外传教士而募集资金"……会议决议要为即将到来的乔治·费奇牧师和费希尔·克洛希特牧师启程远赴中国而举办一场欢送会。F. W. 布朗斯、W. H. 霍夫长老和 J. 卡波特森受命组成一个委员会，来报告对于这样一个欢送会的安排。……这个负责安排传教士欢送会的委员会建议 9 月 11 日晚上 7 点在第二长老会教堂举行这次欢送会，在会上发表演讲的分别是费奇、克洛希特、米尔斯三位牧师先生和史密斯医生。①

告别

乔治·费奇牧师和玛丽·M. 费奇夫人：

就在你们即将远赴海外之际，我们今晚以基督教社交的名义聚集在这儿，为你们送行。我们相信，你们是在上帝精神的指引下选择奉献你们的生命。我们希望你们能随身携带这张有我们亲笔签名的纸，以提醒自己，当你们见不到我们的时候，我们热烈的感情和对你们牺牲、劳作和经受考验的衷心同情将与你们同在。你们的使命需要你们受苦或努力奋斗。

亲爱的兄弟姐妹，基督教会的伟大首领选中我们教堂的两位成员，将生命的粮食带给大洋对岸那些正在忍饥挨饿的人民，我们对此深感荣幸。我们是否可以说，你们要时刻对得起自己的良心，你们虽然不再跟我们在一起，但我们仍然宣称你们是本教堂的成员，并把你们当作自己的孩子，我们这个基督教小家庭的成员。

请放心，在本教堂和我们的神龛前，我们对上帝的祈祷绝不会忘掉你们。

---

① 辛辛那提长老会会议记录，1863—1873 年，第 87、99、102、108、110 页。

我们会像关心亲人那样时刻关注从你们差会传来的消息，并且为你们在传教工作中的每一点成功而向上帝祈福。

俄亥俄州弗里蒙特长老会

1870 年 9 月 5 日

这封信上有 59 位教堂成员的签名，包括乔治家庭的五位成员：他母亲萨莉·S. 哈福德；他哥哥约翰·G. 费奇和嫂子玛丽；他姐姐哈蒂·F. 费奇和姐夫安塞尔。

乔治的母亲在他们离开之前写了一首诗，题为《致我的儿子》。其中的第一节如下：

一位母亲的祝福伴随着你，
因你是我珍爱的儿子
我的根基、标尺和最小的孩子
我的骄傲、希望和欢乐。

大美国火船公司的"中国号"明轮船，"日本号"的姊妹船

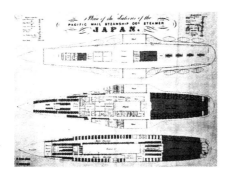

"日本号"轮船的甲板平面图,色彩浓的部分
是一等舱,其他部分是统舱

玛丽的母亲写了封信给女儿,信的结尾是这样的:

> 我亲爱的,为了宽慰你的心,我想再补充一句,假如你听说我去世了,我
> 要你这样想:我实际上要比住在这儿离你们更近了。我永远也不会放弃与你们
> 再见面的希望。

那封信的原件被几个晶莹的斑点给损毁了。很多年以后,在 1882
年,玛丽尽可能地模仿母亲的笔迹重新抄写了一遍这封信,然后补充道:
"我认为是母亲的眼泪使得这封诀别信中的一些词变得模糊不清……愿基
督能使我变得像我母亲那样,正如我母亲这么酷似基督。"

开往中国的慢船

1870 年 10 月 1 日,乔治和玛丽搭乘一艘用桨轮驱动的"日本号"

远洋客轮从旧金山启航前往中国。这艘属于大美国火船公司的"日本号"建于1868年，属于最后一代侧桨轮轮船，也是其中最大的一艘。这艘船上共有190个舱房，其中有50个头等舱和908个内设三层叠加铺位的统舱。最常坐头等舱的旅客是商人、传教士、政府官员和军官。统舱里的旅客几乎全是中国商人和苦力。在长达一个月的跨越太平洋旅行中，统舱里的旅客全都没有餐厅和起居室可言，只能凑合着过日子。偷渡入境的生意利润是如此之高，"日本号"经常会超载数百名旅客。1873年，"日本号"的船长在一次单程旅行中居然超载了451名旅客。

1870年11月5日，他们在海上漂泊了一个多月之后终于到达了上海。

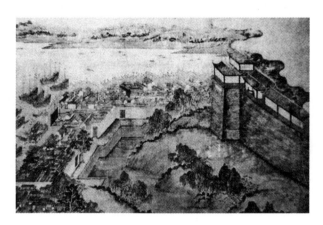

上海旧城图，图右是城墙，图中是城壕，城壕边上是商铺，黄浦江上有平底帆船（维基共享资源授权）

上海

上海位于黄浦江边，这条江在三角洲上游汇入了扬子江。对于这个城市的描述如下：

> 上海是世界上最大和最都市化的一座城市。在 19 世纪末和 20 世纪初，它是国际金融城市……是纺织和鸦片贸易的一个中心，是一个法律屈从于利润的开放口岸。

> 当英国海军在 1842 年的鸦片战争中打败了清军之后，上海城市中心的两块区域便成为自治的外国租界。公共租界主要是由英国和美国的商业利益所把持，并由上海工部局（SMC）所统治。法租界是法国政府通过法国总领事来进行统治的。

> 拥有治外法权的政府控制了这两个租界的警察、海关和司法事务……西方商人们控制了上海的闹市区，以及那儿的大银行、港口设施、旅馆和仓库。上海工部局是由极少部分拥有巨量财富的外国人所选出来的。财富和贫困这两个极端在拥挤的街道上摩肩接踵，相互碾压。

在这个幅员广阔的大都市里还有一个用城墙围住的城市——俗称"中国城"——它有好几个城门，而且城墙外面还有护城河。在南门的附近有一个美北长老会传教使团的院落，那儿有教堂、男女学堂和传教士们的住处。乔治在一个新日记本的头一页这样写道：

> 1870 年 11 月 5 日。我们到达了上海，跟范约翰夫妇①一起住在南门。

在其晚年（1921 年 2 月），乔治用打字机写了一份《费启鸿自传》。在这份自传中，他解释了自己在跟范约翰夫妇一起住下之后，究竟发生了什么。

> 根据我们从纽约董事会所了解的情况，我们一直期望自己传教活动的地点是在杭州或宁波，但是在到达上海之后，我们发现那儿刚刚召开的年会上，已经指定我们留在上海，以便能接替范约翰夫妇的工作，因为他俩来华已经十年了，迄今还没有休过假。

玛丽此时一定已经开始收集一个剪贴本，虽然它后来被拆解成一张张单独的，没有特殊规则的书页。第 40 页上照片所显示的房子也许就是他们在上海跟范约翰夫妇一起所住的第一个房子。那时乔治和玛丽开始学习中文。

> 学习中文是一件长期而困难的事情。大部分传教士在这方面都被证明是不灵光的。在中国内地会首批来华的 53 个传教士中，只有 22 个成年人留在了传教使团里，而且在这些人中间只有五个男人和三四个女人还算懂点中文。传教士要学中文五年之后才能顺利地在中国活动——许多新来的传教士还未掌握中文就辞职或去世了。②

玛丽早期写给她母亲的妹妹珍妮阿姨的一封信的片段让我们对此问题窥见一斑：

---

① 范约翰（John Marshall Willoughby Farnham, DD）牧师，上海美华书馆主管。
② 维基百科："新教来华传教使团，1807—1953 年。"

上海旧城外的南门差会及其学校（1912 年华中
传教使团年度报告）

　　乔治和我往往花费一整天，而且经常搭上大半个晚上来学习中文。我们非
常喜欢中文，但我们开始意识到学好中文的艰巨性。然而我们希望在一年之内
能对中文有所理解。

　　我们对于汉字非常感兴趣，尽管我们目前只认得几百个汉字。我认为这是
世界上最难学的一门语言，但与早期的传教士相比，我们学习中文有了更多的
帮助。你知道在这儿，你只要走几英里的路程，就会遇见本地人，他们口里说
的方言就像是一门别的语言。中国有那么多的方言，有时真让人觉得巴比塔肯
定建在这个国度里。

　　必须记住，当时的玛丽还只是一个不到 23 岁，来自俄亥俄州的小姑
娘，刚来到上海，因此当她为自己发现的社会真相而感到震撼一事也是
不足为奇的。

　　民众的肮脏和堕落令人痛心。我们每一次出去，都会看到那些可怕的场景，
但人们很快就对这些场景感到麻木了。我发现自己已经对这些场景感到麻木了。
有一天，我在乘车前往租界时，看到路上躺着一具尸体。尸体的身上盖了一张席子，仅此而已。范约翰先生说，他也许是倒在街上等死的，有路人对他感到怜悯，所以才在他身上盖了张席子。尸体在路上躺了一段时间以后，便有人把他抬走埋了。但是人们在埋葬尸体前一般要等些时间，因为怕触怒幽灵。

……今天我们在逛街，那街道是如此狭窄，几乎连两个人并排走都不行。我们碰到了一位衣衫褴褛的乞丐，他坐在一家店铺前面的台阶上。他的裤腿高高卷起，露出了腿上的一个溃烂的大疮。我们跟他擦身而过。我对这群人数众多的乞丐所怀有的同情心每天都在减退。我说的是对他们时下的状况。有一天一个传教士被人从书房叫去看望一位乞丐，当他看到乞丐的状况时，他说自己从未感受到过如此强烈的同情心，尽管他来到中国已经有一段时间了。这位乞丐的胳膊似乎已经被折断，当他移动胳膊的时候，人们几乎可以听见骨头互相摩擦的声音。胳膊上缠着血淋淋的绷带，乞丐的手看上去似乎到处都是脓疮。但很快就来了一名医生，后者坚持要洗一下乞丐的手和胳膊。一个个的脓疮呈糨糊和墨水状从乞丐的手和胳膊上掉下来，直至一只胳膊和手显露了出来，干

费启鸿夫妇在上海的第一个家

南门差会 1870 年圣诞节合影

干净净，完好无损！可以肯定的是，乞丐拼命地挣扎，不让医生清洗，但是医生的态度非常坚决。原来乞丐是用磨牙来制造出骨头摩擦声音的！

上面的照片是他们刚到中国之后不久拍摄的圣诞节照片，也许就是在上海南门拍摄的。乔治站在后排的中间，玛丽坐在前排右二的位置。照片里还有他们的东道主范约翰夫妇。这张圣诞节照片中最有名的一位是坐在前排中间的卫三畏（Samuel Wells Williams）。卫三畏是一位语言学家、官员、传教士和汉学家。他 1833 年就来到了中国，并且成为美国驻华公使馆的秘书。在拍摄这张照片的时候，他已赴北京出任了美国驻华公使馆的临时代办。由于中国政府多年来一直反对传教士进入内地，卫三畏在 1858 年的《天津条约》谈判期间发挥了关键性的作用，因而在条约中增加了容忍中外基督徒的条款。① 若非有了这一条约，费启鸿一家人也许不可能在中国内地获得任何传教使团的相关职务。

在上述这张照片拍了不久之后，范约翰夫妇便离开上海回国休假去了。乔治在他的"记事本"里写道：

---

① 同上，"卫三畏"。

在学习了一年零三个月的汉语之后，我们开始独立负责传教站的工作，包括差会的财务和男、女两个寄宿学校的管理工作、传教分站的工作、本地的福音传播工作、为内地的传教士们购买和转发货物及日常生活用品，还要为此记账，接待和帮助刚来中国的新传教士们，以及帮助途经上海回美国休假的传教士们。

上海法租界的民居

来自中国的信札

来中国不久之后，乔治就开始为俄亥俄州弗里蒙特的当地报纸写他在东方的生活报道。许多这样的文章被剪下来，贴在一个"剪贴本"里，也许是他母亲萨莉·哈福德这么做的。下面是"剪贴本"里的第一封信：

编辑先生：

假如你们的读者跟我刚来时一样对中国那么无知的话，我对此感到遗憾。假如有人告诉他们，上海是一个拥有四五十万人口，另外还有三四千外国侨民的大型中国城市，他们的反应就会跟我在五六个月之前所习惯的那样，会以为这只是一个无关紧要的中国城市。假如你在前往中国时，以为你是在去一个不需要奢侈品，甚至不需要文明慰藉的地方，那就跟我以前一模一样，因为几乎每个人对我的期望都是这样的。你会去买好几套西服和一大堆你认为可以消费好几年的生活用品。你的妻子必须准备许多针线和别针等，因为她以为这些东西用完了之后，她就必须回美国，或是只能依赖于当地人的施舍。也许你还会被诱导而随身携带许多水果、罐头和干果等物品，后者可支撑你一段时间，并帮助你适应这个国家的生活习惯。事实上，你不知道你将会吃些什么。你已经听说过关于猫、狗甚至老鼠肉的神秘故事，在中国市场里这些肉取代了一些更加体面的肉类食品，而且这些肉可能将会是你所要面对的唯一肉类产品。你在离开旧金山时头脑里可能尽是这些糊涂想法，但在轮船上跟以前去过中国的人聊天时，你可能会慢慢醒悟过来。然而当轮船将你载入上海港时，你会为这么多外国轮船从你身边经过，以及外滩那一排富丽堂皇的西式建筑物而感到十分惊奇。虽然你早已习惯于某些大城市的豪华大街，但你上岸之后，仍会觉得你所踏上的那条街丝毫不亚于美国最好的街道。你走进一家店铺，那儿的情景简直就像是在辛辛那提第四大街的店铺里。你环顾四周，所看到的货品均是你费了千辛万苦从大洋彼岸运过来的那些日常用品，其中有不少货品的价格还比美国便宜许多。譬如一件大衣没改过的价格是40美元，而这儿的同类产品只需要28美元或30美元。你也还随身运来了地毯，因为人们都以为传教士在异国他乡根本买不起这么昂贵的货品。但是你在这儿的店铺里看到，漂亮的比利时地毯的价格是每码1美元。你看到洋人们在这儿过着奢华的生活，他们享有漂亮花园围绕的漂亮房屋，里面还带有现代文明的所有附属品。有一个漂亮的城市公园，虽然小，但非常独特。城里每天出版三份不同的日报和一份用漫画作为插图的小报。还有一条十英里长的快车道穿越周边的乡间，路面坚硬平整，即使是在美国也很难见到这么好的路。你会了解到，上海的贸易量甚至超过了纽约市。所有这些事实都令你感到惊奇，你对于它们根本就没有任何思想准备。

然而现在你离开租界，走进本地人居住的城区和郊区，这儿你就可以看到中国人的生活。你遇到的人群使你联想到纽约市的百老汇，只是这儿每个人都是步行或是坐独轮车的——跟美国的独轮车不同，这儿的独轮车是专门为载人而设计的。你会觉得这种设计最觉得不舒适的是乘客，而最感到轻松的却是独轮车夫。每天有三四千辆这样的独轮车在本地人居住的城区里运营，在很大程度上取代了公共汽车的功能。本地人居住的城区房屋低矮，街道狭窄，只有6—10英尺宽，而且非常肮脏。有相当多的人在这样的街道上行走。据说日本人从来不洗衣服，而中国人从来不洗澡！这并不完全是事实，但它很接近于真相，并为愉快的遐思提供了素材。对了，编辑先生们，我知道这些事情对于你们的读者来说并不新鲜，然而许多其他人却没有听说过，而我写这些报道就是为了那些不知道的人。在某种程度上，这些报道也是为了通过描述一个传教士在中

当时中国的独轮车

上海华界的街道

国这个地方生活的真实情况来澄清许多人对于中国的误解。传教士在中国的生活是否舒适和奢华？有人也许会问，而且会像那个听说某些传教士并没有真正受苦的老妇人那样感到有些失望，并因此不再为传教事业捐钱。有些传教士在受苦，有些传教士并没有受苦。就像美国城市传教士所居住的城市里有着一切的奢华和财富，然而并没有证据证明这位传教士享有这些奢华和财富。他跟那些贫穷和卑贱的人民在一起生活，其居住地贫穷而充满苦难，他就从那儿向没有希望的人们传达耶稣的许诺。这儿的传教士并不会住在那些豪华的地方，而是跟那些中国人居住在一起，把生命的面包递送给那些从未尝过这种面包的人。

在下一封信里，我希望告诉你们更多跟传教活动相关的事情。

你最诚挚的，

费启鸿

中国上海，1871 年 4 月 11 日

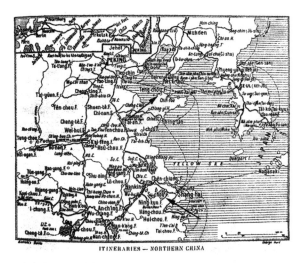

华东地图，下面箭头所指的是苏州，上面箭头所指的是山东半岛的登州

避暑

1871年6月，乔治和玛丽乘坐"通州号"客轮前往山东半岛，以躲避上海的酷热和潮气。在那儿乔治又写了另一封信，这一次是写给长老会教堂出版物的。

亲爱的《先驱和长老报》编辑：

我是从上海北面约600英里的山东省的登州城给你写这封信。据说对于刚来上海的传教士来说，第一个夏天是特别难度过的。所以我们跟着中文教师逃到了华北地区，这儿的气候跟辛辛那提差不多，或者说没有那么热，而且还要加上住在海边的快乐……这个城市的人口约在50,000至80,000之间，而且是我所见过的最干净和最美丽的中国城市。街道（对于中国人来说）很宽敞，而且在大部分情况下收拾得很整洁。城里种了大量的树木，无论从任何高处俯瞰下面成千上万的中式房屋，都可以看到它们被绿荫所环绕的美景。围绕城市的城墙高30尺，厚30尺，不仅修筑得很坚固，而且维护得也很好。山东人看上去要比上海人更为魁梧和强壮，尽管鸦片烟就像瘟疫般蔓延，可怕地削弱了民众的身体和精神。

这儿的方言也跟南方的方言不同，这儿的人谁也听不懂上海话，后者听起来几乎跟外语差不多。然而这种情况在中国并不算特殊，因为哪儿都一样。往往是走了一天的路程之后，你就会来到一个地方，那儿的人所说的方言跟你在当天早上离开时所听到的方言完全不同。

由于是在海边，远离水稻田，我们享受着清新的空气，这在中国大部分地区是要考虑到的。隋斐士（Jonathan Fisher Crossett，莱恩神学院的同届毕业生）先生和我曾为了洗海水浴而每天早上五点左右起床，步行前往海边，然后再赶回来吃早饭，这段距离大约有两英里……

华北这一地区除了通常被认为要比南方更有利于身体健康之外，这儿的传教工作总的来说也进行得更为令人鼓舞。民众的心里似乎藏有更多信仰的火种，当他们全神贯注聆听福音时，有时候他们的身体真的是在颤抖。三个礼拜之前，传教士们刚刚奉献了一座新的教堂。这是一座整洁而舒适的建筑，长71尺，宽39尺，钟楼高45尺，能容纳300名听众。建造这座教堂的费用总共是2,500银圆。然而根据这些来判断它的真正价值是很不公平的。因为按照中国劳力的价格标准来计算的话，结果似乎是完全不同的。必须记住，1银圆的价值相当于1000文（铜钱），而一天的工钱仅150文，这样算下来的话，这座教堂的价值就要高许多。教堂钟楼上有一口钟重达410磅，是纽约州奥尔巴尼市的一些教徒赠送的。（这件事提醒了我，假如有人愿做这类善事的话，我们在上海的小教堂也需要一口钟。）

奉献新教堂的那天早上，教堂里的位置都坐满了，大约有300人。大约还有同样数目的人站在教堂的外面，或者是因为害怕，或者只是不愿意进去。没有发生任何一点骚乱来妨碍整个礼拜仪式的庄严肃穆和平静安详。这一点似乎格外令人印象深刻，因为就在一年之前，这儿的传教士曾被迫撤离，因为有人威胁要杀洋人。这座教堂的成员共有100人左右，他们中间有许多人住在城里和村庄里，还有些人则住得很远。传教士们的工作大部分是在这些被称作"传教分站"的偏远地区完成的。在一年当中的某些时段，当天气和形势都允许的情况下，一至二位传教士会在同样数目的中国助手的陪同下，到周边的乡间去巡回传教。他们通常骑马或骑骡子，有时会走几百里的路程深入内地，一走就好几个礼拜，沿途进行布道和散发宗教书籍，并且邀请那些愿意了解更多福音信息的人来访问自己。无论他们走到哪里，都会吸引来一大堆人，这些人并不都是来听他们传播福音，其中有不少人只是旁观者，即渴望看一眼或碰一下洋人的民众。人们经常提到一些有趣的轶事。有一次，当一位女传教士对人群进行布道时，有一名听众似乎对她所讲的东西特别感兴趣。他在女传教士讲话时突然打断了她，并且问道："你是因为喝牛奶才会变得这么白的吗?"（中国人不喝牛奶。）

传教士经常发现，在对一群似乎全神贯注的听众讲了好长时间以后，对方其实什么也没有听进去，他们只是在仔细观察布道者的风度、衣着、特征等。这件事有时令人感到沮丧，但这并不意味着传教士的努力徒劳无功。也许过了几个月之后，当传教士再次来到这儿的时候，有人会来告诉他，自己读了一本书，或对他上次讲的某句话感到非常珍惜，并渴望得到生命之水。当一个灵魂在上帝之国获得新生时，以前背负过的十字架又算得了什么呢?

费启鸿

华北，1871 年 8 月 26 日

在同一个月，玛丽也写了一封描述登州的信给《独立报》的亨利·C. 鲍恩，这是一个在纽约市出版的宗教性周报。

亲爱的鲍恩先生：

　　登州是一个美丽的地方——它坐落在一个宁静的山谷里，被浓密的树林所拥抱，而这个山谷则被连绵不断的山丘和大海所围绕。城墙所围住的空间本来只够一万人左右居住，但城里居民的人数却是这个数目的五至八倍。对于一个中国城市来说，它展示了一个颇为吸引人的面貌，因为跟普通的城市相比较，这儿的街道要更加宽阔和整洁。城里的有些房屋也显得更加富丽堂皇，但是这个地方的生意并不兴隆，其他有些事情过去和现在也都不太尽如人意。跟中国的其他城市一样，这儿的迷信、无知和罪孽也随处可见。那种衣衫褴褛的男子的外表似乎也揭示着他内心生活的更加不堪。在上帝面前，即便天国也是有污秽的，那么在上帝的眼里，这成千上万的中国人又是怎么一个形象呢？有一天我们访问了"庙山"。在海拔600米的山顶上，我们看到了一个极为壮观的场景。穿越茫茫大海从美国赶来，能见到这个场景也就值了。在我们脚下逶迤展延的这个山谷里有着无数个村庄。每个村庄的人口从400到4000不等。我被告知从这儿可以看到200多个村庄，本想验证一下这句话的真实性，但很快就发现根本数不清楚。从我们这儿到村庄的乡间被分割为一块块的农田，除了狭窄的小路之外并没有其他的分界线，而远处的群山和大海更增添了这乡间景色的魅力。当我凝望着上帝所创造世界的这一小部分时，有一点令我难以忘怀，即这个山谷里竟然藏有这么多的人类灵魂，其中的每一个都必须活到永恒。会有更多的同工来帮助我们收割庄稼吗？因为，"尽管所有的前景都令人愉悦，唯有人性本恶"①。我想天使们在把人从"灵魂出生地送入天国"之前，是不会微笑的。

---

　　① 引自19世纪英国主教和圣诗作者雷金纳德·希伯（Reginald Heber, 1783—1826年）的作品，《传教士圣诗》(1819)，第一句。（译者注）

访东岳庙

然而，既然是探访庙山，除了上述壮观场景之外，还得去参观一下东岳庙。这看上去似乎有点不太厚道，但鲍恩先生，我希望你真的能跟我们一起去。

由于这儿的一个个殿堂是构筑在地面以下的，当我走进东岳庙时，我觉得自己就像是在"坟墓中间徘徊"。在一个开放院落的两边各有五个小房间。从一条游廊可以进入所有的房间。当你走进第一个房间时，就可以看到阎罗王那严厉的眼睛在盯着你。一瞬间，这足以使你想象你的灵魂就要在那儿被阎罗王收走了。佛教徒告诉我们，每一个灵魂必须在这个法庭里进行判决。假如一个人在现世里能通过对祖宗行孝道、对穷人做善事，或其他众多方式来"积德"的话，那么他的灵魂就会得到阎罗王的宽恕，并在转世投胎时享有选择进入哪一种肉体的特权。

但如果那个灵魂被判决生前并无修德时，那就惨了。你在参观完那其余九个殿堂，看到了人必须为他早先犯下的罪孽而受苦和接受惩罚时，不禁会在内心大声叫苦。因为阎罗王在审视完一个灵魂，发现它作恶多端时，就会在判决时把这个灵魂打入与它早先罪孽相符的那一层地狱。走进这九个殿堂中的第一个，我们就看见东岳大帝坐在其王位上，身后站着众多听候他使唤的官员。我想这个老家伙看上去还是挺令人发笑的，但也许这只是他脸部肌肉暂时放松了一下的缘故，当时他正在把可怜的罪人变成一个既像牛又像猪的怪物——尽管我认不出这究竟是什么，因为我此前从未见过它。然而我想它应该是头母牛，因为那罪人生前是个女子，她会告诉你这个故事的来龙去脉。假如你问这儿的当地女人，她们是否知道自己是罪人，她们一般都会回答："我当然知道，我这一辈子都在洗衣服。"这个回答的前半部分在她们看来是后半部分合乎逻辑的结果，但在外国人看来却非如此，直到后者得知中国人对于纯净的水怀有一种崇敬的感情，他们判断自身的罪孽大小是根据自己所污染的纯净水的数量来决定的。女性去世之后，人们相信她必须喝掉自己毕生所用过并污染了的水。所以在她的葬礼上，烧一头纸牛被认为是表达最大的善意，因为纸牛的灵魂将可以为她喝掉所有的脏水。这样你就可以理解为什么阎罗王把女人变成母牛是一个多么可怕的判决！她们谁也逃脱不了那个在她们是最大的罪孽——在冥间永远要喝脏水！这种说法听起来挺恶心的。

在下一个殿堂里，我们看见一个可怜的家伙似乎已经准备好要投胎了，他所要投的胎是一个畸形身体，奇丑无比，在人类肉体所能承受的各种苦难重压之下痛苦地挣扎。也许这个人的特定罪孽是生前虐待身体残疾的父母亲。然而继续参观其他的殿堂时，我们看到了其余那七个阎罗王，各个都用独特的方式和可怕的刑法来惩罚罪人，以实现正义。这使得我们看了之后心里很不舒服。在其中有一个地方，我们看见巨人们将那些无助的死魂灵扔下巉岩峭壁，那些死魂灵在被摔到深渊的底部时，那儿又有巨人把它们重新扔上来，使它们挂在那巉岩峭壁上。

在另一个殿堂里，我们看见一个男人被两个巨大的磨盘碾成了齑粉。而在后面一个殿堂里，一个不停转动的轮子上面绑着三四个罪人。当轮子转动的时候，罪人的身体不断地与尖锐的铁钉相遇，后者无情地划破了他们的身体。

再往下，我们看到了那些不幸的罪人被罚永远在沸腾的大锅里煮，旁边还站着负责给炉灶添火的"苦力"。看到这情景，不禁觉得身上有一种说不清道不明的燥热，尽管这儿的阎罗王显得温和而心满意足。也许是因为他总是离火炉那么近，已经适应了这样的环境。

至于其他的痛苦和磨难，似乎不必再加以逐一描述，因为前面已经讲得够多了。当我们再次回到上帝自己的世界里，即我们上帝的世界里时，顿时感觉呼吸顺畅了不少，几乎不能想象我们刚才看到的只是些泥塑或石雕的偶像，而非真正进入了一个恶鬼的世界。在我们下山时，无论是美丽的景观，还是辉煌的日落，都无法打破那禁锢我们思想的铁链。"何况人践踏神的儿子，将那使他成圣之约的血当作平常，又亵慢施恩的圣灵，你们想，他要受的刑罚该怎么加重呢？"①

玛丽

---

① 《新约·希伯来书》10：29。（译者注）

乔治在日记中报告，玛丽"在夏天时病情加重"，所以夫妇俩于 9 月 21 日回到了上海。接着他又记录道：

> 1871 年 9 月 25 日。早上九点失去了我们的第一个孩子。

日记中再也没有提到这个孩子。然而紧接着下一条日记是这样写的："10 月 17 日。去宁波参加了宗教会议。玛丽跟我一起去的。"再下一条日记是写于四个月之后。

> 1872 年 2 月。范约翰先生率全家离开上海，回了美国，剩下我和妻子来管理上海南门的传教站。

对于羽翼未全，仍在语言学校里学习的年轻传教士来说，这似乎是一副重担。玛丽现在发现自己已经成为掌管全家的女主人——手下还有仆人和婢女！

传教士与仆人

1872 年 3 月，玛丽写信给"艾萨克姨父及其全家"。这是她小姨珍妮的丈夫，艾萨克·基勒。玛丽显然刚刚雇用了一位新的"家仆"，即一位勤杂工。

他是一个招人喜欢和听话的男孩，但我猜你在听说了他所犯下的一些错误之后，会感到既好笑，又震惊。有一天（下午），我让他拿一块湿抹布到书房里去擦一把椅子下面灰尘很多的地方。我看了一眼，心想他错拿了一块洗碗布，但由于中文教师在场，我不想当面责备他。我想我在晚饭之前会给他找一块干净的布，但直到晚上很晚的时候才想起这件事。我到厨房一看，发现我的担忧真的变成了现实，那小伙子果然用那块脏抹布擦了盘子。我要他重新洗一下盘子，虽然没跟他说清楚是我的错，并试图让他意识到，用这块抹布擦盘子会有多么脏。我让他第二天用一块干净的布。但第二天早上当我来到厨房时，不禁大吃一惊，原来他还是用那块干净的布擦灰尘，而不是那块脏的布！他还以为我在教他说，那块抹布洗过盘子之后就再也不能用来抹灰尘了。嗨，我真是被他弄得哭笑不得，赶紧从厨房里冲了出来。遇到我也不知道该怎么办的尴尬场面，我只能像麦嘉缔医生那样来自我解嘲。他说他自从来到中国之后，常常用《圣经》中的这句话来安慰自己："入口的不会污秽人，出口的乃能污秽人。"①他说这句话并无不敬的意思，我相信我也没有，但用这句话安慰自己确实非常贴切。

在跟传教士们谈论自己的仆人时，我怕有时候我说的话听起来会过于夸张和冠冕堂皇。但下面这句话我并不觉得如此，即倘若我觉得应该全身心地担当起操持家务一事的话，我确实是愿意这么做的。但假如我们付一点钱给仆人就能同样把家务做好的话，我们就能剩下时间来做更加重要的工作。

---

① 《新约·马太福音》15：11。

解释概念

当这对年轻夫妇在上海生活快满两年的时候，他们的语言技能已经有了很大的进步。玛丽在 1872 年 6 月 22 日写给艾萨克姨父的信中专门提到了这一点。

> 我很惊奇地发现，每当我与中国人交谈时，词语轻松流利地从我嘴里说出来，一切都是那么轻而易举，但我开始意识到，正如乔治早已提及的那样，现在的问题是该如何讲话和该讲些什么东西。我们必须解释每一种概念和每一个词语，才能跟人谈论上帝、耶稣、圣经、基督教教义和基督教所教诲的真理。假如对方不知道这些词语，而是疑惑地盯着那些试图质疑他异教信仰的人时，你又怎么能试图跟耶稣的罪人们聊天呢？

几个月以后的 1872 年 9 月 30 日，她又在信中回到了这个话题上。

> 有一天下午，我与一小群女人聊了一会儿天。只要我聊到了一些共同的话题，如她们的食品、衣服、年纪、孩子、丈夫的生意等，她们似乎很高兴，并且能够听懂我说的每一句话。但后来当我试图非常简略地告诉她们关于创世、堕落和拯救计划时，她们又说听不太懂。乔治认为我们开始所能做的就是来看她们，与她们交朋友，向她们散发宗教小册子，当然还有尽可能地跟她们交谈，并让上帝祝福她们。通过经常去同一个地方，使那儿的人开始认识我们——她们会发现我们来时都带着同样的东西——并且肯定会逐渐地对真理留下深刻的

印象。

他们在上海的临时逗留一直延续到 1872 年 10 月底左右，当卢公明（Justus Doolittle）夫妇从美国来到上海，担负起南门传教站的工作之后，乔治和玛丽便能够腾出手来，去开创苏州的首个传教站。

第四章　苏州

1872 年 10 月底，经过在上海的两年中文学习，乔治和玛丽迁移到了上海西面 70 英里处的苏州。中国人都爱说，"上有天堂，下有苏杭"。意思就是这两个城市美如仙境。他们的使命就是要在这儿创建一座长老会教堂。于是他们便在那里生活了 12 年。

在很多年以后的纪念长老会成立 50 周年的出版物中，乔治写了一篇题为《苏州传教站史略》的文章。[①] 他解释说，1869 年 1 月首位来到苏州城的"传教士"是受当时上海美华书馆主管姜别利（William Gamble）先生赞助的查尔斯·施密特先生。

在太平天国时期（1851—1864 年），施密特先生与清军有联系。但他后来皈依了基督教之后，便希望参加传教工作。他娶了一位中国妻子，身穿中国服装，因此特别适合于到一个新的地方开辟传教站。

1868 年 9 月，苏州城有九人加入了基督教。他们联名给教会长老写了请愿信，要求在苏州建造一个教堂。在第一批教会成员中有一名男子姓谢（Tsze），是一位皈依基督教的鸦片鬼，后来成为一名长老。他羸弱多病，后又恢复了吸

---

① 《华中长老会差会成立五十周年（1844—1894 年）文集：包括宁波、上海、杭州、苏州、南京等差会的史略，以及美华书馆史略》（上海：美华书馆，1895），第 98—101 页。

鸦片的习惯，被解除了长老的职务，最后还被开除出了教会。但在很多年中，他仍以各种方式保持了跟传教士们的联系，似乎依然怀有自己被拯救的希望。

1872 年 10 月，费启鸿牧师夫妇迁入了苏州城，就住在施密特夫妇原来住的那所房子里。后者已经搬到了苏州城的另一个地方。就在同一个礼拜，杜步西（H. C. DuBose）牧师夫妇和司徒尔（J. L. Stuart）牧师也来到了苏州城里。所以这一年通常被认为是美北长老会苏州传教站的开端。

此前还没有穿西装的外国人在苏州城里住过，所以无论走到哪里，这几位新来者都会成为引人注目的对象和目标。然而，由于他们行事低调谨慎和避免去城里的闹市区，所以传教士们依然能保持相安无事。

在来苏州城生活之初，玛丽描述了她自己作为苏州城里第一位洋女子所遭遇的情景：

我们是在礼拜五下午大约四五点钟时到达苏州城的，很快就在施密特的房子里安顿了下来。他是一位受过良好教育的德国人，来中国已经 14 年了，但是作为传教士才刚三年。那儿的一位中国佬①告诉我，施密特先生说中文就像本地人一样流利。他说的是南京官话，但也会说一点苏州方言，就连最底层的苏州人也能听得懂。他有一个中国妻子，能说一点英语，而且性格活泼可爱。由于她是中国人及其他一些原因，我有点怕去拜会她，但是我却非常享受那次拜访。施密特先生似乎是一位认真负责的同工，我希望他能做更多的善事。

苏州城是江苏省的首府，面积很大。礼拜六上午十点，我们出门去城里观光。我真希望你能看到当时我和随从行列的情形。我坐在施密特夫人的轿子里，前面有两名轿夫，还有一名轿夫在后面。乔治的轿子和三名轿夫跟在我的后面。施密特先生和他的小儿子坐在一匹白马上，旁边有一名马夫。再后面是施密特

① 虽然"中国佬"（Chinaman）这一说法如今被认为是一种蔑称，但在当时它却是一个中性词，意思相当于"中国人"（Chinese）。

先生的中文教师，也骑在一匹白马上，旁边也有一名马夫。马的脖子上挂有一串铜铃，而轿夫和马夫们在拥挤的街道上通常都是要吆喝清道的。我们吸引了许多民众的眼光，这一点你可以肯定。尤其是我这位苏州城里唯一的洋女子。人们纷纷互相招呼快来看这西洋镜，有许多人在我们经过时看了一眼之后，马上又跑到前面，想再看一眼。我坐的轿子前面是敞开的，其余三面都装有大玻璃窗，所以堪称是一览无余。当我们的行列停下来之后，男士们都走进了店铺，只有我还留在轿子里。本地的男女民众和小孩子们把我的轿子围得严严实实，连可以立脚的地方都没有。假如我能够跟他们交流的话，情况可能会好一些。可在当时的情况下，我觉得很不自在。他们经常大声喊道："洋鬼子！"在大宝塔处，施密特先生跟一位叫我们"洋鬼子"的小伙子说："子曰：'四海之内，皆兄弟也。'假如我们是鬼子的话，你也是鬼子。"当时有很多旁观者，他们爆发出一阵大笑。但他们的意思并不是指我们的行为像魔鬼，他们只是听别人这么称呼外国人，而不是真的有人认为这个称呼很合适。①

Died.

—

At Redwood City. Sabbath Evening, August 31st, 1873, at 10 o'clock, BELINDA. wife of R. W. B. McLellan. aged 57 years, 4 months, 24 days.

—

Friends of the Family are invited to attend the Funeral at the house, on Tuesday, Sept. 2d, at 2 o'clock P. M.

玛丽母亲葬礼的公告

---

① 玛丽的这封信写于 1873 年 3 月 7 日，收信人不详。

传教士们平静的生活只持续了七个月左右，有消息说负责上海差会的杜步西牧师因病而回到了美国。范约翰夫妇仍然还在美国休假，所以费启鸿夫妇不得不于 1873 年 5 月回到了上海，以担负起南门传教站的传教工作。当他们在上海的时候，玛丽的父亲寄来了下面这封信：

　　我亲爱的孩子们：

　　　　在这个信封里，除了此信之外，还有一封昨天你们母亲和我写的信。你们如果先读那封信的话，可能在读此信时会心理准备不足，因为你们亲爱的母亲今晚已经成为天上的天使。是的，我亲爱的孩子们，她在今晚十点左右平静地辞世。这件事对我们来说非常的意外。

费佩德的诞生

　　当他们回到上海时，玛丽已经有了身孕，所以他们的第一个（活下来的）孩子于 1873 年 12 月 20 日出生在上海。他的英文名字是罗伯特·费里斯·费奇（Robert Ferris Fitch）。他的中间名字"费里斯"来自乔治的父亲，费里斯·费奇牧师。小时候，他的昵称是"罗比"（Robbie）。乔治在日记中这样写道：

　　　　1874 年。范约翰夫妇今年春天从美国回来了，玛丽的父亲也跟他们一起来到了上海。我们搬到了东门，马约翰（John Mateer）和霍尔特（William S. Holt）夫妇也住在那儿。（参见本书第 41 页关于 1870 年圣诞节的照片）

R．W．B．麦克莱伦的来访

由于玛丽的母亲去世了，她父亲是独自一人来的。还在轮船上的时候，他这样写道：

4月4日，礼拜天。下午三点左右，我们还在中国海上，离上海大约还有100海里。我们礼拜四晚上大约半夜时分离开了长崎……我们很快就进入了中国海，到了半夜的时候海上起了风浪，船颠簸得非常厉害。昨天（礼拜五），我和其他许多人几乎晕了一天的船，但在晚上十点左右，大海变得安静下来，并且一直保持到现在……今天是自从我们离开旧金山以来，海面上最平静的一天。啊，天气太美了，我希望你所有人都能见到它。我们的船已经到达了非常接近中国东海岸的地方，现在肯定是在纬度32度。气候很温暖，大家没穿大衣或围围巾就来到了甲板上。我突然想到："我现在是否真的已经离乔治和玛丽很近？"但由于黄浦江水位很低，他们说我们要等到明天早上涨潮时才能进入上海。我很遗憾是在一个安息日登陆上岸，但这似乎是命运所决定的。我今天感觉好多了，但由于晕船了那么多天，身体还是感到虚弱，我很想在见到乔治和玛丽的时候身体状态会更好一些。但我只要能见到他们就很感激了，因为在路上的时候我曾经想过，也许我有理由担心自己熬不到上海跟他们见面了，但我几乎肯定我会见到他们和你们所有人，并在生命之旅结束之际跟大家都告个别。

几天之后，他的这封信又继续写道：

我现在已经跟乔治和玛丽在一起了，天父能允许我再看一眼他们的脸，真是太好了！

这次访问只持续了大约六个月的时间，正如玛丽在 1874 年 11 月 23 日写给姨父艾萨克和姨妈珍妮的信中所描述的那样：

我曾经希望父亲能跟我们一起在上海过冬，但由于詹姆斯身体不好，他便于上个月离开了上海。詹姆斯似乎身体非常虚弱，相当可怜，而且我想父亲会非常愿意把他接到家中过冬。但我想要父亲跟我一起住在一个曾经是我们家的房子里。他在上海期间，我们一直是寄宿在别人的房子里，是自从我们来中国之后情况最不稳定的一个时期。

《华中长老会差会成立五十周年（1844—1894 年）文集》中的一个章节对于这一时期费启鸿夫妇的动向也有如下的描写：

1874 年 10 月，他们带着霍尔特夫妇又回到了苏州。他们又租了本地人的一间房子，并配上了家具。这两家人便在下一年中（或是一年中的大部分时间里）幸福地住在一起。后由于马约翰回到了美国，霍尔特先生又被召回了上海，负责美华书馆的工作。

到了 1875 年，乔治可以在年度报告里写出以下"美北长老会苏州差会统计数字"：

苏州差会共有四位被按立的传教士牧师，其中有三位是已婚的。
苏州差会有一座小教堂（房子是租的）。
有两个传教分站。

有一个正式的教会。

有两个本地人牧师。

雇用了三个推销《圣经》和宗教小册子的人。①

苏州差会有一位女传道员。②

自从差会成立以来有五名成年人接受了洗礼。

目前的教会成员中有三名男性和三名女性，共六人。③

巡回布道

在苏州差会成立的最初几年里，费启鸿夫妇经常外出到苏州的北面、西面和南面去巡回布道，而且常常会带上司徒尔牧师。其中去得最频繁的是太湖周边地区。太湖中有许多美丽的小岛。这些小岛以前都是富人们的家。当有钱的商人们去遥远的地区做生意时，他们会把家眷们安置在这些小岛上。然而，太平军摧毁了所有这些小岛上的富人府邸，只留下了一些穷人还住在这些小岛上。然而这些穷人都得到了妥善安置，他们并不反对洋人们来到这些小岛上居住，尽管他们并不接受这些洋人的信条。④

在美北长老会海外传道部董事会的 1876 年年度报告中，对于费启鸿从事传教活动的地区是这样描述的：

上海、宁波、杭州和苏州这四个差会从事传教活动的地区运河纵横，这样

---

① 英语"colporteur"是指被宗教团体雇用来散发《圣经》和其他宗教小册子的人。
② 女传道员（Bible-women），又称圣经女，是指专门向妇女传播福音的女性传道员。
③ 《教务杂志》，第 7 卷，第 4 期，1877 年 7—8 月，第 326 页。
④ 《华中长老会差会成立五十周年文集》，如前所引。

京杭大运河

就为巡回布道创造了便利条件。华北的传教士外出巡回布道必须坐骡轿，不仅速度缓慢，而且行程单调……华中的传教士则可以乘坐舒服的住家船，外出巡回布道非常便利。交错纵横的运河网使得传教士们可以轻而易举地接触到成千上万的中国人。传教士们不仅可以到达众多的城市和乡村，向民众布道，而且还可以随身携带大量的《圣经》和宗教书籍来进行散发和兜售。他的住家船实际上就是一个流动的书店。[1]

玛丽在写给父亲的一封信中描述了自己的"福音号"住家船：

我忘了你是否看到过这条船，但我想你是看到过的。这条船是在霍尔特拍卖自己家产时乔治买下来的。因为他把巡回布道视为传教士工作中一个非常重要的部分。这条船是他花了150银圆从拍卖会上买下来，专供巡回布道时用的。当乔治成功拍下它时，它已经是一条旧船，但是他只实付了45银圆，这点钱甚至连支付船上的床垫、枕头、炉子、碗碟、马桶、图画、镜子等物品都不够。由于霍尔特先生很快就升任为美华书馆的主管，他把这条船等于是送给了乔治，

---

[1] 《华中长老会差会成立五十周年文集》，如前所引。

大运河边的苏州

而他有时候独自一人，有时候跟我们一起，借用这条船出访过 25 次，其他人也曾借用此船出访过 10 次。所以说这条船的利用率很高。最近这条船换上了一面新帆，船身也重新漆了一下，所以又变得焕然一新。正由于它是一条旧式住家船，所以乘坐这条船非常舒适。[①]

玛丽还在写给艾萨克姨父的一封信中描述了一次他们外出巡访的情形，该信的题目是"乘坐中式住家船前往苏州"：

乔治和我正在第二次深入巡访太湖地区，这是一个风景非常美丽的地方。太湖上有许多郁郁葱葱的山地小岛屿，其中有些岛屿上还有精耕细作的农田，其余的岛屿则保留着上帝创造它们时的那种自然美。聚集在山谷中和山脚下的那些小村庄里住着一些非常和善、脾气很好的农民。我们所遇到的那些人对我们都彬彬有礼，那种礼节正是一位国王所渴求得到的。我们这次来到太湖，很想看到那白帆如云的场面。太湖的面积很大，岛屿众多，足以使我们在这儿逗留的一周时间过得十分愉快。我们虽然很想使这次出访具有度假的性质，但同时也希望这次巡访无论对于岛民还是对于我们来说，都会有较大的收获。我希望后面这一点能够实现。但尽管我们非常享受这次旅行，我们还必须对付船上

———————————

[①] 玛丽于 1878 年 11 月 19 日写给父亲的信。

苏州的运河

的那么多船夫，这使得我们的享受打了很大的折扣。我们以前从未雇用过一群那么难对付的船夫，乔治最终得出结论，即要这帮船夫做一些他们不愿做的事情太难，不仅费钱，而且还搅了我们的好心情！所以我们顺势而为，尽可能地去享受这眼前的好风景。我们在最大那个岛上的一些地方结识了当地的村民，并且很高兴地发现，不用费太大的劲我们就可以相互理解和交流。然而这只是最普通的对话。当我们开始对他们这些可怜而无知的家伙讲述基督教教义时，他们的表情似乎是在大海中挣扎，也许感觉到灰心丧气。有一天下午，我与一小群女人聊了一会儿天。只要我聊到了一些共同的话题，如她们的食品、衣服、年纪、孩子、丈夫的生意等，她们似乎很高兴，并且能够听懂我说的每一句话。但后来当我试图非常简略地告诉她们关于创世、堕落和拯救计划时，她们又说听不太懂。乔治认为我们开始所能做的就是来看她们，与她们交朋友，向她们散发宗教小册子，当然还有尽可能地跟她们交谈，并让上帝祝福她们。通过经常去同一个地方，使那儿的人开始认识我们——她们会发现我们来时都带着同样的东西——并且肯定会逐渐地对真理留下深刻的印象。[1]

---

[1] 玛丽1872年9月30日所写的一封信。

虽然上面这封信所讲述的是布道，或至少是谈论宗教，但传教士们也非常注重散发宗教小册子和《圣经》。在可能的情况下他们会收一点钱，但假如收不到钱，他们也会把它们送出去。玛丽在写给珍妮姨妈的一封信中描述了一次相当成功的"巡访"。

昨天早上我们到达了这个地方，乔治和【施密特】先生几乎整天都在外面售卖书籍，与民众交谈和布道。他们共卖了价值一万文的书籍，或者说拿回了这么多钱，但是书的价值远不止这些。他们卖那些书的价格为2—25文不等，绝大部分书籍的价格是6文。所以你们可以想象他们卖了多少书。我大部分时间都待在住家船上，因为我相信，以前从来就没有外国女子来过这个城市。

然而人们发现了我这个洋女子近在咫尺，便胆大包天地成群结队向住家船拥来，并且推开了船尾的百叶窗。身穿丝绸长袍的正人君子绝对做不出这样的事情，我无数遍地问他们"你们还讲礼貌吗"也无济于事！但乔治来了之后便阻止了这种场面。晚上，当船驶出城区时，我站在外面，一方面是满足围观人群的好奇心，但更多的是想让自己呼吸一点新鲜空气。但总的来说，当地民众对待我们还是不错的，没有人会去责备他们的好奇心。我经常羞愧地想，如果把他们对待我们的态度与美国人在类似情况下对待中国人的态度相比较，那前者真是好太多了。一想到华人在旧金山和其他地方的境遇，以及那些口口声声说自己信奉基督教的人不想让中国人加入自己的教会，我就会热血沸腾（用形象的说法）。但我也经常想，我们可以在中国人中间安全而和平地走动这一事实也许是因为我们所有的朋友为我们来华传教而祈祷的缘故。上帝当然对我们是非常和善的，并且使我们能在他交给我们的传教工作中得到快乐。

太湖南岸

1878 年 4 月 4 日

玛丽·艾略特·费奇的诞生

　　1875 年 3 月，费启鸿夫妇来上海，到天安堂参加了一个联欢会（参见本页的联欢会节目表）。几个礼拜之后，到了 3 月 27 日。玛丽生下了她的第二个孩子，玛丽·艾略特·费奇（Mary Elliot Fitch）。孩子的中间名字是为了对孩子的教母贝琳达·艾略特表示敬意。当他们回到苏州之

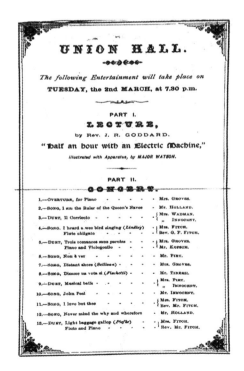

1875 年的联欢会

费启鸿一家在苏州的老房子

后，玛丽写信给艾萨克姨父和珍妮姨妈："我希望你们两个今晚能随着我的目光到摇篮里去看一眼我的婴儿。啊，她是一个多么可爱的婴儿，一会儿笑，一会儿发出咕咕的声音……而且用非常甜蜜的目光注视着我们。"① 有可能本页关于他们苏州老房子后期老照片中的那个小姑娘就是她，她正面对着叉手站在门道口的父亲。

建造一座住房

与此同时，费启鸿先生经过几年的搜寻和试验，成功地在城市南部购买到一块宅基地，并且在那块地上建起了苏州城里第一座洋人的住房，并于 1878 年

---

① 玛丽 1875 年 5 月 11 日写的一封信。

3 月搬进了新房。令人可喜的是，他们住进这座新房之后并没发生任何恶性事件，周围的住户们和平地接受了这些新来的居住者。①

玛丽在写给美国一位表亲的信中描述了她的新房。

……外表在我看来其貌不扬，但它却是一个温馨的家。它的窗户和部分门都是中式的，然而窗上装的是玻璃，而非牡蛎壳。房间都很小，而且低矮，而且所有的木制品上都涂着中式的红漆和油光漆。木板之间有很多空隙，有助于屋内的空气流通。有些空隙太大，在冬季冷得使人受不了，所以就用报纸糊上了。去年冬天不知为什么在窗户上也贴了很多报纸，使得我可以一边推着明妮的摇篮，一边读报，不用手里拿本书了。到了春天，我已经读完了所有的三份报纸，并且准备今年秋天继续读新的报纸。

总的来说，周围的邻居对我们很客气，尽管有许多人仍坚持叫我们"洋鬼子"。我独自外出时并不介意他们这么叫我，但是当我听见他们叫罗比和明妮"小洋鬼子"时，我的气就不打一处来。周围这些人并不爱我们，假如实话实说的话，我认为他们中间有许多人恨我们。

在《剑桥中国史》中，柯文（Paul A. Cohen）这样发问道：

那么，在 20 世纪去中国冒险的西方人中间，为何最遭人嫉恨和恐惧的是传教士呢？假如说有人能回答这个问题，那一定是从心底（不可避免地）坚持认为只有通过彻底记录中国文化，才能对中华民族真正感兴趣的传教士。②

---

① 《华中长老会差会成立五十周年文集》，如前所引。
② 引自布朗的《世俗的陶器》，如前所引，第 3 页。

迷信

虽然乔治在 1894 年写信的时候，曾经记录在建造住房期间"并无恶性事件"发生，但他在写给《先驱和长老报》的一封信中引用了下列事件来讨论中国的迷信。

> 作为中国人迷信的一个例子，让我来讲述几天前发生在我身上的一件事情。我们正在建造一座差会的房子，即苏州城里的首例洋房，并且害怕它可能会侵犯某些人的观念，并非有关礼节的观念，而是有关风水的观念。然而什么事也没有发生，直到建房到了砌烟囱的阶段。有一天晚上，一位情绪非常激动的男子前来找我们，显然他来之前还喝了酒，为自己壮胆。他说："这个烟囱正对我家的前门，假如你们像现在这样把烟囱的顶部砌成圆形，它就会招致我家庭成员的死亡。如果我死的话，那倒是件小事，但我家里有一位老太太，而且假如我妻子活得比我时间更长的话，那她会嫁给谁呢？"（按照中国人的观念，寡妇再嫁是一件丢脸的事。）这最后一个问题似乎确实是个难题，所以我说："那要是我们把烟囱顶部砌成方形的呢？"他答道："假如那样的话，我们都会平安无事。"无论是底层还是最高层，中国人全都有这种想法。①

玛丽在她的一封信中也讨论了这一话题。

---

① 1878 年 1 月 12 日的信。

在这儿我看到了越来越多的无知和迷信，我认为你根本就无法想象。现在有一位农妇在做我的助手，我经常跟她谈论这些话题。一两天之前，当我跟她讲了有关灵魂的事情以后，她说那些心位于身体中间的中国人死后将会升天，但是有些人的心在左臂下面，那些人死后将会下地狱。有一天我告诉另一位妇女说，我们每个人都只有一个灵魂，可是她说，她认为洋人只有一个灵魂，但是苏州人全都有三个灵魂！由于有这些愚蠢和无知的观念，最底层的中国人都觉得他们要比洋人更优越。我们在这样的中国人中间传播基督教教义，经常会感到令人沮丧。中国人的骄傲也许是在中国传播福音的最大障碍。①

纸人

玛丽的前一封描述她新家的信还提及了一种形式更为隐秘的迷信：

近来在我们的周围流传着许多愚蠢的故事。自从我从上海回来之后，我还没有外出去访问本地的妇女。有三个男子刚被砍了头，因为有人说他们在城里各处放出去许多身高只有三寸的纸人，企图以此来害死当地的百姓，这些人是罗马天主教徒，而苏州人作为一个整体来说，分不清他们与我们之间的区别。当他们在押解这三个人去刑场的路上经过我们的小教堂时，他们说我们那位本地的助手也快死到临头了。然而他似乎并不畏惧他们。我相信他是一个货真价实的基督徒。目前这儿的事件好像已经平息下来了，我们希望动乱尽快停止。

①　1877 年 4 月 27 日的信。

在中国历史上，关于纸人害死百姓的神话曾经出现过好几次。暴民们常常指控洋人为这种威胁的根源。而且，就像玛丽在信中所描述的那样，这种神话般威胁的结果往往会是谋害人命的报复。1876年10月30日，乔治写了他的另一篇"中国信札"。

亲爱的《先驱和长老报》编辑：

……我们从来也没有被迫离开这个城市过，尽管有一天晚上我们不在家正好拯救了我们的生命和住房。一股由几百人组成的暴民在我们住房后面的一个寺庙里集合，并坚持说他们看见有四个洋人站在寺庙大殿的屋顶上，正在把"纸人"派遣到四面八方。这些纸人被认为有五六寸高，据说它们会在晚上潜入民房，并害死屋内的居民。兵勇们赶来之后，会朝天上放几下空枪，但是他们从来就不敢朝洋人们开枪，因为他们说，洋人们总是随身带着左轮手枪（这种说法完全错误），他们可能会用手枪还击。我们的邻居说幸好我们在前一天就离开了家，否则这群暴民肯定会攻击我们的家，并将其抢劫一空。人群不断地来回涌动，企图阻止屋顶的那些洋人，直至天明。当黑暗被驱逐之后，人们发现屋顶那些所谓的洋人其实只是屋脊的正吻。这是中式房屋屋顶上高耸的饰物，在那些轻信的人眼中它们就变成了人的形状。我们是在几天后才回家的，并没有受到骚扰，尽管时常会传来一些疯狂的威胁和诅咒。一时间似乎整个国家都要发生动乱，我们似乎要被迫离开这个城市，并静候上帝对其子民所做出的安排。然而现在一切都恢复了平静，至少在江苏省境内是这样。虽然我们有时觉得自己是生活在一个火药桶的上面，然而从表面上看一切都十分宁静。

在纸人引起百姓恐慌最厉害的时候，成千上万的人晚上睡觉的时候都不敢闭上眼睛，害怕自己在睡梦中被纸人害死。人们敲锣打鼓，燃放巨大的爆竹，从黑夜直至天明。生意和劳动都停了下来。有关直接发生灾难或即将发生叛乱的谣言不断地流传开来。在农村发生的众多事件中，那些哪怕是被引起一点点怀疑的人都会被暴民们抓住，当场就被用石头砸死，或者说是被谋杀。民众的呼喊声虽然是反对罗马天主教和洋人，但引起公愤的牺牲品却是来自所有的阶层。这种事件从哪儿来，怎么来的，以及它是怎么平息的，为何平息，这些都令人百思不得其解。"你被称在天平里，显出你的亏欠。"① 这句话被写在了大清帝国的墙壁上，现有的社会秩序迟早会被一种顺应时代精神和基督福音的新秩序所取代。

费启鸿

1876 年 10 月 30 日于苏州

写给海外传道部的年度报告

美北长老会海外传道部的大部分年度报告只是把乔治列为他所服务过的各个传教站的一个传教士。但是在 1876 年那一卷的年度报告中，却有一段关于他传教活动的报告：

> 这一年苏州传教站虽然因为韦理（Albert Whiting）先生和李满（Charles-Leaman）先生被调往南京而人数有所减少，但是传教活动却有了进展。与其说这是丰收的一年，倒不如说这是重组的一年。一个有五名当地人参加的教堂被组织起来，其中有些本地人此前是属于由平信徒施密特先生所发起的一个组织的。小教堂布道的规模比以前扩大了不少，听众的人数在 25 人至 150 人之间。一个运行良好的书店得以开张，以销售《圣经》和宗教小册子。这个书店成为一个对话的中心，与此同时它还向周边地区输出了油墨刊印的生命信息。有两

---

① 《旧约：但以理书》5：27。（译者注）

个全日制的学校已被创立起来，一个就设在费启鸿先生的家里，另一个设在小教堂里。通过这种省钱的安排，不必增添租房子的额外支出。有30—40名儿童接受了基础的教育和上帝的教诲。妇女之间的传教工作也得以蓬勃发展。由于苏州的传教工作相对来说时间还较短，大部分时间还是用于随时随地跟邻居之间关于基督教教义的个别谈话。就这样，真理的酵母便逐渐渗入了异教谬误的面团之中。在某种程度上，苏州传教站甚至还推出了对周围农村的巡回布道。

饥荒

在华生活中还有另一种间断性的现象并非基于迷信，而是基于中国社会中的一个悲惨现实：饥荒。1876—1879 年的华北饥荒就是一次最为惨烈的自然灾害。1875 年华北大旱，导致来年庄稼颗粒无收。据估计，有九百万至一千三百万人在这次饥荒中被饿死。

1878 年年初，一位英国传教士这样描述当时的饥荒情况："人们拆掉了他们的房子，卖掉了他们的妻子和女儿，啃吃树根、腐肉、泥土和树叶——这些都是无人不知的新闻……男男女女躺在路边，不能动弹；或者是那些被恶狗和乌鸦撕成碎块的尸体以及婴儿被放在锅里煮熟和吃掉——这些画面是如此可怕，以致人们看了之后会瑟瑟发抖。"

清廷、中国的慈善家和商人们都对这次饥荒做出了回应，他们用一张有插图的传单来募集救灾资金，那传单的题目是《镜像惨烈，铁石落泪》。中国人害怕传教士会利用他们的救灾工作来传播基督教，并收养孤儿和把他们变成基督徒。他们捐出大笔的钱来创办孤儿院，以及赎回那些已经卖身为奴的妇女和儿童。[1]

乔治 1878 年 1 月 28 日写给家里的信对于这个问题有不同的看法。

亲爱的《先驱和长老报》编辑：

饥荒！饥荒！这是如今中国政府必须面对的一个巨大灾难。而且这并非只涉及数千人，而是涉及数百万和上千万人的一场饥荒。仅仅在河南省境内，据说就有五六百万人受灾，而这并不是情况最糟糕的一个省。所有的人都承认灾情严重。但是该如何救灾呢？这是最大的问题。清廷似乎对此无能为力，可是到了现在这个危急的时刻，他们再也不能掩盖事实或对此无动于衷，所以他们会做出一些微弱的努力，但这些努力会遭受上千种方式的阻碍。首先是要拯救那么多人的钱从哪儿来，第二是这些钱怎么才能交到难民们的手里？倘若你听到最近我跟一位中国朋友的以下问答，这最后一个问题将会显得更加令人困惑。我问他："中国政府的救济金将会有多少真正交到难民们的手里？"他回答说："大约十分之一。"其余的钱都被经手赈灾事务的贪婪官员们雁过拔毛了，那些贪官不会顾忌从快要饿死的人嘴里抢夺馒头来填饱自己的肚子。

至于那些私人慈善机构，大家都害怕施舍。没有人可以信任别人来当自己捐赠物品的施赈人员。住在中国的外国侨民们慷慨捐赠了大量的钱财，而传教士们亲自把这些赈灾物品送到了难民们的手中。他们经常要冒着生命危险，不是死在那些饥肠辘辘的暴民手里，就是死在因饥荒引起的瘟疫之中。在最乐观的情况下，那些私人慈善家的数目也很小。最需要赈灾物品的地区就是远离港口城市的山区，把赈灾物品运达那儿的唯一运送方式就是用骡子驮运。清廷曾经盲目地反对建造铁路，而现在当只有铁路才能够帮助他们的时候，他们却无能为力了。

1879 年 6 月，那些遭受饥荒的地区开始连降大雨，在那一年的秋收

---

[1] 维基百科：中国的饥荒名单。

之后，最严重的饥荒就已经过去了。然而，由于饥饿和疾病的原因，许多农村地区的人口锐减，而极度贫困的饥民都逃难到城市里去了。在外国人看来，饥荒中所饿死的大量人口都是由于清廷的低效和腐败。新教传教士们相信，他们的赈灾工作将会在中国人中间建立对外国人的善意，并且为传教工作打开局面。①

传教士会议

在这次大饥荒中间，在华各个不同差会的新教传教士们决定在上海举办一次传教士会议。乔治在一封"中国信札"中描述了这一动议的产生经过。

亲爱的《先驱和长老报》编辑：

许多人急切盼望，而（必须承认）有些人却感到疑虑的上海传教士会议终于开完了。从5月10日开始的这次会议共持续了十三天半。可以肯定地说，这次会议的成果超过了此前人们对于此次会议最乐观的期望。而胆怯者和怀疑论者的恐惧也全都烟消云散。从开会的第一天起，参会者的兴趣就显而易见，而会议所表现出来的那种精神使所有的参会者都觉得自己兴高采烈，并为那些因有事耽误不能来参加会议的人感到遗憾。这种兴趣与日俱增，直到最后一次会议结束，那是一场持续了两个半小时的祈祷会。当我们在祈祷中把自己相互托付给了上帝，或是在重复《圣经》中那些熟悉而动人的段落时，会场内每个人

---

① 同上。

的眼里都闪烁着泪花。苏格兰长老会的韦廉臣（Alexander Williamson）对我说："我一生中从未见过像这次这么令人激动的会议。"在中国的几千年历史当中，也从未在这片国土上开过这样的会议。

共有来自中国各地的120多名传教士，其中包括了女传教士，从北方的北京，到南方的广州，都有代表出席了这次会议。他们分别代表了圣公会、浸礼会、美以美会、长老会、美国公理会、卫斯理会等差会，以及我不知道数量的其他的差会。

为了使会议开得更加和谐，大家选出了两位会议主席，一位是苏格兰长老会的传教士，另一位是美国圣公会的传教士。

在所有的参会人员中，三分之一强都是属于长老宗差会的，但是差会之间的界限已经完全被一种大家共享的兄弟情谊所取代。

大家一致同意，有关如何将"God"和"Spirit"翻译成中文这一令人头痛的难题的讨论从一开始就被忽略。① 当一群传教士以如此友善的关系聚在一起开会时，却不能讨论大家也许都会关注的问题，这显得有些奇怪。然而在目前的这个例子中，大家都认为避谈分歧是一种稳妥的办法，也许还是最好的办法。

会议上宣读了43篇论文，内容涉及了传教工作中的各种话题。每篇论文念完后都有限时五分钟的评论和提问。要复述所有论文和评论的内容需要有整本书的篇幅，所以后来就专门编纂了一本会议论文集。然而所有的参会者都因能亲临会场而深受裨益。聆听来自福州的美以美会传教士讲述创办一个有1200位成员的教堂的故事，真的使我们获益良多。他们在那儿开展传教工作的头九年中居然连一个皈依的信徒都没有。更使我们感动的是得知不同的传教士兄弟是如何开展传教工作的，在这一过程中他们遇到了什么样的困难和取得了什么样的胜利，播种时如何含着眼泪，收获时如何畅怀大笑。令我们（尤其是年轻的传教士们）受益匪浅的还有聆听像厦门的打马字（John VanNest Talmage）那样的来华已30多年的老传教士讲述他的生平故事，这些故事一会儿使我们泪流满

① 不同的学者选择了不同的中文名称来翻译"God"这个词。我们将在描述出版中文《圣经》过程中所引起的争论时，再回到这个话题。

面，一会儿又使我们笑逐颜开。"他的眼目没有昏花，精神没有衰败。"① 尤其使我们深受裨益的是在会上见证了"圣灵的合一"。赞美上帝，使这次传教士会议能展示如此和谐的圣灵合一。在华的传教工作似乎真的获得了很大的成就，我们的目标似乎已经近在眼前。在传教领域中有这些我们熟知的传教士兄弟，我们的心情将会轻松很多，工作将会更加顺利。

你最真挚的，

费启鸿

1877 年 6 月 9 日于苏州

玛丽对儿童所做的工作

与此同时，即 1877 年 6 月，玛丽撰写的一篇文章发表在由美国长老会女子海外传道会主办的杂志《儿童为儿童的工作》上。它描述了她在苏州为中国儿童所创办的一所全日制小学里所发生的一个故事。

苏州的蒯福

亲爱的从事儿童工作的读者，我刚从我的全日制学校归来，心里充满了悲哀，所以想从你们这儿获得同情和帮助。当大家在祈祷的时候，我突然想到了一位男学生的笑脸和他敏捷的回答。在过去的几个月中，他从未缺过一堂课。所以在祈祷结束之后，我问这一班的老师说："蒯福在哪里？"我期待他回答"蒯福生病了"，并且心里已经为这位学生而感到遗憾；然而跟那位老师的回答相

---

① 《旧约·申命记》34：7。（译者注）

《儿童为儿童的工作》杂志刊头

比较，即使是他病了也算是好消息了。那老师答道："蒯福出家当道士去了。"
"什么！"我大吃一惊，"蒯福？当了道士！你以前知道这件事吗？"接着那位老师
就告诉我，几年前蒯福的父母就已许愿让他去当道士，但是他一直被允许在家里
生活到现在，目的就是能让他上学。他说："昨天他们来把孩子接走了，我觉得现
在蒯福已经戴上道教帽了。"班里有些男孩子听到最后一句话都笑了起来，但我告
诉他们，这个消息使我感到很难过，并且对老师说："假如我早知道这个消息，我
也许可以做些什么来阻止他当道士。你为什么不告诉我？"但是他说，他以前并不
知道蒯福早就被父母许愿去当道士一事，而且蒯福的父母是因太穷才这么早就送
他去道观的。昨天下午我并没有发现他缺课，即使我发现了，我想我也无法使他
逃脱这一悲惨命运。唉，蒯福自己对此命运也是没有发言权的。很可能当他还是
婴儿的时候，他父母就已经因为发过某个誓而许愿他将来去当道士了。

　　当我转身走开的时候，我想到了在我给蒯福讲解《圣经》时所一起度过的
那么多美好时光，他所学到的教义问答，以及《圣经》中的段落。你们难道不
认为他将会记住这些东西吗？所以我不仅希望他的灵魂得到拯救，而且希望他
即使作为一个道士，也会"思念这些东西"，到一定的时候脱离道观，以便能再
续前缘，拯救更多人的灵魂。至此，我肯定我已经不仅赢得了你们的同情，而

且还有你们的"哈利路亚"！你们懂我的意思，是吗？请你们为蒯福祈祷，真诚地祈祷。[①]

玛丽的文章再次出现在 1877 年 11 月出版的同一杂志中，这是关于那位退学男孩的另一封信：

再说蒯福

亲爱的青少年同工们，倘若你们阅读过本刊今年第 6 期关于蒯福那篇短文，我希望你们会有兴趣再听到他的消息。当你们知道我写的关于他的那封信发表之后，他已经再次回到学校快六个礼拜了，你们会感到吃惊吗？我肯定你们中间有些人一直在为他祈祷，而且"当你还在说话的时候"，上帝就听见并答复了。

他出家当道士的几个礼拜之后，他奶奶去看他时发现他的额头上有一个很吓人的伤口，而且一只眼睛上有一块很大的瘀青，这些是一个道士殴打他的结果。他奶奶于是求道士们让蒯福跟她一起回家，由于那儿有一位道士是她的亲戚，她终于成功带着孙子离开了道观。几天后他家派人来问我，蒯福能否再回我的学校复读，你们可以想象我听了是多么的高兴。我说："当然可以。"我立即想到了你们，并且特别想看看那些一直在为蒯福祈祷的男孩和女孩的脸。但我遗憾地告诉你们，虽然他复读之后还是每天都来上学和背诵课文，但是他并不像以前那么出色。我希望你们中对他感兴趣的人不要停止为他祈祷。

有一天，一位低年级学生的母亲前来看我。她说宋梭早就恳请她来见我，而且他还告诉她，费师母说拜菩萨是不对的，他以后不会再拜菩萨，而且他母亲也不准拜。比这个消息更好的是，她说她会"听他的话"。

你们这些小同工，有人愿意给我写一封信吗？我的邮寄地址如下：

---

① 宾夕法尼亚州费城长老会女子海外传道会主办的杂志，《儿童为儿童的工作》，第 2 卷第 6 期，1877 年 6 月，第 91—92 页。注：引文中的拼写方式跟原文中是一样的。

通过旧金山转：中国上海费启鸿夫人①

宗教会议

在由乔治母亲保管的剪贴本中有一封没有标明日期的《中国信札》，它既没有写信日期，也没有出版信息。但是乔治母亲把它贴在上面这封信的后面，信中还提到了近期发生的饥荒，所以这封信的可能日期是在1877 年至 1878 年。由于信中提到了好几个话题，所以它在本书引文中会分为三个部分。

中国宗教会议今年在杭州召开，开幕式的第一项就是由神学博士倪维思（J. L. Nevius）致布道文。会议代表名单显示有 11 位外国成员和 18 位本地成员参加。他们分别来自南方的广州和北方的北京，两者之间的距离相当于好几个 600—800 英里。其他成员来自宁波、上海、兰州、芝罘、通州和镇安府。由于参会代表操好几种不同的方言，宗教会议的会务安排遇到了一些困难。本地人代表之间往往听不懂对方说的方言，所以有时候会出现一个外国人为他的中国同工们充当翻译的异常场面。在这种情况下，德高望重的霍珀博士，一位来华 34 年的老传教士，不得不在整个会议期间都坐在会场里，但几乎听不懂一句代表们的发言，除非这些发言被翻译成英语。

来自各个传教地的报告总的来说是非常令人鼓舞的。虽然饥荒在华北肆虐到了一个前所未有的程度，但因上帝的强力制止，却反而使它大大促进了传教

① 《儿童为儿童的工作》，如前所引，第 2 卷第 11 期，1877 年 11 月，第 163—164 页。

工作。据报道，倪维思博士用过去一年中提供给他的经费，帮助了大约 3,300 个难民。民众们开始意识到谁才是他们真正的朋友，并在很多例子中能够把传教士的忠诚和自我牺牲追溯到福音的鼓舞，而这正是传教士所宣称和教诲的。

缠脚

在宗教会议的讨论议题中，下列关于反对缠脚的决议在通过时并非没有遇到反对意见。有一位很重要的与会代表提出，最好在这个决议中加入一个反对束腰的条款。

决议

缠脚与《圣经》中宣扬的精神不符，宗教会议告诫它属下的所有教会都摒弃这一有害的做法。

有一位长老对此评论道，他衷心拥护这一决议，但困难的是如何具体执行这一决议。

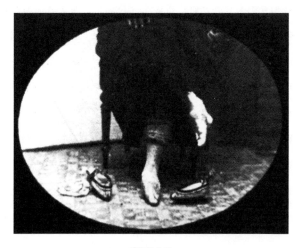

缠脚的女子

在一次由宗教会议成员和杭州当地几个不同差会的传教士们参加，并由英国圣公会的一位传教士主持的晚间会议中，通过了一份呈交给英国女王的备忘录，敦请她关注在中国鸦片烟泛滥成灾的严重局势，并且请求女王陛下通过行使其权力来取缔英国（印度）与中国之间的鸦片走私。

拜访一位富人

在一个风和日丽的下午，参加宗教会议的几乎所有外国人代表都得到了邀请，去参观一位胡先生[①]的府邸，据说这个府邸是全中国最漂亮的一个私人宅院。我们都受到了胡先生非常殷勤的亲自接待，并被允许随意游览庭院里的假山和洞穴。这些假山和洞穴是如此的逼真，令人很难相信其建造者竟是人，而非自然。我们穿过宽敞的厅堂和弯曲的走廊，走廊里挂着形状奇特的灯笼。我们还经过了雕刻极其精美的柱子和木制家具，最终来到了闺阁的庭院。从走廊凝望大堂和两边厢房，我们看到了胡先生的好几位妻妾，后者偷看洋人的急切程度丝毫不亚于洋人们偷窥她们。很少有蛮夷曾经得到过见证这种场面的特权。我们坐下来跟胡先生一起喝茶（当然是不加奶和糖的绿茶），那个房间的地板上铺了一块美丽的布鲁塞尔地毯，从屋顶挂下来一盏漂亮的吊灯，四周墙上挂有不下八个外国制造的时钟，它们的大小和式样都不尽相同。在敞开的大门前，有两只样子像鹳的动物在闲庭信步，羽毛非常漂亮的鹦鹉从它们栖息的栖枝上发出尖厉的叫声。还有一些珍奇的禽鸟在挂着的鸟笼里跳来跳去的。总的来说，从外人的角度看，这位富人似乎幸福圆满，什么都不缺。然而当我们转身离去时，我们感觉到自己要比他更幸福，而且要比这个拥有无穷财富的中国大富豪更幸福得多，因为我们现在虽然拥有的财富很少，但是我们面前有着一个光辉而远大的前景。

宗教会议现已休会，下次准备 1883 年 5 月在上海继续召开。

费启鸿

[①] 这位胡先生就是创办胡庆余堂的清代红顶商人胡雪岩。（译者注）

拜访知府

乔治的下一封信是 1878 年 8 月写给《弗里蒙特日报》的。

日报编辑：我们这儿刚下了一场降温的大雨，水银温度表上的温度已经降到了 79 华氏度。这还是三个礼拜以来我第一次看到温度落到了 80 华氏度以下。现在即使关上门也不会感到闷得难受了，能有这样的改变真的令人很爽。

今天我平生第一次去衙门拜访了一位中国知府。前天，当我刚刚离开我的街边小教堂，一位本地传教士还在对大约 50 人的听众讲道时，一个男子突然闯进小教堂，开始以恶毒的语言大声辱骂。在场的人们要他闭嘴，可是他却越骂越厉害，最后竟然走出小教堂，来到街上，脱下裤子继续辱骂，这被公认为是一种最恶毒的辱骂方式。那位本地传教士派人去请衙吏，但是还没等到衙吏，

《弗里蒙特日报》

那个男子就走了。我昨天听说此事之后，便去了小教堂，并再次派人去请衙役。我们告诉他，假如那个男子（他似乎为昨天的行为感到害怕）能够前来向我们认错的话，我们将不会去知府衙门告他。今天我又去了一趟小教堂，发现那个男子无药可救。于是我便雇了一顶轿子，带上了一张我的红色拜帖，在两位本地传教士的陪同下，直奔知府衙门。一个洋人在这种情况下是否能见到知府并无任何把握，所以一路上我心里都在打着鼓。走进衙门的大门，穿过一两个院落，来到一个空旷的大厅之后，我便让轿夫停下。拿出我的拜帖，交给一位本地传教士，让他替我把拜帖递进去，请求见知府一面。与此同时，我坐在轿子里等待对方的答复。穿过面前一条长长的通道，我可以看到大堂的门。假如知府能够见我的话，这两扇大门就会很快为我而打开。过了一会儿，那位本地传教士回来跟我说，知府请我进去面谈。我必须承认，听了这番话，我的心怦怦地狂跳了一阵子，倒不是因为恐惧，而是怕自己在随之而来没完没了的鞠躬和拂袖时做不到总是"右脚在先"的正确礼仪方式。看到前面的两扇大门已经为我打开，我命令轿夫们把我抬进去。走进大门便是大堂院落，在两边各坐着一排戴官帽的官员，其中有一位官员手里拿着我的拜帖，招手要我跟他走。我下轿跟着他走，很快就被带到了一个30尺深、50尺宽的大堂里。知府大人还没有到来，所以我就在一个"下座"上坐了下来。然而我并没有等多长时间。知府身穿黑纱长袍，上面用层层叠叠、色泽鲜艳的丝线绣着龙的图案，在白色内衣的衬托下，显得颇为得体庄重。他脚蹬沉重的缎靴，头戴一顶硕大的官帽，帽上还插着孔雀的羽毛，这是他位高权重的标志。这正是我想要拜见的人。我立即起身，用最有礼貌的姿势拱手行鞠躬礼。他也以同样的姿势鞠躬回礼，并走上前来恭请我换到"上座"。我当然要推辞一下，最后被主人的盛情所说服，在上座坐了下来。令我吃惊的是，他居然坐的位置在我之下。这等礼遇是我始料未及的。我们刚刚落座，就有两个本地的下属前来向知府请安，跪下磕头。普通老百姓对于官员畏惧和尊敬的程度简直令人匪夷所思，至少对于一个美国人来说是这样的。当我们的故事讲完之后，知府阁下答应会妥善处理此事，给我们一个满意的答复。这时他转向了我，请我喝茶。在我们刚落座的时候，我们的座位旁边早就摆好了一杯沏好的茶。熟谙中国礼仪的人都知道，这意味着我们的正式会谈现已结束。以此来结束一个再继续下去有可能会引起主宾之间尴尬的场景，这是一个多么别致的方法啊。说真的，只有中国人才能够想得出这样的方法。我马上拿起茶杯，啜了几口茶，便起身告辞说："费心，费心。"（有劳您了）他一直送我到了停轿子的地方，并鞠躬把我送进了轿子，于是我们便走出了衙门。作为我拜见官员的结果，那个来教堂捣乱的人受到了严厉的惩罚。

费启鸿

绘有抽鸦片场景的明信片

鸦片

还有，乔治当时因读到一位名叫加德纳的领事［可能是英国驻厦门领事嘉托玛（C. T. Gardner）］在上海最重要的英语报纸《字林西报》（*North-China Daily News*）上发表的一篇文章而感到烦恼。嘉托玛显然想要淡化中国的鸦片问题。具有讽刺意义的是，传教士之所以能够进入这个国家，全是因为在 1842 年和 1860 年的两次鸦片战争中，清廷屈辱地败在了英国手下。在经过了清廷多年的反对之后，卫三畏（参见第 41 页的插图）在《天津条约》的谈判中发挥了关键性的作用，使该条约中增添了一个容忍中外基督徒的条款。然而，传教士们是鸦片贸易的公开批评者。乔治也是这些批评者之一。

嘉托玛领事论鸦片

鸦片走私船

致《字林西报》的编辑：

先生，关于 1 月 9 日在贵报中得到高度赞赏的嘉托玛领事那篇文章中的一些话，请允许我发表以下的评论。嘉托玛领事说："有节制的吸鸦片者很少有人会消费一磅半以上的鸦片；一个很有节制的人每年只会吸一盎司左右的鸦片，而一个最不节制的鸦片鬼每年也只消耗四磅半的鸦片。"

苏州的数据却与此不同。在这儿，一个"有节制的吸鸦片者"每天至少要吸食一钱（中国计量单位，约相当于3.78克）或每月一磅，每年十磅的鸦片。"最不节制的鸦片鬼"每天将消耗三盎司鸦片，即每月五磅或每年60磅鸦片。在这些数据的基础上，无论你刨去百分之几的"灰烬"，仍然要比嘉托玛领事的数据高好几倍。

然而嘉托玛领事无疑是一位"绝对诚实"的人，而他的"证词很有价值"。我只是一个传教士，而且在这个话题上也许有不同的看法，尽管我并不属于反鸦片协会，也没有读过他们的论文。然而我每天都见证的，由鸦片而引起的痛苦，足以感动一位铁石心肠的人。在中国人当中，我迄今还没有发现过一位想为这"有益的罪孽"进行辩护的人。正好相反，我不断地听到这样的质疑："为何你们一边向我们布道，一边又继续把鸦片卖给我们？"无论你们怎么想，但事实是中国人十有八九都知道，鸦片是洋人带进中国的，而且这儿并没有种族或派别的歧视。请原谅我提高了自己微弱的声音来反对"这一平静的观点"，但是认为吸鸦片习惯对中国绝不是诅咒的那个人并没有真正认识中国。

您真挚的，

费启鸿

苏州，（1878?）1月13日

珍妮特·格里斯沃尔德·费奇的出生

珍妮特·格里斯沃尔德·费奇出生于同一年，即1878年的4月6

日，于是她便与母亲和祖母共享了同一个生日，后两者分别是在 1816 年和 1848 年的 4 月 6 日出生的。她的名字"珍妮特"是为了纪念她的姨婆，即她祖母的妹妹。她的中间名"格里斯沃尔德"则是为了纪念萨莉·格里斯沃尔德·乔治的母亲。

1878 年夏天，乔治有了时间来阅读、思考和给家乡的报纸撰写另一封信。

进步和问题

中国信札

亲爱的《先驱和长老报》编辑：

我刚才还在读第二位来华的新教传教士米怜（William MIlne）牧师 1820 年出版的一本书。在那本书快要结束时，他单纯凭借所谓的"人为概率"而进行了一些计算，其结果从当今的事实来看，至少可以说是很奇特的。他认为，在华从事传教工作 20 年之后，这个教会有五个传教士，而依靠这五位传教士，可以得到五个真正皈依的基督徒。这些人，再加上他们的家眷和传教士，在头 20 年结束时代表了在华的 20 名基督徒。在头 40 年结束时，则将会有 60 名基督徒，而在头 60 年结束时，真正皈依基督教的信徒人数将会达到 250 个！然而，就是在如此缓慢的发展速度下，他仍然估计整个中国和日本将会在 460 年后，或"是在将福音传遍欧洲所有主要国家所需的相同时间里"，都改为基督教国家。

当时，米怜先生和马礼逊牧师和医生都是在广州这个唯一的开放口岸苦苦等待了多年，既不敢传道，也不敢散发宗教书籍，而当时的中国人对于洋人的发明全都是那么忌妒。我发现当时的文献中只提到了两名受过洗礼的本地基督徒，而且我认为再也没有别人了，就连这两位基督徒中，也有一位已经去世了。说真的，开创传教工作的事业是如此的令人气馁，以至于马礼逊医生在经过了27年的辛勤工作之后，也只看到了三四个受洗的基督徒。

然而现在，即该书出版58年之后，以及首位新教传教士抵达中国70年之后，我们看到了什么？整个中国，从广州到北京，从太平洋到最远的西部，都已经对传教工作开放。可以毫不夸张地说，传教士们在这个辽阔的帝国里可以随心所欲地去任何地方。

那么传教使团本身的情况如何？从1820年那两位充满期待、耐心等待的传教士开始，发展到现在，男女传教士的数目已经达到了473人，分别活跃在沿海城市和中国内地的许多地方。教会成员已经增加到了13,058人，教堂的数目达到了312个。有91个主要的传教站和511个乡村传教分站都已经启用。传教工作已经向各个方面迅速扩展。而且这种传教工作是自我繁殖的。

作为鼓舞至少某些本地基督徒之精神的例子，我想讲述一下最近在杭州一次宗教会议上听说的一件事。在宁波的某个长老会教堂里，有一个信仰宗教的穷人特别喜欢传播基督教，于是他便完全自发和自费地去邻近的一个村庄传教，直到最终有一些人通过他做工作而信奉了基督教。在同一个教堂里还有一位家境不错的画家，他看到了这位穷兄弟的热忱和成功，有一天便对他说："假如你每周能花一整天的时间，专门到那些村庄里去传教的话，我可以付你工资，其数目跟你在家干活挣的钱一样多。"他果真是这么做的。过了不久，传教工作有了新的发展，每周一天的时间似乎已经不够了，于是那位画家便开始每周付他两天的工资。这还不是一个单独的例子。

总的来说，我相信中国的基督徒与美国的教会成员们相比较，丝毫也不会逊色，无论是比他们作为普通基督徒的特质，还是比他们传播真理的热情。

如上所述，我们有足够的理由来感恩和感到欢欣鼓舞。考虑到将要做的事情，我们有足够的需求来祈祷和宽容上帝子民们最真挚的努力。相对来说，我们几乎可以说，传教使团的董事会在招募新人和缺乏经费等方面从未像现在那样虚弱。无论是英国的，还是美国的传教使团，由于碰到生老病死和因病减员等情况，目前很多地方的传教力量受到了很大的削弱。

然而传教事业还是以前所未有的态势在扩展。我是否能诚挚地请大家关注这一点，并请求作为"收获之王"的上帝派更多的人来？

你真挚的，

费启鸿

苏州，1878 年 8 月 18 日

佛教

在第二年的 5 月，该报刊登了费启鸿的另一封来信。在这封信中，乔治试图平息一个关于佛教崩溃的谣言——这个谣言也许是他不经意地带到美国去的——并且责怪缺乏传教士来华从事上帝的传教事业。

关闭在中国的佛教尼姑庵

一个虚假的报告

亲爱的《先驱和长老报》编辑：

Peccavi.【拉丁语：我有罪。】或者说，我成了一则谣言的无辜根源，这则谣言流传很广，而且有人根据佛教在地球这一地区的衰落，进而声称"皇帝下诏令，即将关闭中华帝国所有的佛教尼姑庵"。这是我们最期望看到的一个大结局，但我想这样的局面恐怕还尚未到来。事实如下：几个月前就有这样的一则谣言，我在写给朋友们的信中原原本本地讲述了这则谣言，而且假如我没记错的话，信中也没有忘记按照惯常的做法，写上"他们说"。不知怎么的，这信就上了报纸，并且经过那些报纸，被《海外传教士》（*Foreign Missionary*）所转载。但遗憾的是，那个重要的"他们说"被遗漏了，而且那事听起来就像是对一个确凿事实的陈述。但它结果却只是一个谣言。那些尼姑开始心情很激动，在某一特定的日子，她们都带着自己的私人物品和财产，甚至还有门、窗等可以卸下来的房屋部件，离开了尼姑庵，只剩下了几个年纪较大的尼姑。然而这种激动渐渐地平息下去，尼姑们也开始回归了，现在一切似乎都恢复了原状。

在中国的这一地区佛教并没有衰落。相反，情况到处都在改善，佛教也正开始从 15 年前太平天国叛乱时所受到的震撼中恢复过来。寺庙得以重建和修复，僧人们随处可见，每年花在偶像崇拜上的钱数以百万计。统治阶级确实并不喜欢佛教的尼姑庵，于是便谴责它们，有时还会在全国某些地区关闭它们。但这并不意味着不喜欢佛教。佛教仍然像以前那样深入人心，什么都不能够把它驱走，除非基督教的真理大获全胜。这正是我们的教会所想要实现的目标——什么？几乎没有保持住它很多年以前所公布的数据！是的，我们被迫暂时放弃作为帝国故都的南京城，它原先是由我们的两位传教士在那儿驻扎的，在那儿我们还有一幢房子到现在还空着。我们将非常高兴地记录佛教、道教和儒教灭亡的那一天；然而基督教世界似乎还没有准备好去进入和拥有中国人的内心世界。基督必须先进入，才能把撒旦驱逐出去。

费启鸿

苏州，1879 年 5 月 19 日

那座在南京"还空着"的房子显然遭到了《上海信使报》中一篇文章的批评。乔治站出来，在另一封致报社编辑的信中为他的传教使团进行了辩护：

南京的传教士驻地

致《上海信使报》的编辑先生：

当一个人的目的受到了挫折，或是习惯性的嗜好被拒绝，但又不能向造成他痛苦的人报仇时，他几乎总是会把自己的愤怒转移到手边某个不那么重要的物件上。所以你们那位在 11 月 27 日发表报道的记者因为关注总督的宣言而错过了自己喜爱的油爆虾主菜，于是便猛地扑向了无辜的美北长老会驻地房屋。

可以期望的是，那座房屋"已故主人"的怪癖也许可以在报道中被屏蔽，无论他在某个方面会有缺陷，但他唯一不缺的是对中国人的热爱，或对于传教事业的奉献。这从他在太原府因赈灾而遇难一事上便可窥见一斑。De mortis nil nisi bonum（拉丁语：不要说死人的坏话）。

至于"肮脏的小屋"和"黑暗而潮湿的房间，连马厩一半的体面都谈不上"等描述，人们的看法也许有不同，只怕是你们的记者刚刚打过摆子，因为经我们私下观察，他深受疟疾的困扰，即便他生活在舒适的住宅里。无论如何，那座房屋是传教士们当时所能得到的最好的，也是唯一的住处。他们当时的处境非常困难，始终面临着中国官员的敌意和反对。

没有谁能比长老会的成员们更感到遗憾，即长老会总部无法立即派遣新的传教士到重要的传教地区。但下列事实触目惊心：——与上海、宁波、杭州等城市相关，南京也被认为是一个同样重要的传教地区。上述这些城市有长老会属下的四个寄宿学校、14 个全日制学校、13 个有组织的教堂和 640 名教友、24 个传教分站、28 个小教堂和布道场所，由 81 位本地传道者进行打理。除了上海的美华书馆外，《儿童报》及其他众多的作品无法顺利地刊印出来。而管理所有这些事务的只有区区六个外国（男）传教士。我们衷心希望这个数目能够增加一倍，并且还能派一对传教士夫妻去南京。然而在过去几年中，美国的经费一直紧张，没有增派新的传教士来华。

然而说真的，编辑先生，当知情人并非因"住好房子"和"奢侈的生活"这些常见的理由而指责传教士时，反而令读者耳目一新。我们感谢贵报记者将传教士生活一个新的方面如此引人注目地展现在公众面前。如果去寻找的话，可能还会找到更多其他的例子，但希望不要再有"体面的马厩"一类说法。其实仔细回味一下，看多了"污秽的小屋"，偶见"一条污秽小巷"中一间"肮脏的小屋"，还是能够令人心动的。我们就以这句自我陶醉的话来结束此信。

"一位苏州绅士"

苏州，1878 年 12 月 18 日

传教使团董事会的支持

乔治在另一封信中又回到了缺乏新的年轻传教士这一话题。

来自中国的信

亲爱的《先驱和长老报》编辑：

在去年的美北长老会海外传教使团董事会的年度报告第 69 页上写有以下这些话："宁波差会急切地需要新人加盟。我们已经向美国的年轻人发了一个招新的广告，差会的一些成员也给他们所熟悉的人发了私信。然而到目前为止还没有收到任何的反馈。有一个申请来中国宁波差会工作的人没有获得长老会的批准，后者不同意他离开自己的教会。"

至于上面这最后一个人，我并不知道他属于哪个长老会差会，也不知道他的姓名，更不知道他是在什么情况下提出的申请。但上述引文揭示出至少有一个长老会差会的做法不甚符合传教精神。美北长老会的代表大会是由下面的各个差会所组成的，而美北长老会代表大会的最显著特征就是一个传教士的代表大会。我们觉得有些差会和个人显然还充满了偏见，即任何人都可以去做一名传教士，而当一个在国内已做出成绩、前途无量的人提出要去海外传教时，就会有人想不惜一切代价地把他挽留下来。上帝在派遣保罗去远方的外邦人那儿传教时可不是这么想的。

至于年度报告中所提及的第一个例子，据说他已经决定被派遣来华，但却因"天意而滞留了下来"。实际情况是，当这位兄弟向董事会申请来华时，财务部门已经没有钱了——不，情况更糟，他们已经欠债了——所以不得不拒绝了他的申请。后来，当董事会准备派遣他来华的时候，传教士的"私信"来了，他深深地牵涉进了牧师工作，无法脱身，至少他不再有赴海外传教的想法了。就这样，我们在过去的一年中有了两次失望。我们渴望有新人加盟，并不是为了扩展传教工作。宁波的长老会差会去年只有两名外国传教士，而九年前这儿却有五个外国传教士。我们因缺乏人手而不得不暂时放弃曾作为明朝首都的南京城。三年前，我们在那儿还有两名传教士。

拥有650名教友的宁波差会，正如人们所期望的那样，对于如何正确推进传教工作一事是非常认真的，而且时刻想着要去完成更大的事业。然而我们的教会多年来却在我们的传教地区稳步地推行一项逆行的政策。这样做值得吗？

您真挚的，

费启鸿

中国苏州，1879 年 10 月 1 日

真正的博爱

1879 年 7 月 10 日，乔治带着玛丽及孩子们踏上了前往宁波的旅程，因为他将在晚些时候加入那儿的传教站。在日记中他这样写道：

到达上海。周五晚上正好赶上了一场花园音乐会。睡在我们的住家船上，

吃饭就在霍尔特（W. S. Holt）的家里，直到下一个周二，届时我们将搭乘"江天号"轮船去宁波。周三离开宁波并在周四下午到达普陀（成为疗养地的一个海岛）。膳食每人每天5角，我们一家算3个半人。住宿每天5元钱。8月26日星期二离开普陀，前往宁波，于同日到达。第二天离开，前往上海。后一天离开上海，前往苏州。8月29日星期五到达苏州。夏天特别干燥和炎热。温度表的水银柱反复达到99华氏度。我们大家身体都还好，就是玛丽在到达普陀一两天之后流产了。

后来，乔治在一封信中描述了他的这次宁波之旅。

真正慷慨大度的一个事例

亲爱的《先驱和长老报》编辑：

　　在宁波城里住着一位中国顶级的石匠，他也是一位虔诚的基督徒——长老会教堂的一名成员。去年秋天，他受雇在苏州城里为某一个传教使团监造一些房屋。他在这儿的时候曾经为一个传教使团捐了10元钱，那些了解他家境的人都认为他此举十分慷慨。在他最近从苏州回宁波的路上被人抢走了60元钱，回到宁波之后，他发现家里失窃，他作为教会财务主管而代为保存的30元钱被偷走了。在遭受两次严重损失的压力之下，他会怎么做？他几乎是马上就坐下来，给他曾经捐了10元钱的那个传教使团的负责人写信说：

　　"当我跟你在一起的时候，我心里想的是能给你们捐一些钱，以帮助你们为学校里的那些穷孩子们买衣服穿。但我走的时候并没有达到我的目的。在我回家的路上，上帝（为我的贪婪和疏忽而）教训了我。我现在再给你寄40元钱。"

　　这位写信者是一个辛勤劳作的人，本身并不富裕，在这个世界上总共才拥有区区几百元钱。但作为一个中国人，他具有恩典之心，能看到贪婪的危险，并能在被大多数基督徒视为大灾祸的事情中认识到上帝之手的作用。假如在上述例子中的几十元钱能够转换成几百元钱的话，就更能使美国人意识到他一方面所受到的真正损失，以及另一方面他所捐献的那些钱的价值。这难道不是一个令基督教美国最开明的基督徒值得效仿的真实例子吗？

来自地方官的一封信

乔治的上述信件延续了一个完全不同的话题，正如他所描述的跟江南地区一位地方官所进行的一次信件往来。

为了显示我们在苏州城的官员处所受到的礼遇，特附上一位地方官写给目前居住在苏州城里四位传教士的一封信的译文——这不禁令人回想起25年前当慕维廉（William Muirhead）出现在苏州街头时遭到劫掠的情景，尽管当时他身上穿着中式的衣服，甚至头上还戴着一根假辫子。现在苏州城里已经有了两座洋房，而且里面住的都是传教士。

费启鸿

苏州，1880 年 1 月

【译文】

"本官谨通知你，从（北京的）总理衙门送来一份急件，希望去内地旅行的各国洋人应该首先得到护照，并将护照盖上章，总理衙门会将相关通知送达沿线的地方官员，以便当洋人到达任何地方并出示护照时，他将会按条约的规定得到相应的保护。

后来总督又送来一份急件，指示说当洋人来到本地区任何地方时，无论事先是否收到过通知，大家都得相互配合，使他能安全通过。每个人都必须严格执行这些指示。

本辖区就像是通衢大道，众多洋人穿梭不息，而相关报告时常不确。因为所派遣之兵勇，往往有的地方不能顾及，故护卫洋人一事不能万全。

鉴于即将来访苏州的洋人们尊师（您）以前就已相识，特反复恭请贵教士尽快安排他们到贵教堂逗留片刻，并将他们的护照送交鄙衙门。一旦收讫，定会按照条约派出兵勇，护送洋人过境。这样就会避免延误，并显示出本官（对此事）的重视。

基于以上理由，本官写下此信，冀望能收到回复。请求你们凭才智决定此事，并告知结果。恭祝平安，雪雁待珠。"

谣言

正如我们在他信中所发现的那样，乔治并不乏幽默。下面这封写给上海一禁酒出版物的信为此提供了另一个范例。

致《禁酒联盟》的编辑

亲爱的先生：

你关心谣言吗？如是，我可以给你提供一个能说明谣言价值的例子。几天前我从上海回来，有一位本地的兄弟问我："上海有什么新闻吗？""没什么重要新闻。"我说。"洋人报纸上有没有对于一条铁路的报道？""什么也没有。""那就奇怪了。在苏州城里到处都是谣言，说要建造一条从上海到苏州，从苏州到镇江的铁路。苏州的火车站就建在盘门（西南城门）外。衙役们已经得到通知，明年（农历年）将会有一些洋人被派驻在苏州，他们要做到不让孩子们叫他们洋鬼子。"

所有上面这些消息都是来自衙门，所以理所当然是属于官方消息。这消息似乎好得令人难以置信，所以我们从它那儿得到的唯一安慰是衙役们将会约束年轻人爱骂洋人的自然倾向。他们又怎么能分得清洋鬼子们之间的区别呢？

学校建筑和小教堂

乔治在日记中做出了以下的观察：

5月1日，搬进了学校建筑的东北角，这幢建筑是两天前才装修完成的。总的装修费用（不包括现有的材料）是180元。

5月2日星期天下午举行了首次礼拜仪式。蒋牧师进行了布道。非常好的教堂会众。

学校建筑和小教堂可以像第68页上的插图那样，是一个带钟楼的房屋。玛丽在写给美国国内女传教士传道会的信中讲述了一段关于新建小教堂的有趣轶事。

费启鸿先生去了昆山（乡间传教站之一），而因某种原因我们的本地传教士没有来。我等了半小时，小教堂里人快坐满了，然而几乎有一半都是男人，而当地习俗不允许我对男人们布道。最后我拿了一张椅子，坐在了女人那一边，背朝男人们说："你们来听布道，我不忍心让你们什么也没听到就离开。所以既然习俗不允许我对男人们布道，那我就跟你们随便聊聊天吧。"于是我便坐在那儿布道，男人们出于礼貌当然全都留在了位置上，由于我并没有面对着他们说话，所以他们也无话可说。①

关于苏州差会所做出的贡献，乔治在 1880 年写给董事会的年度报告中讲述了下面的故事：

> 费启鸿先生记录了他本地助手的妻子皈依基督教的过程。这位中国传教士已经做了 13 年的基督徒，他妻子一直在抵制他。去年夏天她丈夫得了一种很凶险的病。药对他不起作用，而他妻子对祖宗崇拜的那些神仙菩萨所做的祈祷更是无济于事。有一天她在绝望之际对丈夫说："我要向耶稣祈祷，假如他显灵救了你的命，我从此就做一名基督徒。"因此她就跪在床边开始祈祷。从那时起，他的病开始痊愈；与此同时，妻子负有罪孽感的灵魂也因拿撒勒的耶稣那令人信服的真理而变得虔诚。她很快就宣告了自己对于基督的信仰，现在已经是一位快乐的基督徒。
>
> 每日街边小教堂的布道一直维持有不少听众；小教堂下属的一个日校也一直开办得很红火。费启鸿先生已经开始用苏州方言来翻译《新约全书》。②

乔治是与美国监理会的潘慎文（Alvin Pierson Parker）一起翻译《新约全书》的，他们首先翻译了"四福音书"和《使徒行传》。后来，他们又跟安息日浸礼会（Seventh-Day Baptist Mission）的台物史（David H. Davis）一起翻译了整部《圣经》。这些书是由美国圣经会分别于 1880 年和 1908 年出版的。③

---

① 费启鸿夫人 1879 年 5 月 7 日的信。
② 美北长老会海外传道董事会第 43 届年度报告。1880 年 5 月在代表大会上宣读。（纽约：传教使团总部，中央街道 23 号）第 64 页。
③ 赵晓阳：《关于用苏州方言翻译圣经的研究》，《宗教研究》2012 年第 3 期，第 180 页。

回国休假

1879 年，玛丽写信给她的珍妮姨妈：

> 我们刚听说美北长老会的一位传教士疯了。他是一位工作非常认真努力的传教士，我觉得他是因为操劳过度才变成这样的。这是我们来华之后美北长老会第三位精神失常的传教士。还有人因为工作和学习过劳而死；由于很少有或甚至几乎没有娱乐活动，他们的精神和身体当然会崩溃。

玛丽信中所提及的那个人就是隋斐士（Jonathan Fisher Crossett），乔治在莱恩神学院的同学。他是在山东半岛的登州从事传教活动的。乔治和玛丽曾于 1871 年夏天在登州避过暑（参见第 46 页）。然而当隋斐士于 1889 年去世时，曾有过下面的报道：

> 隋斐士先生曾经是一位非常得力和具有奉献精神的传教士，他曾长期在严重的精神失常下工作。他忍受了一种病态的良心折磨，并且自愿选择了一种缺衣少食的生活，即任何文明社会的人都不该采纳的生活方式。他的早逝无疑是这种生活方式所造成的。[①]

玛丽在致珍妮姨妈的信中继续说道：

---

① F. F. 埃林伍德：《传教使团中的苦行主义》，《教务杂志》第 22 卷，第 2 页。

当乔治要我们每年夏天出去避暑度假时，我经常会感到遗憾，可是当我想到一些这样的例子时，我就觉得他的方法是明智的。他还认为传教士在经过十年的海外传教生活之后应该回国休假，即使他们并没有生病。我们在南方的一位朋友正在写一系列的信，其内容就是有关传教士在海外连续工作时间太长之后，往往会因为感觉精疲力竭而自杀，海外传道会的董事会这时就会派年轻的传教士来顶替他们的位置，这些年轻人可能也一样好，但他们也不可能持续许多年。我不认为乔治和我会感到精疲力竭，因为我们经常在变换生活方式和节奏（即使只是一次巡回旅行）。①

然而，到了第二年，即 1880 年，当乔治和玛丽在华从事传教工作已经超过十年以后，他们便开始准备返回美国休假。他们于 1880 年 6 月 17 日离开了苏州。

---

① 费启鸿夫人 1879 年 5 月 27 日的信。

第五章　回美国休假

　　1880 年，乔治和玛丽带着他们的三个孩子，6 岁的罗比、5 岁的明妮和 2 岁的珍妮，搭船返回美国，开始他们的首次回国休假。乔治的日记是关于这次旅行的主要信息来源，因为玛丽很快就会见到她的家人，所以就没有必要再给他们写信了。

回美国的旅行

　　6 月 17 日星期二下午，搭乘潘慎文先生的住家船离开了苏州，并于星期六上午到达上海。暂时住在霍尔特的家里。星期二，霍尔特夫妇邀请了在上海的所有传教士在晚上 8—10 点到他们家里来与我们见面。后来我们就登上了客轮。第二天凌晨大约三点钟启程。第二天晚上和第三天都刮着大风，但星期四晚上 9 点客轮便抵达了长坂。长坂的气候很舒适；我们所有人都与美北长老会的戴维森夫人一起度过了一天。我分别拜访了塔诺先生、布斯先生和安德鲁先生。后者给了我 2.2 美元和一封信，要我在美国芝加哥帮他付掉这笔钱。星期五的半夜，客轮离开了长坂，并于 7 月 4 日星期天下午两点抵达了神户。我们上岸并于下午 5 点去一家英国人的教堂参加了礼拜仪式。

　　7 月 8 日，他们到达了横滨。他们在那儿下船，并访问了东京。接

"盖尔人号"远洋客轮

着，乔治 7 月 10 日星期六的日记记录了他们"登上了 O. ＆O. 轮船公司的'盖尔人号'远洋客轮，并于早上 10 点启程出发"。

这艘"盖尔人号"远洋客轮是 1873 年专门为明星轮船公司定制的，并用于纽约至伦敦这条航线。后来，明星轮船公司用更新的轮船取代了它，并将"盖尔人号"租给了东西轮船公司，用于后者的太平洋航线。

乔治报告说，那一天"天气晴朗，风和日丽"。第二天是星期天，"（乔治）早上根据《列王纪下》第七节进行了布道。船长读了英语《圣经》中的相关文本"。此次海上旅行所写的日记大多跟天气有关，其中有几天的气温异乎寻常的冷——有一天的温度降到了 47 华氏度。他还记下了 15 天航行途中每一天走过的距离，并且注意到在 7 月 25 日，即他们到达旧金山的前一天，轮船在 24 小时之内走了 308 海里。关于那几天，他这样写道：

今天早上有强风，使海上起了风浪，到了中午时分才平息了下来。晚上 9

点，我们就看到了距离旧金山只有 30 海里的灯塔。

　　7 月 26 日星期一，远洋客轮在天亮之前驶入了港口，并在早上 10 点停靠在了码头上。拜访了露密士（Augustus Warde Loomis）博士。在轮船上吃了午饭，下午坐火车去了雷德伍德城。玛丽和孩子们是坐前一班火车去的。

　　7 月 27 日在雷德伍德城度过。凉爽宜人。

　　他们去位于旧金山南部 26 英里处的雷德伍德城，目的是去看望乔治的哥哥詹姆斯及其妻子珍妮，玛丽的姐姐，还有玛丽的父亲 R．W．B．麦克莱伦。詹姆斯开了一家五金店。

　　詹姆斯带我去 17 英里远的山上做了一次背包旅行，采集了约四夸脱的蓝莓，并且度过了一段快乐的时光。

　　这段时间的日记都写得非常简略，但是它们记录了乔治在各地的教堂里进行过好几次布道，其话题一般都是在华的传教工作。

有关传教的布道文

　　在到达雷德伍德城的一个多星期之后，乔治在他的日记中写道："8 月 8 日星期天早上，替雷德伍德城的乔治·史密斯先生进行了一次布道，讲传教工作——我的第一篇关于传教工作的布道文。"8 月 14 日星期六，雷德伍德城的《时代日报》刊登了他在当地公理会教堂所讲长篇布道文的第一部分。第二周的星期六，该报纸又刊登了这篇布道文的第二部分和结论部分。由于他日记的其他部分也提到了"关于传教工作的布道文"，乔治有可能在美国逗留的这一年当中，在不同的教堂中作为客座牧师将同一篇布道文重复讲过好几次。这篇布道文详细介绍了在华的传教使团及其工作，以及传教士们所面临的各种问题。其中有些内容已经反映在了他从中国写给家乡报纸编辑的信中，但是从其他地方找不到有关这一话题如此完整的描述。尽管文章很长，但还是非常值得阅读一下。这篇布道文的全文作为本书的附录可见于第 309 页。

乔治引用了《新约·罗马书》中的一段话，作为他襃扬传教工作的论据：

> 然而人未曾信他，怎能求他呢？未曾听见他，怎能信他呢？没有传道的，怎能听见呢？若没有奉差遣，怎能传道呢？①

乔治简略地介绍了自 1842 年以来，像他那样的外国传教士逐步到中国内陆传教的发展史。他描述了在苏州传教士如何开展传教工作，教会创办的日校已经有了 100 名学生，而寄宿学校中也已经有了 30 多名学生。苏州城里已经有了两幢外国传教士居住的洋房，他和玛丽便居住在其中的一幢洋房里，而且他们可以在城里安然无恙地到处行走，只是会引来路人的围观。他们也可以巡回旅行，到乡间去宣告基督教的真理。

他接着针对"仁爱始于家门"这一陈词滥调开展了讨论。他首先指出："保罗并没有滞留在耶路撒冷或他自己的同胞中间。"保罗将福音带

---

① 《罗马书》10：14—15。

加州雷德伍德城的《时代日报》

到了遥远的异邦人中间。我们必须以他为榜样，做同样的事情。而谁来做这一工作呢？我们的教会应该拿出金银财宝来教育年轻人献身于海外传教工作。

然而有人对此提出质疑，认为赴海外传教事倍功半，往往两个美元中只有一个美元能真正花在传教事业上。"胡说八道！"他反驳道。海外传道会董事会所收到的每1美元都有96美分是花在传教事业上的。另一个谎言是"中国人不可能成为一个好的基督徒"。按照乔治的说法，这又是信口雌黄。接着他就讲述了关于那位慷慨大度的宁波石匠的故事，他在以前的信中提及过此事（参见第96页）。他还描述了那位家境富裕的画家是如何支持一位"穷兄弟"去附近村庄传播福音的轶事（参见第90页）。

最后，乔治号召他的听众去帮助派遣更多的年轻人远赴海外从事传教工作。因此时此刻，数以百万计的中国人正在死亡的边缘上挣扎！

休息和娱乐

8 月 29 日，在附近的梅菲尔德讲完关于传教工作的布道文之后，乔治与詹姆斯动身前往约塞米蒂国家公园，开始了为期一个月的露营旅行。他们搭乘长途"快车"来到了圣何塞，接着便骑马穿越了吉尔罗伊。他们在那儿的威尔逊奶酪工厂露营过夜。第二天，即 9 月 1 日，他们穿过了帕切克关隘，最终进入了约塞米蒂国家公园。当他们在一个月之后归来，并到达雷德伍德城时，正好赶上玛丽的表哥——拉瑟福德·B. 海斯总统在大街上搭建的讲台上发表演讲。玛丽和珍妮同一天早些时候赶到圣何塞去迎接总统夫妇。乔治在日记中写道：在这次旅行中，他总共花费了"约 35 美元"。

乔治继续以客座牧师的身份在各个教堂布道，并在 10 月初参加了太平洋宗教会议。他于 10 月 8 日星期五做了大会发言。当天晚上，玛丽向参加会议的女代表们做了报告。

一次对家乡的访问

　　1880 年 10 月 12 日星期二，乔治、玛丽、孩子们和玛丽的父亲启程回"城"，后者在此就是指加州奥克兰。在那儿，费启鸿一家登上了火车，前往俄亥俄州的弗里蒙特。仅仅 11 年前，人们在犹他州的普罗蒙特里敲下了金道钉，宣告横穿美国大陆的铁路贯通。其结果是，大多数的铁路乘客是前往西部去开拓的移民。其中许多人是乘坐"移民列车"从纽约前往加利福尼亚州的。然而，虽然从西部归来的列车大多数装载着谷物，但它仍然可能是载客的。

　　移民列车最初只有一种等级的车厢，社会各界的人都挤在同一个车厢里。但是到了 19 世纪 40 年代，铁路上开始销售二等车厢的车票，有的甚至还有三等车厢，即"移民车厢"，专门运送前往西部的移民。移民车厢的旅客们忍受着非常简陋的条件，经常只能坐在靠墙的木凳子上。有的移民车厢是由货车车厢临时改装的，即在货车车厢里加装木制座位或木凳子，把乘客送往中西部，归途中使用这些车厢来装谷物。

　　随着开发西部这一运动的发展，铁路开始覆盖更长的里程，列车上对于便利设施的需求量也得以增加。当铁路旅行延伸到了中西部之后，从纽约市出发的旅客坐在木制的硬座上，长途列车旅行不那么辛苦。然而车顶太低，车厢里没有供暖和通风设备，以及简陋的悬挂系统，仍然使这样的长途旅行充满艰辛。①

　　费启鸿一家于星期二晚上 9 点乘火车离开了奥克兰，直到几乎四天后的星期六早上才抵达犹他州的奥格登。他们显然计划避免在星期六旅行，准备住在一幢"移民房屋"里，然而"未能签票成功"，所以继续前行。他们在星期一的大约半夜时分到达了奥马哈，并在第二天早上抵达芝加哥。最终，他们在离开奥克兰十天之后的 10 月 22 日星期五晚上 7 点到达了俄亥俄州的弗里蒙特。正如乔治在日记中所写的那样，"第二天早上，约翰和阿瑟来到火车站，把我们所有人都接回了家里。一切安好"。

弗里蒙特

　　在 1880 年的余下部分里，乔治的时间都花在了替弗里蒙特的布什内尔先生布道和一趟去明尼苏达的旅行上了。他在明尼苏达的奥斯汀和圣保罗这两个教堂里也进行了宣讲。1881 年 1 月初，玛丽去了克利夫兰，显然是住进了那儿的一个疗养所，尽管乔治在日记中并没有为此而提供任何理由。直到 2 月 5 日，乔治才在日记中提到了他去克利夫兰看望玛丽。即使这次也只是一个短暂的访问，因为在第二天的星期天，他便现身于俄亥俄州的哈德逊，分别在安息日学校和学生传教学会进行了演讲。

---

① http://railroad.lindahall.org/rail-cars.html.

1855 年的《水疗日报》

他还去参加了西储学院的校友聚会，尽管他在日记中写道，"其他 1866
届的毕业生都没有参加"。

直到 4 月 1 日，乔治才在日记中写道：

> 去克利夫兰访问了水疗法疗养院，并在那儿过了夜。第二天带孩子们去了
> 哈德逊。玛丽仍然留在了水疗法疗养院。

这儿所指的也许是克利夫兰水疗法疗养院，那儿使用水疗法"专治
妇科病"，包括治疗与生孩子相关的疾病。直到 4 月 14 日，全家人才回
到了弗里蒙特。乔治写道："玛丽在水疗法疗养院里待了 11 个星期。"

那年春天，乔治先后参加了在肯顿、休伦和托莱多等地召开的长老
会会议。5 月 17 日，全家人启程前往纽约州的布法罗，去参加美北长老
会的全体代表会议。他们还参观了奥尔巴尼的新州议会大厦，游览了尼
亚加拉瀑布。他们向东的旅行路线把他们带到了乔治姐姐哈丽雅特和姐
夫安塞尔·史密斯所居住的纽约州卡斯蒂尔。哈丽雅特显然陪同他们于

6月23日回到了弗里蒙特。他们在该地一直等到乔治在当地教堂讲了关于传教的布道文之后才开始漫长的返程，回到雷德伍德城。在加州，他们重新去看望了詹姆斯和珍妮。这两家人去"海边的山上"度过了五周的露营生活。

返回中国

乔治在日记中描述了他返回中国的旅行：

> 10月8日星期六。早上从雷德伍德城跟父亲、詹姆斯和全家人出发，来到了旧金山，准备下午搭乘"远洋号"客轮返回中国。

"远洋号"客轮是另一条明星轮船公司于1875年租给东西轮船公司的远洋客轮，经常被称作"现代邮轮之母"，它是最早装备了散步甲板和自来水浴盆的船只。就在费启鸿一家乘坐过的一年之后，"远洋号"与"切斯特城号"轮船在旧金山发生了碰撞。这场事故中死了16人。它最终于1896年被废弃。

> 下午1点半左右，大家都上了船，但是轮船直到晚上8点才起锚出航。同船的乘客中有……24位中国学生和一位中国教育专员。
>
> 经过了20天之后，到达了横滨。11月10日星期四抵达了上海。

"远洋号"客轮

　　他们也许在横滨换了一条轮船，因为按照《教务杂志》的记载："11 月 10 日，美北长老会的费启鸿牧师夫妇和孩子们乘坐'名古屋丸号'轮船回到了上海。"上岸之后不久，玛丽便写信给她的珍妮姨妈：

　　上周四平安回到了上海，目前就在美华书馆。虽然这次航行要比以前任何一次都更加难受，但是我们都顺利地经受住了。现在我们已经安全登岸，并且很高兴回到上海。一切都显得很自然，我很享受昨天的中文课。我们期望还要作为商务拓展者不得不在这儿再待一年。乔治被指派为美华书馆的主管，而我很想在这儿的中国教堂里弹管风琴，假如弗里蒙特的乐队肯同意的话。当然我们为此感到遗憾，并且更想立即回到苏州去，但我们没有办法。这是因为霍尔特先生生病了，必须回国治疗。

上海，1881 年 11 月 14 日

第六章　回到苏州

在乔治能够接受他在上海的新职位之前，他和玛丽还需要回苏州一趟，把原来家里的一些旧家具搬到他们的新住所来。玛丽在写给珍妮姨妈的信中描述了这次回"家"之旅。

亲爱的珍妮姨妈：

你将会很高兴看到此信中对于我们回家之旅的描述，因为我们仍然称苏州为家。然而正如你已知道的那样，我们的海外传道会董事会暂时把我们派到了上海，以便让乔治出任那儿的美华书馆的主管……所以去苏州的旅行将很短暂。我们星期一晚上吃完饭就离开了上海，星期三上午 10 点左右船便到了苏州。乔治马上就去老房子那儿找我们的助手蒋先生，那儿也是我们每天传道的小教堂和日间学堂之一，所有的一切似乎仍井井有条。蒋先生的儿子六岁左右就接受了洗礼，并且被培养成为日间学堂的教师。日间学堂里总共有 21 个学生，他们都定期来上学，只有一两个人是例外。

我收集了一捆学生们已经穿不着的旧衣服和其他一些东西，去看望一个我多年来一直非常同情的家庭。这个家庭的男主人是一个鸦片鬼，虽然他在一个官员的家里当厨师（我想他现在仍在做），有较为优厚的收入，但他把工作外包出去，自己花了几乎所有的时间去抽鸦片。他的妻子是一个高大强壮、性格善良的女子，在我心目中她在某些方面一直是一位奇女子，因为她除了要带五个孩子，还收养了外甥和外甥女各一名，另外她还要赡养年老的婆婆。我一直不太明白她是怎么做到这一点的。我不记得她何时曾向我提过什么要求，尽管我会经常带些新旧衣服给他们。那位老婆婆过去总是辛勤劳作，用芦苇的髓缠绕稻草来制作灯芯，每天赚取两分钱的报酬。这一次我发现她卧病在床，当然由于这个原因，全家人陷入了更大的困境。她毫不犹豫地张口向我借钱。到目前为止，我并不想给他们任何现钱，因为我怕她儿子最终会拿这个钱去买鸦片，但我将通过那儿的一位女子来向她提供帮助。

1881 年 12 月 29 日

在船上

费启鸿夫妇将所有的家具装上了他们的住家船，全家人一起回到了上海，正如乔治在日记中所写的那样："1881 年 12 月 31 日，开始打扫房间。"

在上海的一年

1882 年 4 月 8 日，《先驱和长老报》又登载了乔治的一封信，信中总结了他回中国途中和回到中国以后所发现的一些发展情况。

亲爱的《先驱和长老报》编辑：

当前，那些对中国感兴趣的人特别关注下面这三件事：第一，清廷派往美国学习，接着又紧急召回的留学生的情况。他们刚刚适应了那儿的学习，实现了派遣目的。最后一批留学生 24 人以及中国教育专员本人一行是去年 10 月跟我们搭乘同一条船返回中国的。比他们更为令人愉快和具有绅士风度的年轻人我几乎还没有碰到过。他们始终文质彬彬，和蔼可亲，毫不掩饰对于美国人民和习俗的热爱，以及对于基督教的尊敬。他们中间有好几位是同情和信仰基督教的，但由于他们是政府遣派留学生的身份，以及这样做可能会引起的某种不快，他们无法公开承认基督教。他们对于自己能为中国做些什么抱有很高的期望。然而到了上海之后，他们受到了最使人沮丧的接待。他们立即被带到了中国城最破烂的部分，只能有中式膳食，还有兵勇看管他们，就连他们想要看望朋友的自由也被剥夺了。几周以后，他们各奔东西，有的去学工程学，有的去学医学，有的去学发电报，其他人去学别的东西，几乎所有的人都只能在最令人气馁的环境下，去跟从最无能的教师。他们的光明前景就这样消失了，因此他们对自己的政府产生了一种最强烈的怨气。他们把美国人，尤其是美国传教士，视为他们最好的朋友。

第二个兴趣目标是开平煤矿。这个煤矿是李鸿章大人利用外国开矿设备和按照现代原则开办起来的——这是中国第一个这样的现代煤矿。正当这个煤矿似乎要成为一个极大的成功范例时，有一位御史，其职责就是对任何事情都进行挑剔，发现新近去世的皇后的影子在其坟墓里忐忑不安，其原因就是开平煤矿的开办破坏了风水。于是他便给皇帝上了奏折，请求将开平煤矿关闭。所有这一切都是对李鸿章大人这位进步和现代化改良拥护者的沉重打击。至于这种攻击是否成功目前尚悬而未决。我们怀着强烈的兴趣等待着这件事的结果。

另一个引起极大兴趣的事情是上海至天津的路上电报，这全是在去年安装完成的。它是一个奇异而有趣的景观，在最近去苏州的旅行中，我们亲眼看到了那些电报杆和悬挂在电报杆上的电线，并且看到了大量布告。其中有一个布告贴在每一根电报杆上，警告人们不要以任何方式进行干扰，并威胁一经发现将予以严厉惩罚。

由于中文里并没有拼写体系，而是使用一个个单独的汉字，所以人们发现在发电报时，必须首先把汉字转换成数字。把电报递给你的电报员并不会停下来把每个字都译出来，而是会直接把那些数字给你，让你有空时对着电码本把那些对应的文字译出来。这并非总是一个令人愉快的任务，因为电报内容也许含有生死攸关的信息。

霍华德小姐，一位天津的传教女医师，最近刚刚途经上海。她应李鸿章大人的请求，前来拜访了后者 80 多岁身体虚弱的老母。这趟来回旅行长达 2000 多英里。我听说李老太太并不想见那位洋人访客，而且霍华德医生的这位病人也并不想让她来动手术。然而人们希望她治疗李老太太能像她治疗李夫人那样成功。李夫人曾经已经被本地医生所放弃而一心等死，但后来却被霍华德医生所治愈。她为了表达感激之情，专门为霍华德医生建造了一个医院，并从自己的腰包里掏钱，作为维持医院运行的经费。

在某些地区，中国显示出了确凿无疑的进步标志，但在另外一些地区，人们仍然在坚持那些旧的方式，以及对任何外来事物的厌恶，后者似乎用任何办法都是难以消除的。

费启鸿

上海，4 月 8 日

下面这封信的剪报并没有指明出版物的名称（也许是《弗里蒙特日报》），信的日期是 1882 年 4 月 10 日。

中国来信

去年夏天，当中国上海的费启鸿夫妇回国休假时，他们访问了本城长老会圣日学校的"动手干传教乐队"，后者为他们在华的教会学校购买了一架小风琴，并将它从纽约市装船运往中国。下面这封费启鸿的来信，声称是来自那架小风琴，是写给"动手干传教乐队"的。

致俄亥俄州弗里蒙特第一长老会教堂"动手干传教乐队"：

我给你们写这封信，是因为你们的捐献把我送到了我从未到过的遥远异国他乡，而且我觉得你们当中许多人以后也不会来。首先我必须告诉你们我来中国的航行。在纽约或波士顿，我记不清是在哪个城市，因为它们地处遥远，所以并不重要（从一万英里的距离之外看，你们有些美国城市显得确实很小），就在上面某个城市里，他们把我装进了箱子，将我用楔子紧紧地固定住，不让我发出吱嘎声。然后他们用螺丝封住了箱盖，并在箱盖上写了一些大字：中国上海费启鸿牧师收。我不知道他是谁，也不知道上海在哪里，但我静静地躺在箱子里，直到我被装上了船——那是一艘帆船，他们说我要被运往中国。

起初一切都好，就像坐在摇篮里那样，很舒服。但是过了一阵子风越刮越大，我可以听见波浪拍击船舷的声音，听上去就像海水马上要渗进船舱来似的。然而在我的周围有许多其他箱子。它们看上去似乎并不害怕，我想我也不必害怕。我听见有人晕船晕得很厉害，但风琴是用来弹奏的，并不知道晕船是怎么回事。说真的，我想当时我宁可做一架小风琴，也不愿做一个男孩或女孩。我真高兴他们把我固定得这么紧，否则我将会浑身脱层皮。过了一阵子，我们来到了一个很热的地方，我听见有人在说什么穿越赤道线，但我不知道这是什么意思，因为你们必须记得我只是一个婴儿①，而且以前从未离家到这么远的地方来。因为当时没人请我弹奏，我并不需要喘气，所以并不计较天有多热。

过了很久很久——超过100天——我们到达了上海，一个外貌怪异的地方，那儿的人长相也很奇怪。费启鸿先生并没有亲自到轮船停泊处来接我，而是派了一个中国仆人，我想是因为忙。他把我放在一条小船上，船上还有许多其他的箱子，都是要送去同一个地方，于是就这样把我们全都送到了美华书馆。在那儿，费启鸿先生旋开了箱盖上的螺丝，拿出了楔子，把我从箱子里拎了出来，

① 小风琴的英语是"baby organ"，直译便是"婴儿风琴"。（译者注）

让我自己站在地上。啊，我很高兴又一次见到了日光，呼吸到了新鲜空气——但请注意，在如此漫长的航程中我连一句埋怨的话都没有。我怕我在长时间忍受炎热和潮湿之后，声音会有一点哑，有的音符我可能都已经发不出来了。但是费启鸿先生让我在他的办公室里待了几天之后，我才缓过劲来，为那些想要我弹奏的人卖力地进行表演。而且——我谦逊地说——每个人在看到一个婴儿能发出这么响亮和甜美的声音时，都觉得十分惊奇和开心。有三个小孩来看我，他们分别是罗比、明妮和珍妮——也许你们认识他们。他们似乎很喜欢我，只要他们的父母允许，就经常会来看我和跟我玩。

现在我要你们都对我"放心"（中国人就是这么说的），因为我真的很好——据我所知，我在这儿没有任何问题——尽管我在适应新环境上还有些困难。我就用这句大话来结束此信。

你们赞美耶稣的，

小风琴

上海美华书馆，1882 年 4 月 10 日

阿瑟·克拉克·费齐逝世

1882 年，消息传来，乔治的长兄阿瑟·克拉克·费奇——他在日记中称之为"Arth"——已经去世，就在乔治给他寄出最后一封信之后没几天。在当地的报纸上登载了一则讣告，全文如下：

1882 年 4 月 16 日，在俄亥俄州萨米特县赫德森的家中，阿瑟·克拉克·费奇辞世，享年 46 岁又一个月。费奇先生是本地 S. S. 哈福特夫人的长子。哈福

特夫人和约翰·G. 费奇先生出席了在星期二举行的葬礼。

乔治在 1882 年是一直到快年底时才在日记本上写了寥寥几笔。他用几句话来总结了这一年之内发生的事情。

> 继续在美华书馆工作，直到霍尔特先生及其家人从美国回到上海。耶士谟（William Ashmore，早期开放口岸汕头的一位美国浸礼会传教士）博士夫妇在夏天跟我们一起度过一段时光——非常舒适。今年夏天气候非常凉爽。

在跟耶士谟夫妇度过了愉快的夏天之后，乔治写道："11 月 20 日星期二，我们起程前往苏州，并在 11 月 23 日星期五到达了那儿。"

感恩节

玛丽写信给住在老家的父亲：

> 我想今天是美国的感恩节，我们全家人应潘慎文先生的邀请，去他家参加晚宴，后来又去了兰伯特医生家参加每周一次的祈祷会。主持这次祈祷会的乔治把它变成了一个感恩节的礼拜仪式。珍妮今天问我："今天星期几？"我说："星期四。"所以她说："我说是布丁日，是火鸡日。""啊，"我说，"感恩节。"这时她说："鸡长大以后是否就会变成火鸡？假如是这样的话，我们就一年到头都有火鸡吃了。但就像现在这样，我们也有许多好吃的东西。"

乔治在日记中记载，12 月份很冷，到了 1883 年 1 月，他就可以去滑冰了。

乔伊的诞生

乔治和玛丽的第四个孩子费吴生（George Ashmore Fitch）于 1883 年 1 月 23 日出生于苏州。他的教名当然来自父亲，他的中间名字是为了纪念曾经在上海跟他们一起度过了一个夏天的耶士谟博士。乔治写道：

> 经过 11 小时的阵痛之后，婴儿乔治·耶士谟于今天早上 11：30 出生。兰伯特医生和杜步西夫人为婴儿接了生。

到了 12 月，玛丽再次写信给父亲：

> 婴儿生长良好，爱笑——开始能说几句话。他脸上总是挂着笑容，我们准备用"欢乐"（Joy）来取代"乔治"这个教名。

人间天堂

乔治以前曾经在日记中描述过佛教（参见第 92 页），但他在写给

费吴生的出生

《弗里蒙特日报》的一封轶事信中又回到了这个话题。

来自中国的一封读者来信

亲爱的《日报》编辑:

上星期有一位聪明过人但又慈眉善目的男子来拜访我,他的头上用剃刀刮得光溜溜的,就连传统的辫子都没有。他身穿一件宽松的长袍,黄色的布鞋跟他脚的颜色差不多。(然而中国人的鞋都是布鞋,只有"雨鞋"例外,后者是用皮革制作的。)这是一个和尚。

我时常去寺庙拜访他,他以前就来过这儿。他对于游记、地理和天文等都很感兴趣,而且喜欢听外国的习俗,但仍然是佛寺里的虔诚佛教僧人。情况就是这样。有一天他来到我的街边小教堂,手里拿着他自己编的一本书,在书中他显示了一张从某一部外国地图册上撕下来的南北两个半球的地图,但是在北极的上面他标注了佛教的西天!"这是什么?"我问他。"啊,"他得意扬扬地大声说道,"那是你们洋人所尚未到过的地方,但是我们的宗教却可以助你们一臂之力。创建佛教的佛祖在世时住在印度,他经常双手合十,低头闭眼地坐在那儿冥思,但他的灵魂出窍,到世间各地去巡游,然后回来报告他所观察到的东西。北极这个地方就是有福之人所居住的西天乐土。"

当然，我无法反驳人类至今尚未到达北极这一事实，但我斗胆指着地图上的美国部分问他："佛祖是否提到过我的祖国？"他承认他并没有听说过。"因为，"我说，"假如把哥伦布来到美洲之前有人去过的地方都标注出来的话，这本来可以省却诸多的麻烦。那么还有世界上其他那些著名的地方呢？"没有一个地方佛祖曾经提到过。"那么，"我说，"我想你的故事对于外国地理来说是不起作用的。外国人在听到佛祖说他们已知的事物之前，是不会相信他所讲的那些不可知事物的。"

再回到他来拜访一事。当我们在"客厅"里坐下来时，我向他展示了一个他非常喜欢的地球仪和一张世界历史的图表。我试图在后面这张图表里辨识出我们人类是如何从一个共同的祖先传下来的（不是按照达尔文的理论，而是按照《创世记》的说法）。我向他展示的还有很多别的图画。

与此同时，费启鸿夫人给我们送来了茶、糕点和新鲜的蜜饯。那位老人（他已经60多岁了）啜了几口茶，并吃了一些蜜饯，他本来还会吃一点糕点，但中国人只认一种糕点，即米粉糕。由于我不经意地称之为"蛋糕"，他一听说有鸡蛋在里面，马上就不吃了，因为虔诚的佛教徒不会吃任何形式的动物食品。说真的，他们在遵守这条戒律上极其的严格。最近有一位少妇吞烟土自杀，人们请我去救治她，但是当我要她把两个鸡蛋的蛋清喝下去时，她竟然一口拒绝。这同一个人之前在狂怒中自寻短见，连命都敢不要了。

我这封信絮絮叨叨，但还没有跟你说清楚和尚这次登门拜访的意义何在。我想你必须亲自来体验一下，否则你是不会理解的。

当那位和尚告辞离去时，我给（或借）了他一本从《创世记》到《诗篇》的中文《旧约》。他已经读过几本基督教的书，而且我也跟他谈过关于基督教的问题，但是他似乎还是不能够理解基督教中唯一的和至高无上的上帝。

中国苏州，1883 年 9 月 6 日

虎丘

同年 11 月，乔治和儿子罗伯特沿着大运河做一日游，前往一个著名的地标，即虎丘。他在写给《弗里蒙特日报》编辑的信中描述了这一天的经历。

虎丘的中国人养老院

读者来信

亲爱的《日报》编辑：

在罗伯特的陪伴下，我带了 200 张传单和 50 本小开本的书，一早就出发了。传单是免费散发给中国人的，书则是半价销售的。我们的目的地是苏州城西北郊区约六英里之外的虎丘。到城门口的距离大约是一英里，我们走了一段路，然后以一天 45 文（5 美分）的价格租了一条小船。船主是一位男子，他站在船尾，用篙来撑船，但并不是以任何美国人的方式。他以每小时三英里的速度，非常平稳地载着我们走。我们的船从万年桥下穿过，再走一英里左右就进入了跟城墙挨得很近的大运河。现在我们把城市抛在了后面，尽管仍然在苏州的郊区，运河的河道变得狭窄，运河上的船也越来越多。时不时地，我们的船会撞上另一条船，于是船老大们便会互相痛骂几句。中国人比其他民族更胜一筹的是他们诅咒和谩骂的力度。虽然我记得，在我来到这个异教国家之前，我也听到过美国同胞们之间的一些大声喧闹。然而在中国，这种伤人的话一般仅限于舌战，很少见到人们挥拳相向，因此运河船之间仍然相安无事。

我现在暂时离开了船，带着我的书和传单来到了街上。洋人在这么远的苏

虎丘塔

州城郊依然是一种新的景观——应该记住，整个苏州城里，或方圆 70~75 里之内，只有八个洋人，全是传教士——无论我走到哪里，都有人惊呼"洋鬼子"，我一停住脚步，就会被旁观者层层围住。然而，他们中间大多数人是善意的，并不想造成任何伤害。

中国苏州，1883 年 11 月 15 日

　　再次回到船上，我们很快就经过了一个大型的慈善机构，住在里面的都是些孤寡老人，我以前就听说过这个养老院，但从未访问过它。所以我就抓住这次机会，从内部仔细观察一下，看看这个中国慈善机构究竟能做些什么事情。从一个小的边门进去，我看到了一长排房间，每个房间宽 12 英尺，长 18 英尺，屋内有六个单人床，每边三个，紧紧地靠在一起。就我所见到的而言，老人们似乎都得到了很好的照顾，甚至还有一个房间里摆放着菩萨和蜡烛，以及插在菩萨前面的焚香。院子里收拾得井井有条，有些环境还相当吸引人。我被告知养老院里住着 400 名老人，我判断这是真的。这个养老院充分说明，至少有些中国人还是怀有仁慈之心的。离开的时候，我看到墙上用大字写着"万恶淫为首，百善孝为先"。

　　但在不远处我们又经过了一个尼姑庵，我被告知里面住着六七百个尼姑。

船夫向我保证，尼姑庵的门是不让男人进的，所以我没有试图进去调查。

我们终于来到了虎丘，但时间已是中午12点，我们必须吃点中饭。我们找到了一个饭馆，一座很小的单层平房，屋内的泥地上放着几张四英尺见方的桌子，桌旁有狭窄的长凳。罗伯特和我坐下来，各自要了一碗米饭和他们所能提供的菜肴。他们很快就端来了米饭和三四碗猪肉、豆腐、青菜和其他菜——后者我叫不出名称。你们会问，究竟是老鼠肉呢，还是猫肉？我想不是的。我从未听说过这儿的人会吃这些东西，尽管在广州确实有人吃老鼠肉。我们必须用筷子来吃饭——这儿没有刀、叉和调羹。我们在一群围观者的注视下开始吃午饭，总的来说，吃得还挺惬意。有一个人试图说几句洋泾浜英语来刺激我们的耳朵，但我们始终坚持完全说汉语。在付账单时，我发现为我们俩的这顿午饭必须付出52文这一高昂的代价，折算成美元，还不到五美分。我说"高昂的代价"，是因为当我们走出饭店时，有一位围观者悄悄告诉我，店主多收了我五文钱。

现在来说说虎丘。大约200多米开外有一座宝塔，后面还有个寺庙，还有一条宽阔的石板路从运河边一直通向那个小山丘。那个山丘不太高，只有100英尺左右，但它的历史却很悠久。据说很久以前有一位中国皇帝埋葬在这儿，起初用的是一口黄金制作的灵柩。在葬礼之后，皇帝的儿子把所有跟葬礼有关的人，以及所有参与建造陵墓的工匠都在一块宽大而平坦的岩石上斩杀了。当我们的船经过时，有个中国人还专门把那块岩石指给我看。据说有一千人因此事被杀。"就在那儿。"他说，用手指着岩石上的一个凹陷处，"死人的血都流入了那个凹槽。山下那块岩石是刽子手试刀的地方，他那把刀砍出的裂缝至今犹存。"山丘上有一条弯弯曲曲的小径和两座亭子，山岩上有一道40英尺深的裂缝，有一座精致的石桥横跨在这裂缝之上。另外还有一些鼎盛时期留下的痕迹。虽然这儿过去肯定曾经是一个怡人的休养生息之地，但现在却成了一个凄凉的衰败之地。据说多年以来，一直有人想要找到那墓地和金棺，但一无所成。所以我毫不怀疑将来的结果也会如此，因为我认为这个故事没有一点事实根据。

费启鸿

寺庙

虽然剪贴本中的下一封信没有标明日期，但信中所描述的那个寺庙跟乔治和罗伯特看到的完全不同。因此我们把它复制如下：

异教活动在中国衰落了吗

读者来信

最近几年中，国内的各家报纸上都数次登载了文章，宣称在中国没有再建造新的寺庙。假如这种说法是真的，那么中国随处可见的凄凉衰败景象并不能证明异教活动在中国衰落的假说，而恰恰是太平军烧杀劫掠所造成的结果。然而上述说法并不真实，尽管也许不能说大量的寺庙正在新的地点不断地涌现，但是在太平天国运动中完全被毁的众多寺庙正在被重建，而且有的寺庙重建风格相当奢华。寺庙的重建与其他方面重建的规模完全同步。举例如下：几年前，在苏州西南部的一块空地上有一个孤独的石刻菩萨雕像俯卧在一个池塘边，旁边既没有亭子，也没有其他随从的石像。在太平军起事之前，这个菩萨雕像是放置在一个寺庙之内的，它的周围焚香缭绕蜡烛成排，表明了人们对它的尊崇。但是情况发生了变化，在漫长的20年当中，它就那样羞辱而无助地倒卧在地上。说真的，它的那颗心若非用石头刻成，早就裂成了碎片。它的身体若像其他许多菩萨那样是泥塑的，也早就化为了泥土。但它并没有总是沉沦于沮丧的泥沼之中。大约一年前，有些狡诈的和尚散布谣言，说这个石刻菩萨曾经显灵，使得它倒卧的那个池塘里的水也拥有了奇妙的治病效力。据报道，有一位女子因向这个菩萨祈祷显灵而还愿，请人把这个石刻的菩萨像重新竖了起来，放置在一个石头基座上，并在石像的上面搭了一个棚子。人们立即从苏州城的四面八方赶来参观，还有人是从苏州的周边乡村，甚至是从遥远的地方赶来的。他们手里拿着瓶子、茶壶或其他小型容器，一些焚香和几根蜡烛，或几文钱，以准备尝几口这种奇妙和包治百病的仙水。非凡治愈的案例每天都在四处流传——无论真实与否均是另外一回事，数以万文①计的钱蜂拥而至。在此事仍在热传之际，有一天我也去参观了那个地方，费了好大的劲才挤进密密麻麻的崇拜者人群中去看了一眼那尊菩萨。我随着人流，很快就来到了我想要去的地方。我发现放置那个菩萨雕像的小屋里挤满了崇拜者，后者手持焚香，不停地鞠躬膜拜，嘴里念念有词，准备购买一点仙水。那屋里的焚香烟雾缭绕，几乎令人窒息，蜡烛刚刚点燃就得被拿走，以便为新来者的蜡烛留出空间（仅靠节省下来的蜡烛一项，和尚的收入就不是一个小数目）。我发现筹建一个寺庙的工作已经开始，其他的石像也正在制作，以便成为这位长期受冷落的菩萨的随从。我后来得知，和尚们处心积虑地不时放出消息，说那个菩萨雕像不久之后将停止显灵，所以剩下的有利机会不会持续太久了。菩萨停止显灵之后，那个池塘里的水也就不再具有包治百病的魔力了。这种狂热的程度一直持续了好几个星期才慢慢消退，其结果就是一座富丽堂皇的全新寺庙如今已经矗立在一年前那个菩萨石雕像曾经倒卧，显然被人完全遗忘的地方。

这并不是一个孤立的事件，除非是在它自己的历史之中。中国人的"旧习俗"观念过于顽固，不会让父辈的宗教轻易衰落，而外国的影响力迄今仍很难觉察得到，除非是在开放口岸。中国人每年花在拜菩萨上的钱和崇拜偶像的游行行列简直令人难以置信。佛教、道教和儒教依然盛行，充满了青春活力，而非显示出垂暮将死的征兆。

中国苏州的费启鸿

---

① 一千文等于一元钱。

住家船

1884 年 5 月，玛丽已怀孕 8 个月之久，全家人登上了一艘前往杭州湾的住家船，因为乔治要去那儿销售书籍和为当地的人民传教布道。玛丽 5 月 15 日写给家里的信提供了对这艘住家船的首次描述。

我们的住家船非常引人注目——船上有许多俗艳的木雕装饰品并贴了不少金箔——我想有多达十种不同图案的小张外国墙纸糊在隔板上和门上等处。在我们的前门显著位置上贴有一张图案复杂、视角奇特的画，门的上方是用洋漆对木雕装饰物的点睛之笔——粉红色、天蓝色和镀金色！这艘住家船宽八英尺。

大运河上住家船的模型

首先是大约七英尺的前甲板，三四位船夫和五六位乘客站上去就占满了。接着你就进入了前舱，大约六英尺长。我们白天就在那儿做饭吃，晚上则是女仆们的卧室。然后就是我们的主舱，大约八英尺见方，我们白天在那儿歇息和吃饭，晚上乔治、婴儿和我就在那儿的地板上铺床睡觉。主舱里有桌子、长凳和短凳。再往后就是罗伯特住的小舱，接着再往后便是明妮和珍妮住的后舱。后面那两个小舱边上有一条狭窄的通道，连接船尾的甲板。那儿是我们放洗碗盆和水罐等物品的地方。所以说，你可以看到我们过得很舒服。所有这些奢侈的待遇，以及也许五位船夫（他们说有六位）的工钱，总共是一美元一天。我们准备外出一个星期。

爱丽丝·雷蒙德·费奇的诞生

费启鸿家的最后一个孩子，爱丽丝·雷蒙德·费奇，出生于 1884 年 6 月 20 日。乔伊和爱丽丝由于出生日期相近，所以他俩在整个童年和大学时期的关系都很亲密。

中法战争

有一段时间以来，法国一直想要得到越南北部的东京（安南）。法

教会使用的地图

中之间的谈判在 8 月中旬被中断。结果就爆发了 1884 年短暂的中法战争。8 月 22 日，法国海军接到了攻击福州中国舰队的命令。当时乔治和玛丽正在天姥山一个传教士避暑的疗养所度假。几天后乔治写了一封信给他的母亲，后者又将此信转发给了《弗里蒙特日报》。

我亲爱的母亲：

——你 7 月 18 日的来信到达这里的时候，正值我们深受战争压力之时！8 月 24 日，上星期一，正当我们跟来自宁波的浸礼会传教士高雪山（JosiahRipley Goddard）一起在凉爽的天姥山上享受度假的时候，中法战争突然爆发。我们在得到了战争宣言的消息之后，连夜离开了宁波。可是美国领事又发来消息，要我们尽快全部都去宁波集中……我们在路上没有遇到什么困难，但是看到了大量的船只装载着中国人及其家产逃离宁波。他们对法国人怕得要死，我们到达宁波的那天晚上，城里已经乱作了一团。每一条能够弄到手的船早就被人抢光了，而且经常是以令人咋舌的价格被买走的，以便能把那些惊恐万状的城里人从一个想象中的敌人身边尽快运走。离奇的谣言满天飞，每个人几乎都信以为真。最荒诞的一个报告说，来自苏州的一个有络腮胡子的洋人在天姥山被杀了，他死了三天以后人们才发现了他的尸体。按照那个报告，我正好赶上了自己的葬礼……几乎所有的富裕家庭都逃离了宁波城，总数我想已经达到了好几千。各种商业贸易活动都停了下来，成千上万平时仅能糊口的贫民很快就会连饭都吃不上了。我认为法国人没有可能进攻宁波，但即使宁波城受到了敌人的炮击，情况也不会再坏到哪里去。我理解在上海也发生了同样的混乱。我已经给霍尔特先生写信，要他去见美国领事，并问一下我们是否应该回苏州去。那儿的一切都平安无事，我想在那儿我们将会是非常安全的。但假如领事的看法不同，那我们就暂时留在这儿。宁波的港口里停泊着一艘美国军舰，船上有200多名官兵，所以说我们的安全还是有保障的。

宁波道台（统领当地民政和军事的官员）似乎急于要向外国人提供保护，我想这并没有什么困难。但是可怜的中国正在经历一种可怕的考验。它已经拥有了用昂贵价格买回来的军舰，并且对它寄予了很高的期望，但是在法国人无情而熟练的打击下，中国的南洋舰队只坚持了一小时就全军覆没。那些位于安全地区的中国官员还跟往常那样在自吹自擂，然而沿海地区的那些官员却认为末日临头，在瑟瑟发抖。

宁波，1884年8月29日

上海的美国领事认为我们最好还是不要回苏州，所以我们至少还要在宁波再待一段时间。

8月30日，星期六

我们目前暂时滞留在这儿，直到我们更加确定形势将如何发展。法国人已经完成了他们在福州实施的毁灭性打击，并将舰队开到了其他地方，但此处无人知晓它的去向如何——也许是南京。从苏州传来的消息是那儿相安无事……我们所有人的情况良好。我们在宁波的住房是在甬江的北岸，周围环境很漂亮。

现在请不要为我们的情况而感到不安。我们信服创造天地的耶和华。连麻雀的陨落都明察秋毫的上帝肯定会照顾好他的子民。怀着对所有人的爱。

您亲爱的儿子，费启鸿

9月1日，星期日

翻译《圣经》

到了 1885 年，乔治一定是对于自己理解中文的能力有了足够的自信，所以对翻译《圣经》这一有争议的话题进行了评论。在同年《教务杂志》的第 7 期上，他发表了一篇文章：

论文言文《圣经》的一个新版本①

费启鸿牧师

有两种用文言文翻译的《圣经》版本已经广泛使用了一段时间，一种是所谓的委办本《圣经》，另一种是裨治文（Elijah Coleman Bridgman）和克陛存（Michael Simpson Culbertson）的译本……委办本的特点是中文流畅，但是译文的自由度较大，在很多情况下更像是一种复述。另一个译本更加忠实于原文，但经常是以牺牲洞察力为代价，而且并不总是最好的文言文。多时以来，许多

---

① 《教务杂志》第 16 卷，第 7 期，1885 年 8 月，第 298—300 页。

代表本《圣经》，1852 年

　　人的看法都是我们需要有一个更好的译本——既能够发扬老译本的优点，又能够避免其缺点。要想改进或修正上述这两个老译本，使新译本能够被其他人所接受，这件事非常困难，也许根本就不可能。因此，当汉口的杨格非（Griffith John）先生①不久前开始翻译《新约全书》的一个新译本时，有许多人希望，凭借杨格非先生的著名冲劲和学术水平，也许真的能够使我们得到一个大家所冀求的结果。

　　然而，我们能够从已经译出并出版的部分章节来判断这个新译本的质量。那么得到的结果呢？从很多方面来看，都是一个最令人赞赏的译本——文言文既精练又质朴，大部分文本忠实于古希腊语的原文。当我们说"大部分"时，我们很遗憾不能说"全部"。在杨格非翻译的福音书中，这种优劣差异并不像在《使徒行传》的译本中那么明显，这很正常。因此，当福音书出版以后，许多人对它怀有很高的期望，即一个新的译本即将要出现，它的所有部分，或几乎所有部分，都能结合上述两个译本的优点，而前两个文言文《圣经》译本中那些

①　伦敦传道会的杨格非牧师。他曾用官话翻译了《新约全书》、《诗篇》和《箴言》。这儿所说的《新约全书》文言文译本是在 1885 年出版的。

令人不快的缺点，却能在同一译本中全都被除去。然而，在《使徒行传》的译本出来之后，我们担心这些希望将最终会破灭。这至少是最近一次苏州传教士会议所做出的判断。在那次会议上，大家对杨格非的《使徒行传》译本进行了修改。这部包含了使徒们最有说服力想法的《使徒行传》将大大出乎那些达官贵人的意料，假如他们能够看到，并且读到它，并且注意到原文中的"gars""ouns""allas"这类词是如何被忽视的，以及当译者怕读者无法理解一句话的意义时，偶尔会求助于复述。这些并不是枝微末节的东西。我们试图想象一个聪敏的中国教徒引用这个译本，以此作为基础来对《圣经》进行评论——这当然是一个非常合适的测试。他对于《使徒行传》中用古希腊语所表达的既优美又强有力的语言究竟会有什么样的理解，以及在很大程度上，对于英译本有什么样的理解？仅举一例，《罗马书》（5：1）中的"Therefore being justified by faith"（"我们既因信称义"）等等。① 这句中的"therefore"杨格非先生没有翻译；此类自作主张的省略在整个译文中随处可见。这种省略真的合适吗？西方学术是否能够容忍这样的原则，即我们在翻译时可随意省略连词、冠词和其他我们认为无关紧要的词？我们英语《圣经》的修改者花了那么大的气力和精力来试图找出跟原文相配的词语，哪怕是最细微的词语，这样做值得吗？西方学术会容忍这样的原则，即我们可以随意决定翻译或忽视这些连接性的分词或其他句子成分吗？当我们的英语《圣经》翻译者们花费了这么多的精力来为原文中哪怕是最微末的词来寻找恰如其分的译文时，他们是在吹毛求疵吗？

在翻译《圣经》时是否能容忍译者改述一事也是一个重要的问题。如有必要，对于《圣经》进行一些无关紧要的不同解读是可以的，但是《圣经》文本必须尽可能地被视作是出自上帝之口的金玉良言。也不要使中国人认为，对于《圣经》的随意翻译无关紧要，这样做难道不危险吗？我们所有人都了解中国人是如何珍视"四书五经"，不允许改动其文本中任何一个字的那种态度。我们难道可以贬低上帝之言，轻易改动被人们认为是比任何其他书籍都更为珍贵的

---

① 《罗马书》第四章是以关于耶稣信仰的一句话结束的："耶稣为我们的过犯交付了，是为我们称义复活了。"第五章首句便是："我们既因信称义，就借着我们的主耶稣基督得与神相和。"

《圣经》文本，哪怕是"记号和标题"？应该记住，我们是在把《圣经》介绍给地球上人口最多、思想最开明和在某些方面是最为挑剔的一个民族。在这种情况下，我们能够轻视这一任务，满足于提供不甚完美的《圣经》译本吗？我们难道不是不满足于那些不合时宜和不称职的《圣经》译文为时甚久了吗？在华西方传教士当中有一些学识渊博的学者有足够的资格来翻译《圣经》，但因"神"和"上帝"的译法分歧而分裂为两派。[1] 现在难道不是废除这些陈词滥调，至少是在翻译《圣经》的这两个不同学派之间的恰当时机吗？这两派学者齐心合力，才有可能翻译出最令人满意的《圣经》译本。

杨格非先生的答复

1885 年 10 月，《教务杂志》发表了杨格非先生的长篇答复。以下是那篇文章中的相关段落。

翻译的主要规则

在上一期的《教务杂志》上，费启鸿先生发表文章，对我正在翻译的《新约全书》中他所认为的一个缺点进行了评论。这个缺点就是译文缺乏对于原文的完全忠实性。假如我没有理解错费启鸿先生，他的观点就是：《圣经》译本倘若要做到完全忠实，就必须逐字翻译，一点儿都不能改变。在我这位朋友的忠实译本中，其文本也许是混乱、晦涩和文字用法不地道的。这种性质的缺点并不是最重要的，因为译者只需轻而易举地做一些微调，便可以使语句变得通顺起来。译者最需要重视的是完全忠实于纯粹的上帝之言。

---

[1] 这个问题经历了一个多世纪以后，至今仍有争议。在下一节中我们将对此进行更为深入的讨论。

杨格非牧师

我不知道是否有《圣经》译本是按照费启鸿先生所说的规则来翻译的。然而可以肯定的是，按照这一规则翻译的《圣经》在任何语言中都不可能成为标准译本，而按照这一规则翻译的中文译本则完全不能称之为译本，而是一种难以卒读、令人无法理解的胡言乱语。无论是对于非基督徒，还是对于基督徒，它都是没有任何价值的。对于非基督徒来说，它会成为一个笑柄；而对于基督徒来说，它则会成为一个危险的绊脚石。

翻译就是要把观念和思想从一种语言传达到另一种语言；一个真正的译本就是要在不违背另一种语言的精神和法则的情况下来翻译这种观念和思想，而且在翻译过程中要尽可能地反映出作为媒介体的这种语言的丰富性、力量和美。

让我们铭记这一事实，再来看一下我所翻译的《罗马书》第5章第1句，以确定它是否充分反映了使徒的意图，以及译文是否跟中文的特征达成完美的和谐。"我们既因信称义，就借着我们的主耶稣基督得与上帝相和。"这句英译文的结构中含有"therefore"一词，尽管我们也可以在中译文句子中插入一个相应的语助词来表达"therefore"这个词的意思，但中国文人却会视其为赘词。

我下面举几个直译的例子来说明，假如按照费启鸿先生指定的原则，怎么才能原汁原味地翻译出上帝的原话。

《约翰福音》第8章第15句："Ye judge after flesh."直译为"你们凭肉来判断人。"在中文的语境中，"肉"这个词单用时通常是指猪肉。这种译法便是直译，然而中国人根本就听不懂。

我可以举出几十个例子来说明这种盲目地把《圣经》逐字翻译成中文的直译法的坏处。我得再次强调，在语言的资源和特征所允许的范围内你可以采用逐字翻译的直译法，否则就不该死扣原文，只需尽可能完整无误地传达原文的意思就可以了。

杨格非

汉口，1885年8月15日[①]

1906年的和合本《圣经》的翻译委员会：鲍康宁、富路特、狄考文、鹿依士、文书田和身份不明的中国助手们

在同年第12期的《教务杂志》中，费启鸿对于杨格非的观点进行了反驳：

重读我以前发表的那篇文章，我看不出有任何地方可以证明杨格非先生的

---

① 《教务杂志》第16卷，第9期，1885年10月，第381—386页。

《教务杂志》第 12 卷，第 6 期（1881 年 9—10 月）中的一个广告（请注意广告中"神版"和"上帝版"的《新约全书》并行不悖）

结论是对的。……杨格非先生在其评论文章中举了一些例子来说明裨治文和克陛存所译《圣经》中有"盲目逐字翻译"的倾向。但我并没有为他们进行辩护的意思，现在也不想这么做。……而且我必须抗议他在验证某些文字段落时的那种方式……尤其是那个把"flesh"译为"肉"的"非常严重的错误"。《圣经》英译本的翻译者在翻译"flesh"［fles］这个词的时候就已经大约错译了136 次。杨格非先生又给我们提供了一个新的例子。……而它们都是因为从希腊语和英语转译一个词所造成的。

当然，假如拿一段没有上下文的文字给不熟悉《圣经》的中国人看，问他是否喜欢这段文字，或是否理解这段文字，很可能他的回答是否定的。很多例子说明，英语的文本也是如此。然而对方若是一位中国基督徒，向他展示某个词在整个《新约》中的用法，并将不同的段落加以比较，按照我自己的经验，所有的中国基督徒都会说，"让我们来听听上帝的箴言"。①

　　《圣经》的翻译在 19 世纪末和 20 世纪初继续进行。杨格非牧师于 1887 年完成了对《新约全书》的翻译。一个位于南京的翻译小组将《圣经》译成了官话。1906 年，另一个翻译小组（参见第 138 页的插图照片）开始翻译另一个官话的《圣经》全译本，后者就是于 1919 年出版，迄今仍在使用的和合本《圣经》。

"God"的中译名

　　在费启鸿关于《圣经》翻译的第一封信件中，他就提及了当时正在进行的关于如何才能以最佳方式将"God"译成中文的争论（参见第 136 页）。他将两个待选的译名称作"shin"和"shangdi"。如今，按照拼音的拼写规则，这两个词应该拼写成"shen"和"shangdi"。这两个词的汉字迄今未改，"shen"是"神"，而"shangdi"是"上帝"。正如第 139 页上的广告所示，费启鸿在华时期就可以买到两种不同的《新约全书》中译本，其中一个采用"神"的称呼，而另一个采用"上帝"。今天的情况还是如此。因为"神"只有一个汉字，而"上帝"有两个汉字，印刷商们便特意在"神"的前面留一个空格，这样这两种不同版本的页数和每页的行数便可以一致了。这样，《圣经·创世记》的第 1 章第 1 句，即"In the

---

① 同上，第 457—458 页。

beginning God created the heaven and the earth"在"神版"中被印成了"起初　神创造天地"，在汉字"神"的前面插入了一个空格。

进展报告

美北长老会海外传道部的《1885年年度报告》中包含了关于苏州的一个段落：

今年年初，在苏州城内的一个繁华地段建立了一座新的小教堂。虽然该小教堂所占的空间并不大，但它却坐落在城里最热闹的市中心，因而来小教堂做礼拜的人数不少。小教堂的一侧还有个阅览室，那儿摆放着一些书籍和宗教小册子。这一年中有两个教会办的日间学校，在读的学生人数众多。费启鸿先生在这一年中曾进行了好几次的巡回布道，访问了苏州教区所有50个城镇。在此过程中，他散发了三万至五万页的传单和宗教小册子，并且卖出了大量的书籍。

费启鸿先生所写报告中的下面这段话揭示了他是如何在城乡各地传播基督教一般知识的："见证到中国民众对于基督教的基本真理不断加深了解是令人鼓舞的，就连还没有人皈依基督教的地方也是如此。上个月，当我拿着一本《新约全书》坐在我的街边小教堂里时，有一个男人问我手里拿着的是什么书。当我把书拿给他看时，他说：'哦，我知道这本书。'于是他便开始对旁观者宣讲起上帝所创造的奇迹、耶稣为人类赎罪所受的苦难，以及崇拜偶像的愚蠢。我们经常遇到一些其基督教知识使我们感到惊奇的人，但他们就像尼哥底母①那

① 尼哥底母（Nicodemus）是犹太教最高评议会的成员，《新约》中提及他曾支持耶稣反抗法利赛人。（译者注）

样，不敢在吾主耶稣基督面前公开忏悔。"①

霍乱

在 1885 年年末，费启鸿一家在南京参加了一个差会的会议。后来，《弗里蒙特日报》上有如下的报道：

> 宁波的蒲德立（John Butler）牧师及其年幼的儿子在结束美国的休假回到宁波之后突然染上了霍乱，并在 24 小时之内相继去世。费启鸿先生因蒲德立先生之死而被召回去照顾已经生病的费启鸿夫人和他们最小的一个孩子。还有另外五人也出现了霍乱的症状，但幸运的是，他们都被治愈了。蒲德立先生是费启鸿先生在传教士中最亲密的朋友，他的去世似乎使费启鸿受到了很大的伤害。
>
> 费启鸿于 1885 年 11 月 18 日写道：蒲德立先生之死使得宁波传教站只剩下了塔克（Tucker）一个传教士，而且塔克夫妇的健康状况都很堪忧，很快就将回国治疗。虽然我们设想了各种解决这一困境的办法，但似乎唯一可行的解决办法就是我们再派人去那儿。宁波话跟苏州话、上海话和官话都显著不同，但幸运的是，我已经学会了很多宁波话，用这种方言跟人交流没有问题。我们昨天在许多人的哭泣和悲伤中离开了苏州。倘若我们以前曾经觉得苏州人对我们不太友好的话，那么我们昨天的感觉却是大相径庭。而对于苏州其他的传教士来说，我们的离开简直就像是一场灾难。我们告别了曾亲手参与创建的那个舒适的家和被树荫所覆盖的院子，那些树都是在我们的亲手照料下长大的；我们

---

① 《1885 年年度报告》，第 112—113 页。

还告别了种植着草莓和水果的花园和我们大多数孩子出生的房屋，还有那些我们曾经并肩工作过的人。当我们离开的时候，感觉就像是亚伯拉罕，茫然不知该往哪儿走，只是确信上帝在召唤我们。费启鸿先生最近一封信的日期是 11 月 28 日："顺利到达宁波，一切平安无事。"①

---

① 《弗里蒙特日报》，1886 年 1 月 15 日。

第七章　宁波

浙江省的宁波被一位早期的传教士描述为一个有城墙环绕的古老城市。建造于 1333 年的城墙厚 30 英尺、周长 6 英里。城市人口为 25 万。城里街道狭窄，住宅和店铺鳞次栉比。"居民们的风俗、习惯和职业跟几百年前几乎没有什么区别。"就像许多中国的开放口岸那样，宁波城沿着甬江连绵数英里，将这条江作为抵御侵袭海岸线的海盗们的一道防线。宁波港里总是聚集着许多小船，那些出远洋的双桅或三桅帆船一般都停泊在甬江的下游。可以打开，让平底帆船通过的浮桥连接着城市的各个分支。[①]

1885 年 12 月 5 日，玛丽写信给父亲，向后者介绍他们的新传教站：

> 乔治对他所见到的一切都感到满意。你知道在宁波地区传教事业已经十分发达。光是长老会教堂和其他三四个自养教堂就有 600 多名教会成员。尽管到这儿的时间很短，但我们已经开始觉得很自在了。每当我觉得有点思念苏州的时候，我就试图想一想住在这儿的好处。好处之一就是我们差会跟白达勒夫人住在一起，并且很有音乐天赋的华纳（Sarah A. Warner）小姐对于明妮很感兴趣，并且已经在给她上钢琴课。我每周付给她两美元。华纳小姐说她对于明妮

---

① G. T. 布朗：《瓦器与神的大能：在华美国长老会传教士》，1997 年，第 30 页。

托马斯·阿洛姆的铜版画《宁波的棉田》

的弹奏感到很满意，这让明妮和我都倍感鼓舞。我还没有开始接受差会的工作，我自己的家庭就似乎占据了我全部的时间，并使我忙得团团转。你知道R. M. & J. s课程现在可是一大笔支出。还有，这儿有一个外国人的社区，有许多活动，所以我还得兼顾外面的事情。我在这儿的空闲时间要比在苏州时更少。乔治似乎很喜欢只让我一个人来管理家务事，我觉得自己终于成为一个家庭主妇了。当乔治不在的时候，我总是觉得在日常的家务事上又添加了很重的责任！

来自父亲的礼物

玛丽于1886年1月11日又给父亲写了下面这封信：

最近一批邮件给我们带来了你于11月14日和11月23日写的两封信。下一班来上海的轮船也许会带来我们所期待的所有关于水果罐头的消息。白达勒夫人必须去一趟上海，以处理她作为艾迪的遗产代管人的事宜；我们希望她能够把包裹给我们带来。我们为这批邮件的数量之大感到吃惊——75个罐头！这足够我们吃一年的了。我很想知道你在准备寄这些罐头时对我们是怎么想的，但我知道它代表了大量的艰苦工作。我们在吃这些罐头时会想念你的，并且会一遍遍地感谢你。孩子们问我，你是否会给他们寄一些枫糖，当我大声念出你所寄物品名单时，大家都兴高采烈，珍妮还拼命鼓掌呢！

金钱问题

玛丽在 1886 年 1 月 11 日的一封信中继续写道：

我经常想在金钱问题上能够帮上你更多的忙，乔治也跟我想的一样。但是他本人也穿得很邋遢，我昨天说想把他的衣服送给某个贫穷的中国人，然后再给他买一套新的！自从离开美国之后，他就再没有买过一件新的西装，说真的我想他只有一件普通的上衣和几条裤子。我们的家庭花销很大，尽管我们试图处处省钱。在宁波的着装问题跟在苏州不同。虽然我们试图节省，但钱还是不够用，我这么写并不想让你可怜我们，只是想解释为何我们不能给你寄更多的钱，尽管我们很想这么做。去年年底我们还差了几块钱，所以不得不非常节省。我们目前的状况，使得我感到更加遗憾，让你给我们寄那么多的水果罐头。我知道这使你花了不少钱，而我们现在不能够付钱给你，尽管我们很想这么做。请不要因为我这么说而感到难过，因为我确实很感激你的大恩大德和你所做的一切。但下次请不要寄那么多，这样我们就能更加享受这些水果！这些天以来有好多人邀请我们去做客——宁波人要比苏州人更喜欢社交。

战胜疾病的信仰和医药

在宁波时，玛丽开始使用乔治在神学院时日记本中的空白页来写信，以描述在他们日常生活中发生的事件。1886 年 6 月 3 日，她在信中写到了乔治所生的一次疾病，后者是以很厉害的咳嗽开始的。

咳嗽一直没有好转，所以他最终请戴利医生来检查他的肺。在此之后，他宣称咳嗽只是由于支气管炎所造成的，这使我感觉好多了。5 月 18 日【可能是 20 日】星期四，他又染上了疟疾。① 第二天早上，他开始接受放血。当天晚上我们请来了医生，他来之后诊断说，乔治的左肺积液。② 从医生的话语和举止来判断，我知道乔治的病情已经很严重了。嗨，这个险恶的夜晚！在随后的周六、周日、周一、周二，乔治的病情每况愈下，直至他的身体已十分虚弱，说话就像是呻吟，每次只能哼几个单词。他的咳嗽已经变成了一种撕心裂肺的痛苦，就连呼吸也极其困难，每隔 24 小时，他就会被放一品脱的血和黏液。晚上睡觉的时候，他几乎总是会说胡话，就连白天时他的意识也是模糊不清的。周二的时候，我们通知了牧师和长老们，说乔治也许会请他们过来为他祈祷。当天下午，他的病情加剧，到了周三上午大约 10 点的时候，医生前来巡诊，发现乔治病情严重。我知道牧师和长老们在早上 11 点时也会来。乔治和我都在等待指示

---

① 在《旧约·利未记》26：16 中，疟疾被解释为 "一种痨病热病"。1852 年，苏珊娜·穆迪在《在树林中艰难生活，或在加拿大森林中的生活》中这样描述她丈夫的疟疾："我丈夫隔天就会被限制在床上，连手和脚都抬不起来，并因发高烧而胡言乱语。"但 "痨病热病" 的说法已不再流行。

② 积液跟肺部发炎和积水有关。

该怎么对待医生和处方药。在医生起身离开，把给乔治吃的药粉交给我的时候，乔治说："医生，我有几句话要跟你说。"他试图轻声跟医生说出上面这句话，但是医生听不清楚他在说什么。我便把他的话转告给了医生。最终乔治坚持要我这么做，因为他太虚弱，发不出声来。于是我就告诉医生在11点的时候，牧师和长老们会来给乔治祈祷，并且我觉得乔治此时不能够吃药。假如乔治马上就能被牧师和长老们的祈祷所治愈，那么一切都会平安无事，乔治也不需要医生的药了；若不能被祈祷所治愈的话，他就会认为这是一个征兆，即上帝认为他还是需要医生的诊治和开药。乔治的病情这么严重，使我觉得不能够断然放弃医生的帮助。施牧师和长老们在11点时来到我家，在楼下客厅里一起祈祷完毕之后便来到了乔治的房间。对于我们所有人来说，这都是一个最庄严肃穆的时刻。我感觉耶稣一遍遍地对我说："我将会来治愈他。"几天前，在一次祈祷的时候，我似乎听见耶稣对我说："哦，女子，你的信心很坚定。你定能做到如你所愿。"牧师为乔治祈祷完之后便向他身上抹圣油。等了一会儿之后，长老们也逐个为乔治进行了祈祷。他们似乎都怀着虔诚的信仰在祈祷，他们祈求上帝赐予我们逐步治愈的慈悲，以及祝福医生和他所开的药。乔治说他这时感到有一股力量注入了他的身体。正如应许所说，"主将使他痊愈如初"。但应许并未说即时即刻，也未提及在什么地方和以什么方式。我想这些人要比美国的大部分牧师和长老们都具有更为坚定的信心，因此我觉得上帝更愿意听他们的祈祷。他们走后，乔治似乎显得有点失落（在我看来），也许没有。然而我认为他有了足够的信心，认为自己是可以即刻痊愈如初的。过后不久，当他忍受病痛折磨时，他让我决定是否要去请医生。我只能不断地祈祷，并似乎听到上帝说："是的，去请医生吧，但我将来治愈他。"我觉得假如我只信任医生的话，乔治就将不治，但我很肯定医生能够使乔治变得不那么痛苦，并有助于他的康复。《圣经》中并没有说我们不能够请医生和吃药。乔治和我一直觉得在这样的时刻，我们有责任去利用一切可以利用的方法。这使得我认为，假如说请医生是错的话，那么不请医生更是错上加错。所有这些，我认为，是与所谓的"信心治愈"的说法相违背的。然而在此后五天中，乔治忍受了很大的痛苦，但他放血的量减少了很多，并且在 48 小时之后完全停止了放血。他的身体逐渐恢复，并且没有出现反复。到了 6 月 8 日星期二，我们便乘坐"宜昌号"轮船去了芝罘。

作为这一个插曲的补充说明，一位当代的内科医生根据同样的病症，将这个病诊断为严重的链球菌性肺炎，即因细菌感染而引起的肺部发炎。

从中国寄给《海外传教士》杂志的一封信[1]

开垦土地

很多年以前——我不知道具体多少年，但显然有几百年了——离杭州湾南面大约 8 英里处，人们修建了一条海塘，以防止海水侵袭海塘后面的耕田和房屋。随着时间的流逝，江河不断地向大海延伸，或者说是扬子江冲下来的淤泥被潮水带到了杭州湾，不断地堆积起来，在海岸边形成新的土地。所以人们又建了一条新的海塘，即在以前那条海塘处又往前推进了 1 英里左右，而且新的土地也被逐渐转化成了耕地。这一过程不断地被重复，以至于现在已经建了七条海塘，即把原来的海岸线又向前推进了七八英里。然而这些新得到的土地一开始因所含盐分过高，所以也长不出多少庄稼。只有最贫穷的人家，在贫困的驱使下，才愿意去那儿定居。在第一条与第二条海塘之间，以及在第二条与第三条海塘之间的土地，在很久以前就得以开垦，现在已经变得非常肥沃，从那儿经过的人根本就想象不到，这些泥土原来竟是来自海底。而越往外走，那儿

---

[1] 《海外传教士》的"传教地来信"栏目（纽约市：长老会海外传道部，1885—1886），第 45 卷，第 1 期，1886 年 6 月，第 35 页。

的土地也变得越来越贫瘠。在第三条与第四条海塘之间几乎看不到一株树，那儿的房屋质量也都很差。在第四条与第五条海塘之间，只能见到茅草屋，而住在那儿的人都属于赤贫阶层。据说他们中间有许多人通过种田只能每年有一部分时间勉强糊口，而在剩余的时间里，他们就不得不去别处打工或乞讨。

宁波

费启鸿牧师

穷人的福音书

我所传教的对象就是那些生活在第四条与第五条海塘之间的赤贫阶层，而在这些即使在中国也算是最贫穷的人中间我发现了福音书的肥沃土壤。在那儿我有幸见证了最令人振奋的传教工作。几年前，有一位本地的基督徒，即我们那个教堂的教会成员和文盲，成为这些人中间的一员——并不是作为一名付费的代理人，而是作为一名试图开垦荒原并赖以生存的农田开发者。随着时间的推移，他为他所在的那个教堂（离我们的教堂大约有五六英里的距离）带来了九个洗礼申请者。牧师开始对于是否要接受他们还有点犹豫不决，于是便提出要对他们进行测试，并建议让他们每个人再去带回一个愿意成为基督徒的人。在一年之内，这九个人便又带回来了九个作为他们传道成果和诚意证明的慕道者。前九人于是便正式成为教会成员。牧师要求所有这18人再继续努力，去赢得新的皈依者。如今他们那个教堂已经有了20名正式成员和40名慕道者。

中国人的殷勤好客

我最近花费了一整天时间陪麦基（William J. McKee）先生去访问上述那个教堂，在那儿度过了愉快的一天，并且在那儿受到了殷勤的款待。虽然他们招待我们的只是黑米和粗劣蔬菜，但我却觉得它们胜过了我所尝过的最好的美味佳肴；他们请我们喝的是略带咸味的茶，因为这些茶叶本来就是在盐碱地上种出来的，但我却觉得它是我所喝过的最好喝的饮料。然而，"爱能遮掩许多的罪"[①]，我们真的很享受这顿饭，部分原因是因为徒步走了五英里的路，早已饥肠辘辘；部分也是为了使看着我们吃的东道主和朋友们感到高兴。我平时经常吃中餐，并为自己使用筷子的能力颇感骄傲，但在他们给我们端来煮得半熟的鸡蛋作为送给外国教士的美味时，我却有点不知所措了，最后不得不用手指来夹起鸡蛋。

吃完饭以后，我们进行了祈祷。主人说，"来吧"，便开始带我们去访问其他的房屋。当我们沿着小路经过一些房屋时，他就会大声告诉住在屋里的人，"快来听从六万里以外的地方赶来的传教士给我们讲基督教教义"。就这样，当我们到达一位基督徒的茅草屋时，已经有一大群人在那儿等着听我们布道了。无论走到哪里，我们都会听到这样衷心的问候，一种最令人振奋的精神似乎占据了上风。

---

① 《新约·彼得前书》4：8。（译者注）

求教

他们向我们表达的一个强烈愿望是要我们派一位传教士的本地助手去跟他们住在一起。他们有一座房屋可以用作"礼拜堂"，或者他们可以建另一座茅草屋来作为礼拜堂。然而我们鼓励他们立即行动起来，在他们自己中间传播福音，让每一个人都试图说服其他人来信教。人们经常用"吃教者"这个词来称呼皈依基督教的当地人。但这个词无论如何不能套用在这些人身上。等到下一个安息日，当我跟这些基督徒在一个有70名教会成员的教堂里一起坐下来时，我禁不住觉得自己是跟那些"不是凭着能坏的金银等物，乃是凭着基督的宝血"①的人在一起。

台风

1886年8月，费启鸿一家正在美国长老会的夏季避暑地大崂山享受两个半月的度假。8月10日，玛丽写信给她的父亲：

    ……我们正在经历一次台风，住房漏雨很厉害。今天我几乎无法对大崂山

---

① 同上，1：18。（译者注）

做什么好听的描述！这场台风是在前天下午开始影响本地的，并且从那时起一直有狂风暴雨。我很害怕这些狂风暴雨，因为它们是我所见过的最凶险的暴风雨，至少我认为如此，也许我的记忆并不是太准确。乔治刚刚修好了漏雨的屋顶，但是每个房间都在漏雨。史密斯先生在房屋两端的房间漏雨也很厉害。史密斯一家昨晚不得不在后半夜两点起床穿衣。由于房间里有一小块地方尚未被雨水淋到，于是他们便把婴儿放在中间，夫妻俩坐在她的两边。我们的房间在晚上漏雨没有那么厉害，然而乔治和我只睡着了一会儿。屋顶上的瓦片被刮掉了一些，其声音就像是玻璃打碎了一样。然而这房屋抵御暴风雨的实际能力要好于它的表面现象。我不记得你去年在中国时曾遇到过这么大的台风。要是在海上遇到像这儿这么大的台风那就太可怕了。我听说台风的持续时间从不会超过三天，所以乔治认为台风最可怕的阶段已经结束了。史密斯夫人说，如果房屋不是漏雨那么厉害的话，她倒是并不顾忌风那么大；而我则觉得倘若风不是那么大的话，我才不管房间漏雨那么厉害呢！然而只要记住，无论风和雨都只是按照天父的旨意行事，这么一想我们就可以把恐惧放下了。"成就他命的狂风。"①

同年 9 月底，费启鸿一家回到了宁波。

中国牧师

《教务杂志》1886 年第 12 期上登载了美以美会华中差会的赫斐秋

---

① 《旧约·诗篇》148：8。

（Virgil Chittenden Hart）牧师的一篇文章①，对"本地牧师"这一概念提出了质疑。他显然已经对于按立中国人为牧师的做法感到幻灭，并向好几个传教士发了问卷，向他们提出了如下的问题："你是否相信中国的大多数本地基督徒都是伪善者，以及到目前为止的新教在华事业，就其正面成果而言，几乎完全失败了？"他还用这篇文章作为讲稿，在美以美会的年度会议上做了发言。在这篇文章中，他用犀利的语言描述了下面这个典型的例子。

　　他进入了教堂，时间不长他就认清了自己的处境。他发现有好多人并不比自己好多少，都一心想找一个有利可图的职位。这些人中有厨师、看门人、日间学校教师、小教堂看守人、传教士，他们每个人都捧着装满饭菜的饭碗，但工作却很轻松，只有厨师是例外。他把自己跟本地人牧师相比较，并得出结论，只要他练习一下那些陈词滥调和经常被引用的那些段落，就完全可以做一位好牧师。

　　这个男人看上去很诚恳，并用各种方法显示出他的热情，于是传教士认为他很适合在后者同胞中间传播福音。所以他便以做梦都想不到的方式，继续大规模地上演这个最大的闹剧。在第一年中，他精神抖擞，给教堂带来了慕道友，并在传教士来访时让对方发现自己正在研读《圣经》，或正在小教堂内跟一些人交谈。他的能力得以提升。到了第二年，传教士觉得应该给他提薪。倘若传教士身边有一个诚实的人，或者传教士的心思更缜密一些，这类闹剧其实是完全可以避免的。

　　要是我说，在我们的差会内外有一千个这样的男人正在消耗成千上万本应用以拯救死亡灵魂的金钱，而这些人在消耗金钱的同时不仅是在诅咒他们自己

---

① V. C. Hart. "The Native Ministry, An address delivered before the Annual Meeting of the Central Minission of Ameri- can Mathodist Episcopal Church." in The Chinese Recorder and Misonaru Journal. Vol. XVII, No. 12, December 1886, pp. 463-472.

的命运，而且还在到处传播消息，即这些奸诈之徒是被洋人所雇用来宣扬基督教教义的，你们会认为我在夸大其词吗？我知道我在说什么。我曾经无数次遇到过这样的人。

在《教务杂志》的同年第 12 期中还有另一篇由美国公理会华北差会的白汉理（Henry Blodget）撰写的文章，作者在该文中回答了赫斐秋的许多问题。费启鸿在《教务杂志》的下一期，即 1887 年第 1 期中对此也做出了回应。

在传教工作中雇用本地人的问题

——致《教务杂志》的编辑

亲爱的编辑先生：

请允许我通过《教务杂志》来表达我对白汉理先生的感谢，他对于利用海外传教经费来支持本地代理人的做法进行了冷静、谦恭有礼和具有决定性的分析。虽然我的年龄还不像有些人那么大，经验也不如他们广泛，但是否可以允许我也来谈一下我的看法？

在过去一年中，我被调去宁波及其周边地区从事传教工作。辅助我开展传播福音工作的有 6 位中国的本地牧师，以及 12 位教友或长老。在过去的 16 年里，我多少还算是了解在华传教事业的，但在过去这一年中，我才真正具有了投身其中、贴近观察的机会。我跟这些中国本地助手在他们的家中，在教堂里，在会议上，在教堂司祭席，以及在我的书房里相见。我必须说，尽管他们也是人，跟我一样具有人性的弱点，但就纯正诚信、良好判断力、为了基督而舍己，以及对传教事业的真正热爱而言，我应该会把他们置于跟相应数量的美国牧师和基督教工作者几乎相同的地位。据我所知，在我自己的那个差会里至少有一位成员的想法跟我不一样。然而这就是我坦诚的看法。他们有些人担任牧师的时间要比我长，其中有三位牧师没有从美国的董事会拿到过一分钱。然而过去的情况并不总是这样的。他们以前也从差会得到过帮助，直至他们逐渐升到了他们目前的职位。人们希望所有的本地牧师都能够这样。假如说这些人是雇员的话，那么我也是雇员。他们在薪水被裁减时会退缩，但是不会号啕大哭。我真的不知道他们在这方面跟我们在英国和美国的同工们有什么区别。

在这方面我们已经犯下了严重的错误。披着羊皮的狼已经偷偷地混进来了。我可以承认这一点。在美国难道就没有这种情况吗？我完全不能接受赫斐秋的观点，并且为不得不在"本地牧师"这么一个完全不值得信任的概念下进行传教工作而感到遗憾。我很庆幸自己的亲身经历使我得出了不同的观点。我认为有一些中国本地牧师——应该说是大多数——堪称是上帝恩惠的纪念碑和圣灵大能的奇迹。

我支持并强调白汉理博士在其文章末尾的这段话："由于没有发现圣灵在中国人身上铸成的基督教性格与圣灵在其他国家的人身上铸成的基督教性格之间有何基本区别，我应该将中国基督徒与其他国家的基督徒一视同仁，并且认为他们所面临的特殊诱惑也别无二致。"

费启鸿

由于乔治认识到，在赫斐秋文章中所提及的一些人员编号跟宁波差会的人员编号正好相符，很可能是"我所在差会那个观点与我相左的"传教士所提供的，所以他在上述应答的后面又添加了下面这一段说明：

注：我不太肯定赫斐秋先生在最近一期《教务杂志》的第 468 页底部是否提及了长老会在宁波的差会，但是从文中的插图，我判断他确实是提及了。倘若这是真的，那么他下面的这句话——"教会成员中有许多人从外国银行取钱"——就错得太离谱了。在宁波差会的 500 多名教会成员中，只有 100 多名成员隶属于宁波城里的教堂，而在这些人中间只有几位仆人、教师和寄宿学校的学生才有可能以某种方式"从外国银行取钱"。然而在其他 400 多名教会成员

中，无论他们是教师、仆人、助手、售卖《圣经》者、看门人或从事其他职业者，没有一人曾经从宁波差会得到过一个铜钱。另一方面，上述教会成员还在过去一年中总共募集了数百个银圆来支付牧师及其助手的薪水。如果赫斐秋先生所说的就是宁波差会，那么他说明不了问题，我掌握了这个差会的实际数据。

（G. F. F.）

困难时期

传教士的生活有时是艰难的，有些日子要比其他日子更糟糕。1887年2月27日，玛丽在她的日记中写道：

> 我正在阅读 H. W. S.[1] 所写的"上帝的战车"。只要想想我的头、颈和背上的神经痛，那些失眠的夜晚，身心俱疲，以及我充当我孩子母亲和我丈夫妻子的方式，不久前因一盏油灯被打破而留下了一大块油渍的地毯，一块中心有个洞的皮毯，楼下的沙发和一把椅身曲线凹凸不平坐垫弹簧断裂的安乐椅，以及我们的家具都留在了苏州这一事实——所有这些，加上许多其他物品，似乎都装载在"上帝的战车"上，而我却要驾驭这辆战车去穿越地球的"高地"，是的，甚至还要跟随上帝前往天国。[2]

---

[1] 可能是指 H. W. 史密斯（Hannah Whitall Smith）。她所写的《基督徒幸福生活的秘密》一书中有一章就是"上帝的战车"。

[2] 同上。"我们可以把我们生活中的每一个事件想象为一辆压死我们的重车，或是一辆我们将要驾驶着前往胜利巅峰的战车。这完全取决于我们该如何接受它们，我们究竟是选择就地躺下，让重车从我们身上压过去，还是选择爬上战车，并驾驶着它不断爬坡，奔向远方。"

在 4 月 1 日，她又写道：

由于宁波霍乱猖獗，我们将在此一直待到 9 月底。罗尔悌（Edward Clemens Lord）夫妇和毕顿（Alice Beayon）小姐已死于霍乱，而陆赐小姐（Miss Russell）则死于小儿麻痹症。霍乱在 8 月和 9 月尤其猖獗。

海外传道部的报告

海外传道部的《1887 年年度报告》中给了宁波差会特别大的篇幅：

宁波差会报告其下属有 10 个教堂和 579 名接受圣餐者，其中有 36 名是在过去这一年中加入的。差会雇用了 6 名本地人牧师，每位牧师的月薪只有 11 元，其中还有三位中国牧师的薪水是完全由他们所在的教堂提供的，而另外三位中国牧师的薪水是部分由他们所在的教堂支付的。还有 7 位教士是宁波差会用 6.5 元至 9 元的月薪所雇用的。此外还有 8 位男女教师是差会用 1 元至 5 元的月薪所雇用的。这样的收费率显示，只要有适当的监督和受过良好训练的本地人，大量的传教工作在教会付出很小代价的情况下便可以完成。费启鸿先生报告说，本地人牧师和助手的工作总的来说是令人满意的。他补充说，这些中国牧师和助手是在极其困难的环境中，并经常是灰心丧气的状态下，开展工作的。在绝大部分情况下，新皈依的基督徒来自贫穷的阶层，因此本地教堂的自立难度便大大增加了。通常来说，皈依者是得到了充分指导的，而有一个越来越开始占上风的观点就是，传播福音的伟大工作是要靠个人来完成的。关于增加捐赠的话题不断地强加给人们。提及这件事的时候，费启鸿说道："虽然一切还没有完成，我不知道还有什么地方，能像这儿那样要比平均水平更多贡献一些。"他列举了一些迫害基督徒的具体例子，它们说明尽管有政府的保护，但是到处都能遇到对基督徒的敌意。下面就是其中的一个例子："最近在东阳地区，有一个教会成员在传播福音时被人抓住，痛打了一顿，还被关押了 20 天，并威胁假如他不放弃基督教信仰的话，就会让他经受各种刑罚。然而他保持了坚定的信仰，并说假如有必要，他连死都不怕。幸运的是，通过我们在该地区一位本地助手的努力解救，他最终被释放了出来，并被用一顶轿子送回了家。"

由宁波长老会属下一个委员会管辖的崇信书院在过去一年中虽然过得十分平静，但办学却非常成功。学校有 30 个青少年上学，而海外传道部所花费的全部经费却只有 150 美元。年度报告说："学生们一直要求开设英语课，但是差会还没准备好要推荐学校这么做。"

崇德女子书院在白达勒夫人（Frances E. Butler）的高效管理下，过去一年中也有了实质性的发展。华纳（Essie Warner）小姐也在这个学校里辅助白达勒夫人。学校还雇用了两个本地人教师。在招收女学生方面的规则改变在报告中是这么写的："宁波差会的成员们决定，从 1886 年 1 月 1 日起，凡是缠脚的女孩都不能成为女子寄宿学校的学生，或者说，凡是缠过脚的女孩子在入校时都得解开缠脚布。该学校 10 年前就已经停止向女学生们提供衣服了；但是为了执行不缠脚的规定，我们认为有必要向不缠脚的女孩子们提供鞋子和袜子。然而我们希望，这种做法不要被认为是退步，而更应该被视为是一种很大的进步。"目前在校学习的有 32 名女生，其中有 3 名女学生上的是指定的课程。白达勒夫人和华纳小姐都十分关注学生们的宗教训练，不仅是在圣日学校和祈祷会，而且还在个别辅导中。白达勒夫人和华纳小姐还另外管理着几所日间学校，共有 105 名学生。宁波教堂的牧师妻子齐师母是其中一所日间学校的教师。值得注意的是，为了显示其圣洁的精神，她谢绝了通常付给教师的那份薪水，只接受仅够付一个仆人的钱。"她最虔诚的愿望就是出于对上帝之爱去为自己家庭以外的人做一些事情。她很享受这种赋予她的机会。"

白达勒夫人亲自照管的工读班在过去这一年中有 30 名女学生。除了工业指导方面的训练之外，学生们还得到了许多宗教方面的教诲。差会还在这些学生中雇用了四名《圣经》朗读者，她们会经常走门串户，把基督的福音传播给别人。这些《圣经》朗读者会每天花4小时来做这项工作，只有星期六除外。她们还专门组织了几次巡回旅行，去撒播天国的种子。

第八章　美华书馆遇到的麻烦

　　1886 年 10 月 20 日，宁波差会顾问委员会的 8 名成员聚在一起开会，讨论上海美华书馆的管理问题。美华书馆的主管范约翰（J. M. W. Farnham）牧师和神学博士没有被邀请参会。乔治解释说："假如范约翰博士在场的话，我们就不能够充分自由地讨论问题了。"召开这次会议的理由可清楚地见于该委员会寄给海外传道部的报告。[1]

　　1. 在过去这 9 个月中，美国圣经会的代理人久利克[2]已经撤回了他的赞助，并把他在美华书馆的办公室搬走了。与此事伴随而来的是双方相互的敌意，正如他们写给我们的信件所显示的那样，只要目前的美国圣经会的代理人和美华书馆的主管继续待在他们的职位上，过去的那种赞助就绝没有恢复的可能。美国圣经会这种赞助的丧失是任何其他传教工作所不能够弥补的。大英国圣书公会的大部分赞助也已经丧失。

　　2. 海外传道部关于所有工作必须遵循传教工作先例的规则已经被打破，美华书馆不仅面临着很快就会失去作为传教机构的明显特征，而且还会有失去足够经费支持的危险。美华书馆已经承接并执行了我们认为与传教工作性质不符

---

　　① 这一段落中的一些材料来自范约翰神学博士所写的《一个传教士对美国长老会代表大会的投诉和请愿》（上海，1888 年）。

　　② 久利克（Sidney L. Gulick）牧师和神学博士。1876—1893 年间，美国圣经会在华代理处共出版了 3,039,812 册书籍。（美国圣经会年度报告，第 105 卷，第 324 页。）参见第 139 页上登载的广告。

的工作。

3. 美华书馆目前的管理和美华书馆主管作为宁波差会财务代理人的所作所为已经引起了人们普遍的不满。

恭敬地提交，

签名：费启鸿

斯密司（J. N. B. Smith）

宓尔思（F. V. Mills）

乔治于 1871 年跟玛丽到达上海之后不久便在美华书馆担任过年度账簿审计员的工作，所以他对于美华书馆的管理和财务工作都不陌生。而且由于当时他和玛丽都住在范约翰夫妇在上海的家里，所以他也曾经是范约翰博士的同事。（参见第 38 页）

可以理解的是，范约翰博士对于此事的发展感到恼怒。他在写给海外传道部的一篇题为《一个传教士对美国长老会代表大会的投诉和请愿》的冗长文章中写道："他们在我面前摊开了一张起诉状，并据此审判我，声讨我和给我判刑。"

这种意见分歧一直拖到了 1887 年。到了 2 月初，宁波差会的斯密司牧师写信给海外传道部的一位通讯秘书。①

约翰·吉尔斯皮牧师

亲爱的先生：

范约翰博士跟美华书馆的本地雇员们之间产生了麻烦。据说是因为他殴打并用脚踢他们。事实正相反，是本地雇员们威胁要殴打他，并且至少有一次把

---

① 美国长老会海外传道部共有四位通讯秘书：约翰·C. 劳里牧师、弗兰克·F. 埃林伍德牧师、阿瑟·米切尔牧师、约翰·C. 吉尔斯皮牧师。这里所引致约翰·吉尔斯皮的信引自"长老会海外传道部档案，1833—1911 年，第 22 卷，信札"。

范约翰牧师

他赶出了美华书馆的房间。他被本地雇员们说成是行为举止非常野蛮，往往没有正当的理由就大声呵斥本地雇员的过错。我很吃惊和痛苦地发现，我们教堂的本地基督徒们是如何怕他。尽管在我手下有三名受过按立的中国牧师，但是美华书馆的教堂仍然没有牧师。我手下那三位中国牧师都不愿意去美华书馆的教堂工作，除非是受到强迫。

假如海外传道部把范约翰博士派到南门教堂来工作，我将请求调动，去别处工作。我们不能和谐地在一起工作。我们关于工作必要性的想法不一样。我对于他的能力和信任度没有信心。

中国上海南门，1887 年 2 月 3 日

1887 年 6 月 7 日，海外传道部给长老会的华中教区传教使团写了一封信：

亲爱的同工们：

我有责任通知你们，海外传道部昨天开了会，经过冗长而认真的讨论，对于美华书馆的问题已达成了下面这个全体一致通过的决议：

1. 根据我们收到的信件，更换美华书馆主管似乎已经有完全的必要。

2. 在新指定的主管到来之前，范约翰博士被要求继续履职，而在后继者到位之后，范约翰博士将被调往南门教堂。

3. 要求在传教使团内调整职位的华中教区传教使团必须为范约翰博士调往南门教堂扫清道路。

4. 请华北教区的传教使团提名美华书馆的新主管，要么从自己的成员中，要么从其他传教使团的成员中提名。

1887 年 9 月 22 日，海外传道部写信给宁波差会的成员们：

> 华北教区传教使团根据海外传道部要求他们提名美华书馆主管的指示，提名费启鸿牧师为美华书馆下一任的新主管。因此费启鸿先生将于 1888 年 1 月 1 日正式就任这个新的职务。与此同时，范约翰博士将被通知这一决议，并在指定的时间将其职位和相关事务转交给新的主管。

1888 年年初，费启鸿收到了一份越洋电报，将他调往上海。

虽然乔治已被调到了上海，去接任美华书馆主管的职位，但是他还要过好几个月的时间才能真正到任。1888 年 2 月 2 日，乔治写信给海外传道部，解释说他仍在"等待范约翰博士把美华书馆主管和财务主管的职位转交给他"，以及"我们只能希望他能睁开双眼，并看清他自己的做法并不明智"。2 月 24 日，他召开了一次长老会会议。

> 范约翰博士发布了一份题为"投诉书"的声明，以此来反对差会的所有成员，尤其是我本人。长老会的委员会拒绝对此采取任何行动。

斯密司牧师于同一天写信给海外传道部，以报告范约翰的"投诉

范约翰的"投诉书"

书":"我认为这个文件是虚假的、诽谤的和诋毁的。"在同一天，范约翰也写信给海外传道部，说他拒绝交出美华书馆主管和财务主管的职务，并且补充说他准备将此事告到法院。

一个月以后，在 3 月 21 日，也是属于宁波差会的麻维礼（W. J. McKee）写信给海外传道部：

> 范约翰博士迄今不肯交出他的职务，尽管他已经受到费启鸿和差会其他成员，包括他自己的女婿，副领事易孟士（Walter S. Emens）先生，以及总领事侃（John D. Kennedy）先生的警告、劝告和恳求。各种道德说服的方法都已经试过了，现在已经没有别的办法，只能依赖于法律的强制执行了。我们都为此事感到难过。费启鸿先生身上的压力一直都特别大。由于他的健康状况并不是太好，我想即使他上任以后，恐怕在一年之后也会考虑再换工作。范约翰博士是一个情绪化的人，对待本地雇员们的态度比较凶，但是到目前为止，他在这件事上对自己的控制还算比较好，我希望他不会对费启鸿先生动手。我今天已经给费启鸿先生写信，建议他不要单独去见范约翰博士，以便能让费启鸿夫人更加放心。

> 你真挚的，
>
> 麻维礼

玛丽在 1888 年 4 月 2 日寄给珍妮姨妈的信中这样写道：

> 我们刚刚经历了一次令人悲伤的考验。范约翰先生断然拒绝离开美华书馆的大楼，并且先发制人地命令乔治前去见他。这整个事件不得不交给律师去处理——想想真是可怕。然而乔治已经等了几乎三个月，并且尝试了一切能想到的办法，这才采取这些严厉的措施。根据我们在家交谈时你所说的那些话，你对于我们跟范约翰之间的官司也没有办法。我在传教士中间从未见过像他那样的人。他说自己不愿意离开的理由是良心上过不去。当然，他对于这整件事有他自己的看法，而我想所有在华传教士的意见都与他的看法相左，所以他在这一点上绝不能让步。

除了作为美华书馆主管的职位争议之外，还有范约翰博士作为长老会在华传教使团财务主管表现欠佳的问题。在这场争议中间，山东半岛的芝罘有一位年轻的传教医师满乐道（Robert Coltman，Jr.，M. D.）在写给海外传道部另一位通讯秘书弗兰克·菲尔德·埃林伍德的信中发泄了他的不满：

> 亲爱的埃林伍德博士：
> 我觉得很恼火，禁不住想让你知道我生气的原因。若是你处于我们的位置，毫无疑问你也会义愤填膺。两个月以前，我按过去一年多以来的习惯向一家当地钱庄提交了有关此后数月生活费的一张电汇单，其内容是支取 2 月、3 月、4 月这三个月的生活费 1600 块鹰洋。这笔钱通常是由位于上海的长老会传教使团财务主管支付给上述元丰金（Yuan Feng Chin）钱庄的。该钱庄将我的这张电汇单按常规寄给了范约翰博士，但后者告诉他们他支付不了这笔钱，同时也不告诉对方目前谁是代理财务主管。范约翰本人或他的继任者也没有给我们提供任

何信息，将来谁会来支付我们的电汇单。从过去一段时间的文件和信件中，我们得知范约翰博士跟上海差会之间发生了纠纷，但我们全都克制自己，没有去选边站，尽管所有的证据都对范约翰博士不利。但是现在他使得我们的电汇单被拒付，使得我们手头仅存50两银子，而每天都有未付的账单寄来，更别提我们的薪水和莫约翰（John Murray）一家过几天就要到来。他跟我们同样清楚，将一张电汇单交给当地钱庄是需要两个月的时间才能变现的。而且他完全清楚，我们在一个内陆城市，既无朋友，又没钱，将会遇到怎样的困境，更别提我们交给本地钱庄的电汇单被拒付所带来的耻辱。只有极端的自私和小气才会促使他这么做。假如他本人真的不能支付我们的电汇单，只需告诉我们谁是"上海长老会传教使团财务主管"就可以了。但毫无疑问，他绝不会承认自己之外的任何人是财务主管。是时候结束这种闹剧，并且假如他不服，采用法律手段来驱逐他了。我承认（正如在此信一开头就声明的那样），我因为他有意置我们于绝境而感到恼火。然而我知道，华北差会的每一位传教士都说范约翰窝囊无能，不好相处。

你真挚的，

（签名）满乐道

中国芝罘，1888 年 4 月 16 日

看起来海外传道部最终决定采取法律手段，强制范约翰牧师离开美华书馆。当时美国在华有治外法权，所以控告美国人的案件可以在一个美国法院中进行审判，尽管案情是发生在中国的国土上。美国总领事侃先生（他正好是长老会的一位长老）被任命为审理此案的法官。乔治描述了发生在 4 月 13 日的这次案件审理。

亲爱的吉尔斯皮博士：

……我在这次邮件中给你寄了两份《南华日报》，那上面有关于这次审判的

报道，或者说审判时发生了什么事情。从这篇报道中我们可以看到，薛思培（John Alfred Silsby）先生被指定为美华书馆的接管人，而范约翰先生把财务主管的职务和账户里剩余的钱都交到了我手里。

在这天早上 10 点开始的审判中，我试图再次使他明白，他这么做是徒劳无功的；并引导他听取更好的建议，然而他却什么也听不进去。关于审判本身我不需要做太多的描述。你也许会问，我为何会如此痛快地放弃接管美华书馆的机会。这是因为侃总领事坚持要我这么做的结果（从我跟他谈此事的一开始，他就是这么认为）。斯密司先生认为这是解决目前困难的最明智办法。它还会防止这场公开审判将长老会传教使团的家丑外扬。

同时，我也认为侃总领事对于范约翰先生具有很大的个人影响力。在中途休庭的时候，他把范约翰先生叫进了他的办公室，用毋庸置疑的口吻要他收回写给代表大会的请愿书，并要求他按照海外传道部的建议离开美华书馆，去换一个其他的工作岗位。然而，没有任何建议可以改变范约翰先生的主意——而现在他将于明天早上途经温哥华回美国参加代表大会去了。薛思培和我今天下午跟侃总领事进行了一次长谈。他似乎因为范约翰先生没有听取他的劝告而感到有点恼火。他仍然希望能再见他一面，并跟他再谈一次话。很难预测此事最终的结局会是怎么样。

范约翰先生的一些中国朋友已经写了一篇致长老会全体代表大会的请愿书，请他随身携带到美国，其内容跟他的"投诉和请愿"是一致的。请愿书上大约有 100 人的签名，我很理解这件事，但是它于事无补，因为有一位本地的长老告诉我，这些都是儿童和非教会成员的名字，而非教会中长老和牧师们的名字。我必须说，为了解决此争议而不得不诉诸法律一事，我还未曾从本差会或其他差会的任何一位外国传教士那儿，也未曾从本地牧师那儿，收到过非难或谴责。……为了防止媒体炒作，我还刻意访问了两家当地报纸，请求他们帮忙，即除了报道审判本身之外，不要进行偏袒任何一方的评论。到目前为止，他们已经应允了我们的请求……

我希望当此事在代表大会上通过之后，你能给我们发一份加急电报，将大会决定通知我们。我也许能用它来给此事在这儿做一个了结。

你诚挚的，

费启鸿

上海，1888 年 4 月 13 日

正如上述信件中所提及的那样，范约翰牧师显然决定在即将在费城召开的长老会全体代表大会上对海外传道部的决定提出上诉。在离开上海之前，他写了封信。

我亲爱的吉尔斯皮博士：

今天我已经把美华书馆移交给了薛思培先生，后者是被法庭临时指派为接收人的！我在经历了巨大的困难和支付了一大笔打官司费用之后，终于成功地将此事告一段落，使我能来参加本次代表大会，并且获得长老会传教使团总部①的信件副本。我即将于明天搭乘轮船前去美国参加代表大会。能否请你把所有跟此事相关的信件都为我准备一份副本，因为这对于推进此事的解决将会是绝对必要的，而且假如你需要的话，我们也能把此事做得更加正式一点。

我非常有可能见到你，并与你商讨我"未来的工作"将怎么安排。我本应该先到纽约，但我因官司缠身而耽误了行程，几乎不能准时参加代表大会。

作为一名传教士，我虽然因非同寻常且闻所未闻的官司被自己的差会告到法院而深感遗憾，但为了与我对职责的信念保持一致，我并不觉得我会做出跟我已经做过的事情相违背之事。

致以亲切的问候，

你忠实的，

范约翰

上海，1888 年 4 月 15 日

---

① 长老会传教使团总部的国内传道部和海外传道部位于纽约州纽约市的第五大街 53 号。

就在范约翰离开的第二天，费启鸿再次给海外传道部的秘书写信：

亲爱的吉尔斯皮博士：

　　我对于几天前写的信并没有什么新的内容要补充，我只想强调以下事实，倘若海外传道部想要采取任何法律程序，他们应该尽可能地口气强硬，否则我将很难接管美华书馆，假如不是完全不可能的话。

　　由于有一些朋友要跟范约翰一同回美国参加代表大会，我前往火车站去送别他们。我想要再见侃总领事一面，因为他希望范约翰先生能指定一人作为自己的律师。"哦，"他说，"等我回来再说吧。""可是，"我说，"假如在代表大会上这场官司对你不利呢？""即使这样，"他说，"我还有公民权的保护。"毫无疑问，等他回来之后，他将在民事法庭上告我诽谤。所以我也许必须建议你行事谨慎，别让他获得任何我写给你的信件。我想他回国的部分目的是想要得到能使他继续在这儿制造麻烦的文件……

　　我马上就要决定在上海租一座房子，以便尽快将全家搬到这儿来。我今天已经找到了一座有 5 个房间的房子，月租为 30 元。

你诚挚的，

费启鸿

上海，1888 年 4 月 17 日

1888 年的长老会全体代表大会

　　1888 年 5 月 28 日，海外传道部的常务委员会向在费城召开的长老会全体代表大会报告其调查结果。调查报告的长度是两页半印刷的会议记录。① 下面是该调查报告的一个缩略版。

……（委员会）发现海外传道部全票通过了一个决议，解除范约翰博士作为美华书馆主管的职务，并指定由华北教区传教使团的成员们所提名的传教士费启鸿牧师来接任这一职位。他们还进一步决定，将美国长老会在华传教使团财务主管的职务也交给这位费启鸿先生。

范约翰博士在收到海外传道部的命令之后，拒绝承认它对于此事的权威性，并拒绝将美华书馆转交给费启鸿先生。然而当后者要求他交出权力并向他施加压力时，他拒绝服从海外传道部的指示，而且进一步拒绝转交财务主管的职务。

在这一关头，费启鸿先生觉得在履行海外传道部指示和接管美华书馆这件事上受到了挫折，于是便转向了美国总领事，请后者命令范约翰博士将美华书馆主管和传教使团财务主管这两个职务转交给他自己。因此总领事将美华书馆主管的职位交到了一位接收者的手中……海外传道部在对其直接的工作领域进行适当调整时行使其自由裁量权，指示范约翰博士回到他以前的工作岗位，即作为南门教堂的牧师……服从海外传道部关于他工作调动的上述指示，既是为了他自己好，同时也符合差会的最佳利益……

常务委员提请全体代表大会注意下列事实，即范约翰博士一篇题为《一个传教士对美国长老会代表大会的投诉和请愿》的文章已经在长老会内部得到了广泛的传播，甚至还是在全体代表大会召开的数周之前……它明显是一份在此事件上为范约翰博士辩护的单方面陈述……范约翰博士在这方面所做的小动作应该在这次代表大会上明白无误地受到谴责。

主席：西布里克·约翰逊

---

① 《美国长老会全体代表大会会议记录》，新系列，第 11 卷，1888 年。（宾州费城：麦卡拉印刷公司，第 129—131 页）

虽然这一决议是在 5 月 28 日宣布的，但邮件从费城到上海的长途运输时间意味着，直到 6 月 30 日以后，乔治才能写信给海外传道部："薛思培先生已将美华书馆的全部事务都转交给我了，我几乎已经完全掌握了范约翰夫人下周将要搬出去的这幢建筑。"

在 7 月 12 日，他写道：

> 哦，你很享受参加全体代表大会这段时光，然而我们在此也禁不住为范约翰先生回家而感到高兴。海外传道部根本就不可能理解，我们在这儿跟范约翰这样的人一起工作有多么的困难。我完全同意你的想法，选一个特别祈祷日，与斯密司先生和薛思培先生共商此事。我们已经建议，将 8 月的第一个安息日作为这个特别祈祷日。

范约翰牧师在美国并没有逗留很长时间就回到了中国。后来，在 1895 年，他在《美国长老会来华 50 周年纪念文集》中总结这一事件时，直接省略了将他排除出局的这次审判。

> 1888 年春季，在我离开上海，去费城参加美国长老会全体代表大会时，薛思培先生被指定为美华书馆的主管，但按照海外传道部的指示，他于 7 月 1 日将此职务转交给了费启鸿先生。[1]

---

[1] 《美国长老会来华 50 周年纪念文集》，第 73 页。

第九章　上海

1888 年 4 月 24 日，费启鸿及其全家搬到了上海，并在一座月租为 30 元的房子里住了下来。正如他在 1921 年的"个人简介"中这样写道：

> 这是我大起大落的传教士生涯中的又一个堪称需要各种服务的转变时刻，我从忙碌的传教工作现场转到了长老会来华传教使团财务主管的办公室和一个大型印刷与出版企业商业主管的职位上。加上所有的相关事务，这绝不是一次轻而易举的转变。然而，作为传教工作的一个重要组成部分，美华书馆主管这一职位必须有人来接任，但是海外传道部找不到一个合适的平信徒来永久地担负起这一职位，因而只能再回过头来从正式的传教士中选拔。而这一次被选中的是一个从未受过商业训练，更没有管理一个大型印刷与出版企业经验的传教士。

美华书馆

中国人虽然发明了活字印刷，但他们依赖于"用手工雕刻，并用毛

1888 年的费启鸿和美华书馆

笔刷墨的木活字"来进行印刷。中文里没有可用来拼字的字母表，每一个汉字都必须用一个木活字来代表。首先要有一位书法家在一个小木块的一端写上字，接着一位工匠要仔细地把这个字雕刻出来。到了乔治在华的那个时期，木活字已经被金属活字所取代。制作金属活字需要有字模或铸字的模具，以及一个铸造厂把金属溶液倒入字模，用这种方法来制造单个的活字。一整套这样的汉字字体需要包括两千至六千个金属活字。一部中文字典会收录 40,919 个不同的汉字，但是据一位早期的传教士估计："不到五千个汉字就可以回答基督教传教士所有的问题了，再加上大约 1800 个汉字，就可以满足印刷文学作品的要求了。"

除上述要求之外，还有不同风格的字体和字体大小等要求，很显然汉字印刷是一项非常具有挑战性的任务。第 176 页上的插图显示了美华书馆的数个排字车间之一。

美华书馆的前身华花圣经书房最早创办于澳门，但很快就搬到了宁波。宁波差会在 1845 年的年度报告中这样报道：

（最后一排）明妮、罗伯特和珍妮特、（中间一排）费启鸿、乔伊和玛丽、（下左）爱丽丝

也许有人要问，我们是否能像中国人那样以很便宜的方式来进行印刷？对于这个问题可以这样回答，即中国人的印刷有好几种风格，当然它们的价格也很不一样。假如你选择最便宜的方式，这通常也是大多数人选择的方式，答案必须是：我们的印刷做不到像他们那么便宜。但假如你仔细检查一下上述这些中文书，你就会发现它们用的是粗劣的黄蜂纹纸，汉字字形雕刻得很难看，而且因为反复印刷，墨已淡得使字形难以辨认。这样印出来的书质量低下，无怪乎我们不能在价格上跟他们竞争。但我们认为，美华书馆的产品不能以这种质量为标准。把质量最好的中文印刷书籍拿来跟我们印的书进行比较，在任何方面我们都不害怕（除了个别刚开始没准备好和有待于改进的汉字），而且我们敢

中文活铅字的铅字盘

肯定，从长远而论，用金属活字印刷的书将会是最便宜和最高效的。[1]

1860 年 12 月，华花圣经书房从宁波搬到了上海的一座小房子里。到现在美华书馆已拥有五部印刷机，每年的印刷量在 11,000,000 页以上。从一份年度报告中，我们得知了以下情况：

> 美华书馆目前所占据的房舍对于工作的紧急需要来说实在是太小了。因此在 1862 年的年度报告中有这样的记录："现在我们拥有了一座豪华而宽敞的大楼，不仅在任何方面都能够满足目前的要求，而且还可以符合未来的标准。"

这座大楼一直被用到了 1875 年，当美华书馆再次搬迁，搬到了南门传教使团以北的北京路第 11 号。在第 39 页的那张上海地图上用星号和下面的 "press" 这个英文词标出了美华书馆的新地址。第 174 页上的插图就是上述引文中提及的那座大楼。1882 年，美华书馆报告说，在前一

---

[1] 《宁波差会 1845 年年度报告》，第 9 页。

美华书馆的铅字样本

年中，他们为大英国圣书公会印刷了 14,929,000 页，为美国圣经会印刷了 7,234,500 页，另外还用自己的经费印刷了 2,573,000 页的宗教小册子。1882 年秋天，上海差会在美华书馆建立了一座教堂，包括 17 名教会成员和 3 位长老。

财务问题

虽然美华书馆的产量不断增加，当乔治成为美华书馆的主管时，他同时也成为美国长老会在华传教使团的财务主管，所以他不得不面对财务的问题。1888 年 10 月 31 日，他向吉尔斯皮博士抱怨说：

在等待了四个半月之后，我刚收到了 2100 美元，分别是四张汇票①，其中最小的一张汇票是 250 美元。我已经写信给哈洛恩，但他似乎没能理解财务部的需要。蓝显理先生总是寄来 5000 美元的汇票，并且通常会让财务主管手头至少有一张这样的汇票。假如寄来的汇票小于这个数目的话就会增加我的工作量，并且不足以完成我所能预见的任务。我平均每月支付的钱要超过 5000 美元。

也许我没必要写这些，一切都岁月静好。我写这些只是作为私密话，以便能让你知道真实情况如何。

11 月 30 日，乔治再次给吉尔斯皮博士写信，因为范约翰博士向他提出了支付每月 40 元房租的请求。

对于范约翰博士提出的住房月租价我无话可说，除非这是个房租项目。去年春天我跟全家住在上海时，我为一个非常舒适的住房付了 30 元的月租，这已经超出了普通的住房房租，所以我不能长时间地住在那儿。一个更好和更大，然而离美华书馆和市中心更远的住房月租 25 元就可以租到。范约翰博士并没有告诉我们他将从事什么工作，我们至今对他要做些什么一无所知。

他在信的后面增添了一个手写的附言，说道：

再次告诉你，我手头已经没有钱了，还欠下了债——上一次邮件只收到了 3000 美元的汇票。我将再给哈洛恩写信。

---

① 汇票用于国际金融交易，跟支票一样，它可以在地方银行里兑现或存储。

寻找助手

在同一封信的前面，乔治写道：

现在来说说美华书馆。我的助手麦高温（Magowan）先生今天离开了我，而我以后将有赖于在当地所能得到的此类帮助，也许是葡萄牙语。我很想知道，是否有必要提出把美华书馆打造成一个基督教印刷商这一话题？我想冒昧表达一下关于我们需要什么样的人的想法。美国有成千上万的印刷商，我们寻找这样一个人并不是不可能的。

一个善良的基督教青年，懂印刷和浇版，假如可能，还有铸字的技术，举止得当，身体健康，灵魂圣洁，愿意做一位传教士，靠传教士的薪水生活，而且还能够时刻关心本地基督徒的精神生活。他必须是一位好校对员，以及一位不错的会计师。

我想最初我们是想招募一位能够管理美华书馆的主管。也许我们不应该期望和要求太高。假如能够找到合适的人，他也许会成长为适合于该职位的人，但这一成长过程需要相当长的时间。

在接近年底的时候，乔治于 12 月 20 日报告说：

你将会很高兴于听说美华书馆的订单源源不绝。每周有四天直到晚上 8 点机器还在轰鸣，而我们正常的下班时间是下午 5 点。假如我们要在印刷行业内保持竞争力的话，那我们就需要增加一台印刷机，这就意味着需要花费 1500 美元或更多。

更多的财务麻烦

亲爱的吉尔斯皮博士：

我为此信中再次提及财务问题而感到遗憾，但我对此已经束手无策了。蓝显理先生最近寄来的一张汇票我是在去年 6 月 12 日收到的。而直到去年 10 月 30 日，我才从美国长老会信任的财务主管那儿收到了一张汇票。但在这两个日期之间，我被迫向他预提了 20,000 美元。接着我收到了四张汇票：第一张汇票是 250 美元，第二张汇票是 350 美元，第三张汇票是 1000 美元，第四张汇票是 2000 美元。这些钱不到两个星期就花完了。到了 11 月，我不得不再次预提了 7000 美元。在 11 月下旬和 12 月初，我收到了六张汇票，共 6500 美元；此后，在收到新的汇票之前，我不得不又分四次预提了 8000 美元。然后，在今年 1 月 14 日，我收到了一笔 15,400 美元的巨款，但从那以后我再也没有收到过拨款，只有 2000 美元救济饥荒的善款除外。我手头的经费再次耗尽，于是我不顾哈伦（Harroun）先生的劝告，再次从他那儿预提了 2000 美元。但这仅够勉强撑过上周，现在又所剩无几，而我的抽屉里就有郭显德（Hunter Corbett）博士一张 2000 多鹰洋的订单，准备寄给哈伦；另外还有一张宓尔思先生数百鹰洋的订单。我让这些订单拖在那儿，因为我想两天前的最近一批邮件中肯定有救急的回单寄过来。可是我只收到了哈伦先生的一封信，他在信中重复了他以前说过的话，但是他的下面这些话并没有给我带来一丝安慰，即他"完全确信我们对于财务的焦虑不安是因海外传道部对于某一特定日期的拨款被传教使团挪用所造成的"。可他一分钱也没给我寄。确信并不能代替汇单。我看了你寄来的海外传道部给华中差会和华北差会的核定概算，把它们加在一起，我发现我每个月需要有 10,000 多鹰洋的经费才能够实现收支平衡。这是一个大数目，但有了它我就不需要做其他事情了。我只是一个分配代理人——仅此而已。在我看来，没有什么比我们的新财务主管首先确认这一事实，以及了解我们的供给不足更简单的了。我必须得拿出资金，而这并不是我的错。

现在我刚收到并寄出了海外传道部 1 月 29 日的印刷版指示。我怕自己并不能完全理解这些指示，或是倘若我能理解，也认为它们不太切合实际。我们被要求在 2 月 1 日和 12 月 1 日之间的某个时间开会，准备提出 5 月之后的概算。我认为，这些数据将会被送到美国总部的海外传道部和全体代表大会上去决议通过，并且在 8 月 1 日再寄回给我们。从 5 月到 8 月，我们该做些什么呢？"差会的财务主管也要写到 3 月 31 日为止的年度报告。"然而到了那个时候，差会的会议早就开过了。我是否可以怀疑，海外传道部并无任何计划使总部和各个差会的财政年度同步进行呢？它们之间的距离实在是太大了。在中国，人们在 12 月出行很不方便，而传教工作在 1 月和 2 月几乎处于停滞状态。必须记住，我们出行时，既不能搭乘轮船，也不能坐火车。10 月和 11 月对我们来说最适合，还有 4 月和 5 月。除了这几个月之外，差会要在任何其他时间召开会议都将是困难的。

我希望上述情况不会被认为，我们并不感激海外传道部在缺乏经费的情况下为克服困难而做出的努力；或是我们没有以极大的兴趣和祈祷来拜读有关捐赠的报告。但就像蓝显理先生执掌差会时那样，无论国内的财务情况如何，差会的财务工作都会得到支持。

在手头没有任何经费，而人们期待财务支持的情况下，我很想能从海外传道部得到明确的指示。我是否应该从纽约的总部财务主管那儿预提款项呢？我之所以有这个请求，是因为在过去的 9 个月中，我们这儿的事态状况令人沮丧，尽管我已经尽心尽力，尽可能地缓解了紧张的形势。

上海，1889 年 3 月 16 日

在大约一个月以后的另一封信中，他补充道："长老会教会富可敌国，但要拨款支持海外传教使团却如此困难，这实在是太令人失望了。"

美华书馆之目的

我亲爱的吉尔斯皮博士：

我有许多跟美华书馆相关的事情想要问你——如美华书馆的发展应遵循什么路线，何种基本原则应该成为我的指南，等等。你也许会说，为何不跟在第一线工作的传教士兄弟们商量呢？我的确很想这么做。然而总的印象似乎是，美华书馆的主管本身就应该是一种法则——前提是他必须是一种有效的法则，并且能够令大家都满意。他被认为要以一种与众不同的方式，因而在某种程度上要单独对海外传道部负责。其他人可以倚靠他，而他却不能老是倚靠别人。以下便是这样的一个例子。几年前馆内便通过了一个非常合适的，为各国圣经会印制《圣经》而进行估算的方法，要尽可能精确地计算具体的费用，即每一个项目的真实费用，然后再加上百分之四十的耗材费、租用费和管理费等。这就将我们置于在价格上要比中国印刷商更高，但比其他外国印刷商更低的一个层次上。在上个月，大英国圣书公会的代理人向我打听印制《圣经》的估算费用。那个项目的估算费用超过了 2000 鹰洋。我根据已经得到批准的计划，对费用进行了仔细的估算，但是一个中国印刷商的报价比我少了 500 鹰洋，从而得到了那个项目。假如按照他的报价，我们来印制的话肯定是要亏钱的，而且我认为他也是要亏的。我们承认，我们的印刷质量要比中国印刷商好，其他的条件则是一样的。结果大英国圣书公会决定，还是要把这个项目给我们。在这种情况下我应该怎么做？我是否应该说，我们是一个传教使团的机构，无论价格如何都应该承接这一项目，连亏钱也在所不惜，就因为对方是圣书公会。这样做的话，会使我在中国赢得普遍的称赞，因为在此地人们对于美华书馆是个营利机构这一概念不以为然。然而这么做却不会使海外传道部对我有好感，因为在我们这些在华传教士看来，海外传道部的成员们在审查美华书馆的年度报告时，会更加看重该年度报表中列出的收益款项，而非该年度印刷的《圣经》页数。

上海，1889 年 4 月 8 日

新的美华书馆小教堂

我想问你的另一件事是关于新的美华书馆小教堂。当美华书馆还在东门的旧馆址时，那儿有一个附属的纪念小教堂。当这个小教堂和馆内其他不动产一起卖掉以后，曾经有 5000 鹰洋储备金是准备将来买地和建一个新小教堂的。根据海外传道部的命令，这笔钱后来上交给了财务处，再也没有被动用过。我们目前的小教堂位于主楼的后面，位于英文排版车间的楼下，而且用它做礼拜仪式很快就变得过于拥挤了。如果有一个更加合适和更具有代表性的建筑作为小教堂的话，那么就会与美华书馆的地位更加相称。在美华书馆前面的门厅院角落有一块空地正好能用于建造一座非常舒适的建筑。我们并不试图建造一座富丽堂皇的教堂，而只是一座单层的建筑，它不仅可以满足作为美华书馆宗教仪式场所的用途，而且还可以供租界内外国人进行祈祷和开其他的会议。我也许还可以说，那笔专门为东门小教堂募集的捐款，据我了解，绝大部分就是侨居上海的外国人捐赠的。那个小教堂是专门用来纪念娄理瑞（Reuben Lowrie）的，而且那笔钱从来就不是真正属于海外传道部的，只是让它托管的。我是否该提出用两三千美元的花费来建个新的小教堂这一话题呢？我还没有这么做，但这件事老是在我心里挥之不去。

博美龄小姐的小册子

1889 年 3 月，美华书馆印刷了一本由肯塔基州亨德森的女传教士博美龄（Mary A. Posey）撰写，题为《基督之名的见证》的小册子。它描述了作者凭借祈祷而从疾病中显然是奇迹般痊愈的经过。海外传道部显然是审查了这部小册子，并且发现它与基督教教堂所奉行的教义不符。

1889 年 12 月 7 日，乔治回应了吉尔斯皮博士关于博美龄小姐那本小册子的批评信。

我反复阅读了你于 10 月 28 日写给我的信，你在信中提及了美华书馆印刷的博美龄小姐所写的那本小册子。倘若你在信中暗示了对美华书馆印制这本小册子的任何批评意见的话，那么这种批评在信中是以极其隐晦的方式表达出来的，我差点怀疑这是不是批评，并质疑它是否完全是针对博美龄小姐的。这是一件非常难决定的事。我很不愿意告诉博美龄小姐，我并不认为她因祈祷而被治愈，尽管我想也许有必要提醒她要注意在表述这件事时所采用的方式。由于这事已经过去较久，我读这本小册子也是在数月之前，所以我记不起小册子中有什么细节值得谴责。我想我可以放心地说，无论她的经历或叙述对别人有什么效果，其意图是使她成为一个更好的基督徒。我本人并非人们所谓的信仰治愈者，但我们这些在华传教士在本地基督徒身上经常会看到这种信仰的表现，后者经常会使一些信仰不足的开明人士——美国的基督徒——看得瞠目结舌。

当有人说，并且真的相信，自己因祈祷而被治愈时，我将会是最后一个去告诉对方说不信此事的人。而当有人表面上装作是对基督的爱来说此事时，我将会非常谨慎地选择以何种方式来揭穿他的证词。无论如何，我已经就这个话题跟博美龄女士谈过了，并未给她看你的信，而是以我认为是最好的方式——专属类的批评。我希望结果一切都是最好的。她是一位真正的基督徒，但并不总是能沉稳大气。

过去的大学

尽管有大洋之隔，但玛丽仍与其在伊利湖女子神学院的同学们保持着联系。1889 年 7 月 12 日，她在给班级信件的回信中写道：

亲爱的姑娘们：

在读完班级信件之后，我抬头看着丈夫，说："想一想——我们班的一位姑娘说她要过 50 岁生日了！"我女儿珍妮用惊奇的声调重复了一句："我们班的一位姑娘！"我朝镜子里望了一眼，看到了我满头灰白的头发，但我们仍然是姑娘们，只需重聚于母校图书馆来证明这一点。

我来到楼下我丈夫的办公室里来写这封信，因为这儿安静。目前我们家里十分拥挤。除了家里七口人之外，我们还有七位客人。明天早上，另外还要有六个人来和我们一起吃早饭！我们家位于美华书馆的三楼，空间非常宽敞。但在每年的这个时候总是十分拥挤。当时有许多传教士住在内地的当地人家里，到了夏天就不得不换一下环境。有的会跟我们一起去华北的芝罘，有的会去日本，还有一位女士跟我一起留下来等着与她的孩子们在不久以后会合。顺便说一句，费启鸿先生在去年的暑假中把罗伯特安排在外文排版车间实习，现在他每个月会为我们亲手排版和印刷一张小报纸，以便让我们寄给美国的朋友们。这张报纸题为《家庭纪事报》，是孩子们在空余时间发挥自己才能的一个好途径。

我们这儿上一周天气酷热，上海的外国侨民中热死了四五个人。

在下面几页中，我们复制了 1890 年 2 月 1 日那一期《家庭纪事报》的前两页。

《家庭纪事报》

第 1 卷，第 5 期，上海，1890 年 2 月 1 日。

报纸上的美华书馆

美华书馆

  与《家庭纪事报》相关的一两个人提出建议，说我应该写一些关于美华书馆的介绍文章，尤其是因为我们在本期要刊登一张关于美华书馆大楼的照片。摄影者要站在门楼顶上才可以拍摄到大楼正面的大部分。墙上的一块标牌上写有"Established 1844"（建于1844年）等字样，所以说它已经45岁了。然而照片中的这栋楼是在1877年才建成的，照片中所显示的只是这栋楼的一小部分。大楼正面的长度为110英尺，大楼的深度为60英尺，大楼的背面呈"L"形，其大小跟正面几乎相同。在这些后面是另一座两层楼的建筑，那是用以储存图书、纸张和油墨，即本地人所谓"堆栈"的仓库，在该建筑的末端就是我们有120个座位的小教堂。馆内所有的工人都得参加早上7：30的晨祷，并且在此时要点名，以表示一个工作日的开始。目前在美华书馆的员工名单上大约有75个姓名，分属七八个车间和科室。让我们从有18名员工的铸字车间开始。这儿分别有铸字、铅版和电铸等不同工艺。在同一房间里开辟出来的一个防火拱顶室内存放着大约60,000个字模，可用于铸造许多种大小不一的铅字，有的是中文，有的是英文，有的是日文，有的是满文，有的是韩文。它们全都存放在橱柜内或是专门为此设计的架子上。现在我们来到中文排版车间。这儿共有16箱铅字，重约11,000或12,000磅。按110个铅字重约一磅计算，这儿共有1,400,000个汉字的铅字。接着就是英文排版车间，它跟普通的排版车间并无二致，唯独是所有的排版工作都是由中国工人完成的，其中有些中国工人几乎不懂英语，但是他们照样把排版工作做得很好，就连《家庭纪事报》大多数读者会感到迷惑不解的"文稿"他们也能够破译。

接着还有装订车间、木匠车间和销售科，以及与后者相关的买办，他每个月都要支出和收入数量庞大的钱款。尽管他在这个职位上已经干了许多年，但他却从未贪污过一元钱，甚至他的账目没弄错过一分钱。他是一个教会的长老，是一位真正的基督徒。美华书馆内几乎有一半的员工都是自称的基督徒。我怀疑在有众多印刷出版机构的美国，可能都很难找到一个其员工中会有那么多真正耶稣信徒的。

美华书馆的出版物几乎被销售到世界的各个角落，而每年的印刷出版量高达 3000 万页至 4000 万页。在美华书馆的账簿中有超过 300 个账户，而跟我们有图书生意往来的人的数目则远超于此。

未来的大学

1890 年，费启鸿夫妇将两个最大的孩子——罗伯特和玛丽（明妮）送去了俄亥俄州的伍斯特大学上学。作为长老会于 1866 年开始创办的大学，该机构在 1870 年开学时有 5 名教员和 34 名学生，其中有 4 名是女生。当时罗伯特 17 岁，明妮 15 岁。伍斯特大学有一个附属中学，专门招收年纪太小的学生，并作为预科，为他们以后上本科做好准备。玛丽把他们一直送到了日本。明妮从那儿给"我亲爱的爸爸、J. G. 和 A."写了下面这封信：

现在我们终于到了横滨，从神户出发以后，我们一路颠簸，但路上的风景还算不错。我们在为明天远行整理行装。跟你们在上海说再见之后正好过去了一个星期，而明天我们也必须离开妈妈了。她准备在东京度过星期天，然后搭乘这同一班轮船于下个星期回上海。

接着就轮到罗伯特来写下一封信了。1890 年 3 月 17 日，他开始写下面这封信给"亲爱的妈妈"：

> 我们平安到达了詹姆斯叔叔的家。我们在海上度过了一段好时光，今晚将开始坐汽车去弗里蒙特。由于行李超重 60 磅，我不得不多付 5.7 美元的费用。

在 1890 年 3 月 21 日的《弗里蒙特日报》上有以下这篇报道：

> 费启鸿夫妇的两个孩子，17 岁的费佩德和 15 岁的费明妮，在五周前离开他们在上海的家之后，于上星期六晚上 7 点回到了弗里蒙特。他俩在加利福尼亚州的阿拉米达跟詹姆斯·费奇夫妇度过了一周的时间。其余的时间他们都花费在长途旅行上了。这两位年轻人是由他们的母亲一直陪到了日本，后者在日本停留了几天以便与朋友们见面。这两位年轻人是第三次穿越太平洋和美洲大陆的大部分地区，因为 9 年前他们曾跟父母一起回弗里蒙特探亲。他们将于下周离开弗里蒙特，前往俄亥俄州的伍斯特，他们将在那儿上大学。

在一封日期为 1890 年 4 月 4 日的信中，罗伯特这样告诉"亲爱的爸爸"：

> 我们现在已经到达了这次旅行的终点，而且我认为伍斯特的确是一个很好的地方……在 1888 年或 1889 年，伍斯特学院有一半的毕业生都成了牧师和传教士。我已经订购了军用衬衫和军帽，所以我将会穿得比你更有型。威拉德说，我可以靠摄影来挣学费。他说我可以去乡村采风，访问农民的家里，拍摄他们的农庄和牲畜。这意味着我有了一份周六的户外工作。

传教士会议

从 1890 年 5 月 6 日开始，在上海召开了一个为期 10 天的传教士全国代表会议。第二天，《文汇报》（*Shanghai Mercury*）报道说：

> 谈论已久的传教士全国代表大会今天上午在吕克昂剧院开幕。在上海的历史上，从未有过那么多传教士从全国各地汇聚上海。在开幕仪式到来的数小时之前，剧院的正厅后座和大厅两侧的座位便开始被络绎不绝的代表们所坐满，一部分代表身穿中式服装，另一部分代表西装笔挺，还有一部分代表的服装则显然是两者的一种混搭。在大会代表中还有许多头发花白的传教事业先行者，然而绝大多数代表都是中年男女，其中有许多还带着他们的孩子们。代表中还有一些中国教士和差会工作人员。上海本地居民也有 10—12 名代表，大多数是女性。全体代表中的男女比例几乎相等。在 10 点半之前，剧院就已经爆满。在大会正式召开之前有一场由北京代表神学博士白汉理牧师领读的祈祷会，所有在场的代表都虔诚地参与了祈祷……费启鸿牧师宣读了参加会议的代表和会议筹备组成员名单。这个名单很长，而且人们可以得知，参会代表们来自很多不同的地方，而且绝大多数名字被念到时都有人应答。代表名单中一共有 419 个名字，包括那些女士在内……费启鸿先生致了欢迎词。他反复向参会代表们致以极其真挚的欢迎。传教圈子之外的上海居民们也打开了自己的家门，热情地接待了这些参会的代表。

5 月 8 日，星期四，即大会正式召开的第二天，代表们就《圣经》

这个经常会有争议的话题宣读了论文。这些论文中有一篇题为《〈圣经〉中译本各种版本的历史回顾，兼论〈圣经〉翻译中所使用的术语和翻译一部标准的文理本和与之相对照的官话本的可行性》。第三、四天的话题是传教士与妇女工作。乔治在第五天会议开始前主持了一个祷告仪式。他"从《以弗所书》第四章中念了一段经文，然后解释了它如何与今天要讨论的题目休戚相关"。那天的讨论专题是医学工作和慈善机构，要宣读的论文有《医学工作与传播福音的机构》和《女性医师的在华医学传教工作》。那天下午的会议论文有《孤儿院、盲人和聋哑人避难所，以及其他慈善机构》《鸦片收容所的价值和方法》和《关于抽鸦片害处的数据和决议》。

会议第六天的议题是"本地人教会和传教使团与中国政府之间的关系"。随后几天的议题分别是第 7 天讨论教育，第 8 天讨论文学，第 9 天讨论传教工作和祭祖仪式中的礼让。最后一个议题的论文包括《在何种程度上基督徒必须放弃本地的习俗?》和《祭祖——关于宽容性的请愿》。第 10 天，即最后一天，关注的议题是传教工作的结果和边远地区。

会议花费了大量的时间来讨论鸦片和吗啡在所谓抗鸦片药中越来越多的运用这一话题。代表们决心首先要"重申和坚持我们坚定反对鸦片交易的态度"。他们最终指出进口鸦片的源头，并且通过决议：

> 我们对于英国和世界各地致力于禁止鸦片贸易的各个社团的努力深表同情，并且建议它们继续增加宣传鼓动，以禁止鸦片的种植和买卖。

以上是印刷出版的大会报告的结尾，但是报纸上的报道补充说："中国市场的鸦片供应来自印度。"

周六的晚上有一个会议闭幕仪式，在星期天有一个"美以美会中国教徒的礼拜仪式"。另外还有一个通知："大会参会代表合影将于星期天上午在桑德斯大院内举行。"《文汇报》报道说，由于有些传教士必须在星期六离开上海，"合影的时间被改为【周五】下午的会议茶歇之后，当时大会全体代表都列队前往桑德斯大院，在那院子的中央已经竖起了一个高高的毛竹平台"。

有些传教士心里嘀咕，认为这个毛竹平台不能支撑人们站上去的重量，便向人发问，它是否足够牢固，回答是肯定的。接着大家便站到了它的各个阶梯上，等到这三四百人都站上去之后，这个毛竹平台仍没有倒塌的迹象。摄影师正在摆弄他的照相机，以便给这么大的一个人群对焦——这是在上海最大和最有趣的一张合影。当这个支撑着一大群女士和老太太，以及各种不同年纪的男人们的脆弱结构颤抖了一下，便向一侧倒了下去，就像是重压下的鸟笼一般。这一两百个女士当中还没有一人发出尖叫，便在一片混乱中被扔到了地上。这一大群吓坏了的人战栗不已，但仍保持安静，在地上蠕动和挣扎了一会儿。涉及这么多人的一场事故竟然没有死人，这至今仍是个谜。此事故发生之后，有些女士昏厥了过去，还有许多人的脸上有割伤和瘀伤，另有许多人的衣服被撕破。有一两个人因受伤过重，需要有人扶才能站起来。【幸运的是，乔治只是扭伤了一只脚。】

1890 年 5 月 22 日，乔治写信给海外传道部的吉尔斯皮博士：

你也许已经听说了这场涉及参会代表的可怕事故，它发生在我们参会代表拍合影的那一天。上帝保佑，没有人在这次事故中丢了性命，但有不少人受伤，我妻子和我也受了伤。然而现在一切发展顺利。当人们看着这个为拍照的三四百位参会代表搭建起来，但因承受不住其重量而倒塌的毛竹平台残骸，不禁会感叹，之所以这次事故没有造成很多人死亡，是因为上帝仍然需要他们啊。

金多士

在同一封信中，他还写道：

现在我有一个令人高兴的新闻要告诉你。在上海有一位年轻的苏格兰长老会传教士，他五年前来华，以接管最早由卫三畏创办的一个印刷所。他是位虔诚的基督徒和高效率的工人，具有18年从事印刷业的经验。他目前的合同在今年11月就要到期，而他并不想再续签它；并且谁也不能肯定美国公理会是否能够再雇用他。他在此地的人望很高，于是在跟狄考文博士和其他人商量之后，我向他提议，让他加入我们的差会，拿同样的薪水来为美华书馆工作，以便能作为我的助手。跟我们其他人一样，他有一个贤惠的妻子。对于我的建议，他有积极的回应，但是必须先在秋天回国探亲几个月，因为派他来华的那个传教使团答应在五年后为他回国支付费用。他是一位平信徒，但是可以把他跟马约翰（John Mateer）那样一视同仁。如果他能成为我的助手，我就可以有更多的空闲时间来做其他的工作——或至少我希望如此。在过去一年多来，我的来往信件和美华书馆的工作量一下子就增加了许多，而我应该有助手这一点就变得非常重要。正当我因祈祷上帝派合适而忠诚的工人来而招募到许多本地人之时，这位兄弟似乎突然被送到了我的面前。我将尽快向差会正式提出此事，然后将差会对于此事的决议寄送给你。

这个人就是金多士（Gilbert McIntosh），其此后的职业生涯都是在美华书馆度过的。

旅行的费用

夏末，8月30日，乔治写信给吉尔斯皮博士，信中讲述了各种事情，最后他解释了为何旅行费用那么贵的原因：

在最近写给上海差会的信中，你提及了参加传教使团会议的旅行费用问题。今年的费用特别高是因为会议在南京召开。问题是来华远洋轮的一等舱价格很贵，而外国人按例不能乘坐二等舱，除非旅客身穿中国服装——这是一个专断的规定，但我们对此无能为力。然而我并不是完全没有希望跟轮船公司谈判，以便为这次会议做出一个特别的安排。传教士购买上海至南京轮船航班一等舱票与二等舱票价格之间的差别是来回各10美元以上。假如允许的话，我们非常愿意乘坐轮船的二等舱。若乘坐中国本地船只去南京的话，还可以大大节省旅行费用，但是轮船从上海到南京只需24小时，而本地船只却需要一周的时间。

R. W. B. 麦克莱伦

1889 年 3 月 13 日，玛丽的父亲写信给已故妻子的一位姐妹，告诉她自从 1887 年 12 月以来，他一直跟詹姆斯和珍妮住在一起。

"我生病了很长一段时间。"他写道，"直到现在我才感觉可以拿起笔来给你写信。"他继续写道：

> 今天我收到了乔治和玛丽写给我的信。他们现在都好。乔治成为美华书馆的主管，整天忙忙碌碌。玛丽写信说，她似乎没什么成就，但她始终有人陪伴，因为美华书馆是传教士们来华和回国时的中转站。无论传教士们在那儿停留的时间长短如何，她都不会无事可干。
>
> 他们一起去杭州参加一个传教使团的会议，并且在归途中在一个石灰窑停留，并在那儿度过了一段非常开心的时光，结果乐极生悲，罗伯特在玩石灰时将不少石灰弄到了他的眼睛上，令他疼痛万分——他们离家有半天的路程，周围也找不到医生，直到他们到达上海。尽管一路上他疼得不行，但是当医生来诊断时，却说他的视力没有受到损害，并且消除了他的疼痛。当玛丽写完信的时候，他已经基本上没事了。玛丽本人却差点为此生病。

1890 年 12 月 23 日，玛丽的父亲去世。《弗里蒙特日报》上登载了一则简短的讣告：

1890 年 12 月 23 日，星期二早上，罗伯特·W. B. 麦克莱伦在加州阿拉米达他女婿詹姆斯·F. 费奇的家中去世，享年 75 岁 5 个月。麦克莱伦先生曾在弗里蒙特做过很长时间的生意，大约在 1870 年离开了这儿。他在圣诞节那天被下葬在了离旧金山约 40 英里的雷德伍德城，即在他 17 年前去世的妻子坟墓旁边。

休养生息

1890 年 10 月 11 日，乔治给海外传道部写了以下这份报告和请求：

今天我刚从一个为期三周（或几乎三周）的度假回到了家里。这次度假是医生所建议的，现在我希望自己已经能够应对今年秋冬的工作。我发现在美华书馆服务九年的后果已经开始显现出来，在自己没有生病的时候，我开始意识到，改变一下环境（无论时间多短）是必要的。薛思培先生很客气地同意了在我离开的时间里来美华书馆主持工作，所以我就跟妻子和孩子们去了杭州湾北岸的乍浦，离上海大约 70 英里。我们住在寺庙里，每天都可以去美丽的海滩上玩，所以大家都觉得神清气爽。

如果上帝饶恕我们，现在也许是说出我自己对于下一年愿望的好时机。下个月将开始我们来华的第三个十年，按照新的传教士手册，我们应该有权利回美国休假。即使我们没有权利回美国休假，我也认为有必要去休假，因为我妻子和我已开始觉得肩上的担子过重，这表明我们目前坚持工作会得不偿失，我们如果坚持这么做下去的话，会使身体垮掉或对身体造成严重的伤害。因此，我们想请求海外传道部至少同意我们在明年春天或初夏回美国休假。我们希望能在美国度过两个夏季，也就是说，如果上帝满意的话，我们也许能在第二年的秋天回到中国。金多士先生若是能够来美华书馆工作的话，我认为我的离开不会造成任何困难。我这么早把这件事提出来，是因为我的两个孩子都在美国，所以我们希望能够安排跟他们一起度过明年夏季，但究竟在哪儿度过夏季我们现在还不知道。你是否能够把这件事提出来，并让我知道。

美华书馆的工作

当新年来到的时候，乔治于 1891 年 1 月 29 日写信谈到了当下正在准备的工作。

美华书馆的工作正在不断地增加，我们最近已经接下了两份月刊的印刷工作，一份是中文的，另一份是英文的；此前我们已经有《教务杂志》（The Chinese Recorder）、《小孩月报》（Child's Paper）和《新闻画报》（Illustrated News）。这就使得我们在这方面的工作量大大地增加了。我们还有为大英国圣书公会所承接的印刷一部完整文理本《圣经》和为美国圣经会承接的印刷一部新的苏州方言版《新约全书》等任务。

新的《圣经》翻译委员会将很快聚到一起，以讨论对文理本和官话本如何进行修改的问题——这是 5 月份会议的产物。我们刚刚完成了为英国圣公会的香港主教包尔滕（John Shaw Burden）印刷一部新版的《祈祷书》（附《诗篇》）的任务。我们馆内还在印刷罗马字广东话本、罗马字北京话本和罗马字海南话本的《马太福音》。这三本书的校样要分别寄到上述这三个不同的地方去进行审校。

作为混搭的工作，我们还为大英国圣书公会和美国圣经会重印了一部分《圣经》——那些《圣经》原为另一个出版社出版，书内错误甚多，我们不得不把它重新审校了一遍，费用超过了 1000 美元，由上述那两个圣经会支付，或是由前面那个出版社支付。

两个月后的 1891 年 3 月 19 日，乔治补充写道：

我也许应该在我的报告中附上美华书馆目前正在印刷的期刊数量：

《教务杂志》（*Missionary Recorder*）①，月刊，每份 5 角（英语）

《信使》（*Messinger*），月刊，四开本，每期 20 页（英语）

《圣约翰回声》（*St. John's Echo*）②，4 页（四开本），季刊（英语）

《时代评论》（*Review of the Time*），中文月刊，每期 66 页

《传教士评论》（*Missionary Review*），中文月刊，每期 78 页

《小孩月报》（*Child's Paper*），中文月刊，每期 25 页

《新闻画报》（*Illustrated News*），中文月刊，每期 25 页

《科学杂志》（*Scientific Magazine*），中文月刊，每期 120 页

《儿童画报》（上海方言版），中文月刊，每期 4 页

《主日学功课》（*Sunday School Lessons*），中文月刊，每期 4 页

第二次回国休假

1891 年 6 月，即他们从第一次赴美休假回到中国的 10 年之后，费启

---

① 乔治在其两封连续的书信中曾先后将该杂志的英文简称写作"Chinese Recorder"和"Missionary Recorder"。该杂志的英文全名为"*The Chinese Recorder and Missionary Journal*"。它于 1867 年创刊，于 1941 年停刊。乔治于 1908 年成为这个杂志的主编。

② 上海圣约翰大学的学生出版物。《圣约翰回声》据称是"中国青年用外语在东方出版的第一份报纸"。（Stephen G. Craft. V. K. Wellington Koo and the Emergence of Modern China, p. 9）

"日本皇后号" 客轮

鸿一家离开上海，踏上了又一次回国休假的旅程。费启鸿夫妇带上了他
们剩下的三个孩子珍妮特、乔伊和爱丽丝，回美国一年，并计划将珍妮
特留在伍斯特，跟她那两位年长的兄弟姐妹住在一起。

  费启鸿牧师一家将于 6 月 5 日乘坐 "日本皇后号" 客轮前往美国。与上海
本地长老会教堂相关的本地基督徒为此于 5 月 24 日安排了一次合乎礼仪的安息
日礼拜仪式。他们用对联、图标和花卉将举行礼拜仪式的地方装饰起来。施牧
师对济济一堂的会众进行了布道。随后，这些基督徒朋友和美华书馆的员工们
举行了一次宴会，为费启鸿一家送行。他们还送给了费启鸿夫妇两个漂亮的书
法卷轴，上面所写的大意是：费启鸿夫妇长期以来都是著名和虔诚的基督教同
工，他俩在上海将会被很多人思念。

  当时属于同文书会（Society for the Diffusion of Christian and General Knowl-
edge）印刷所的金多士先生出任了美华书馆主管的职位。这位先生对于他所出
任的重要职务是完全称职的。①

---

① 《教务杂志》，"人员栏目"，第 22 卷，1891 年 6 月，第 296 页。

当费启鸿一家在美国登陆之后，乔治给《教务杂志》写信，讲述1891年7月20日那天的经历。

我们乘坐"日本皇后号"客轮穿越太平洋的旅行既迅捷，又愉快，除了因船上旅客过于拥挤而引起的一些令人不适之处外，其他一切都超乎预期。在加州这儿，虽然总的来说当地人还有一种反华情绪，然而我在基督徒和教会中只遇到了一些最仁慈和真挚的招待。与此同时，在美华人正在滋养政客们的纷争，并且正在要求不断增加工资，故所谓的"中国廉价劳动力"现已不复存在。1美元洗一打衣服，1.5美元干一天活，或做一个月厨师40美元，对于中国人来说，简直就像是进了天堂一般。虽然有排外法案和海关官员警惕的眼睛，但还是有新来者。在把我们载到温哥华的轮船上，就有300多个中国偷渡客，他们大多数人无疑将会逐渐渗透加拿大，并混入美利坚合众国。①

轮船上的中国偷渡客

---

① 《教务杂志》，"旧金山来信"，第22卷，1891年10月，第475页。

排华思潮

当 1849 年淘金潮刚开始时，加利福尼亚州只有不到 100 个华人。从听说发现金矿的消息一直到 1876 年，便开始了源源不绝的移民潮。当时来美的华人总数达到了 151,000，其中有 116,000 人是在加州。[①] 很快，华人占据了矿区几乎五分之一的人口。许多中国移民靠其他矿工放弃的工作来谋生。他们还成了厨师、洗衣店主、商人和草药师，希望能赚一笔钱之后就回中国。许多人在 19 世纪后期留了下来，以帮助修建铁路。修建横贯大陆铁路的困难之一就是很难找到那些愿意承担危险而艰苦工作的劳工。1865 年，中央太平洋铁路公司转向了中国劳工，后者很快就在修建铁路的劳动力中占据了三分之二的比例。这大约一万名中国铁路劳工中的大多数人是直接来自中国，他们与自淘金热时代起便早已来到加利福尼亚州的数千华人劳工们融为了一体。[②]

到了 19 世纪 70 年代，一次经济衰退加剧了工作竞争，并煽动了反华的仇外心理。华人劳工被认为是夺走了美国人的工作。

[①] Henry Kittredge Norton. The Story of California from the Earliest Days to the Present. 7th ed. (Chicago, A. C. Mc-Claurg & Co. , 1924), ChapterXXIV, pp. 283-196.

[②] "*Asian Americans Gold Rush Era to 1890s*," in Calisphere, Univ. of California.

排外法案

为了解决这日益加剧的社会紧张局势，从 19 世纪 50 年代到 70 年代，加利福尼亚州政府通过了一系列针对中国居民的法案，其内容从要求华人企业和劳工必须申请特别许可证，一直到防止华人入籍。由于反华歧视和阻止中国人移民的努力违反了 1868 年签订的《蒲安臣条约》，美国联邦政府能够否定大部分这类立法。为了在不冒犯中国的情况下安抚西部各州，R. B. 海斯总统寻求对上述条约进行修改，使中方同意限制华人移民来美国。他指派美国外交官安吉立（James B. Angell）跟中国商谈一个新的条约。而谈成的新条约允许美国限制华人移民，但不是完全禁止移民。

1882 年，美国国会通过了《排华法案》，该法案沿袭《安吉立条约》的条款，在为期 10 年的时间段内取消了中国劳工（熟练劳工和非熟练劳工）移民。该法案要求每一个中国人在进出美国时都必须持有能证实他或她作为劳工、学者、外交官或商人身份的证书。这个 1882 年法案是美国历史上第一部对移民施加广泛限制的法案。

1888 年，《斯科特法案》禁止中国劳工从国外进入美国，那些已经在美国的华人劳工，如计划将来出国旅行，便不能再回到美国。1889 年，这些法案得到了最高法院的维护。1892 年，《吉尔里法案》将《排华法案》的有效期再次推迟了 10 年。它要求住在美国的华人都获得一份居住证明，并一直随身携带。中国政府认为这个法案是一种对华人的直

19世纪中期加州的淘金热

接侮辱，但无力阻止它的通过。这个法案也得到了最高法院的支持。①

1902年，该法案的有效期被无限期地延长了，但是美国国会于20世纪20年代停止了对华人移民的限制，而1943年的《马格努森法案》最终删除了排华的条款。

传教士们的反应

在华的传教士为美国的排华法案可能引起的激烈反应危及外国人社区而感到焦虑。1893年5月18日的《纽约时报》在《传教士害怕暴力》的头版头条下报道说："《吉尔里法案》将引来报复。"

---

① Office of the Historian, U. S. Department of State. Chinese Immigration and the Chinese Exclusion Acts.

在华美国传教使团和传教士们的可能命运，就美国强制实行排华法案的企图而言，是一个令各新教教会传教使团感到非常震惊的一个话题。

美以美会是第一个对此事做出官方反应的传教使团。他们是中国最大的传教士团体之一，而且他们正在非常积极地推进在华的传教工作。美以美会的董事会星期二召开了会议，并在会上通过了以下决议：

"我们真诚地请求总统先生采取一切手段，来满足中国政府正当的诉求。而且假如可能的话，通过外交行动来争取在中美两国政府之间签订一个能保证和平与和谐的协议。

"在这个因不公正和压迫性的立法而危及我们在华传教事业，并玷污美国一世英名的时刻，我们认为最重要的事情就是整个教会都仰望上帝，并请求主神圣的引导和帮助。因此我们推荐把 5 月 28 日，星期天，定为全国特殊祈祷日，这样美国政府就能在这危急时刻被引向正义和正确的行动，并且能解决悬而未决的问题，把在华传教士从灾难中拯救出来，以及确保华人在美国得到公正的待遇。"

美国长老会的海外传道部已经用电报把美国最高法院支持排华法案的消息告诉了在华的美北长老会最主要的几位传教士，并劝告他们要谨慎从事，并要凭借自己的最佳判断。

美以美会的记录秘书保灵（S. L. Baldwin）牧师是一位资深的来华传教士。他昨天宣称：

"假如吉尔里法案被执行的话，我想中国很可能会采取报复行动，把我们的传教士和商人遣送回国，或者废除现在保护美国公民的治外法权，后者规定美国公民只归美国领事馆管辖，只能在领事馆的法庭内进行审判。

"中国政府是容忍的，但这些连续不断的排华法案已经在清廷的高官中激起了强烈的义愤。

"我现在的希望是，这个法案可以延缓执行，直到中美两国之间通过外交斡旋达到一个更好的理解。我希望下一任国会将会废除这个法案中更具压迫性的特征。

"但假如该法案没有被废除，我怕巨大的灾难将会降临到我们的传教利益上。我相信中国政府将会尽可能地保护美国人，但是暴民的力量将会因这个法案而得到大大的增强。我们有些传教士身处偏远的内地。即使没有暴动的话，我们传教士的利益在很大程度上也会受损。"

"在华美国传教士的命运，"美国长老会海外传道部的通讯秘书约翰·吉尔斯皮牧师说，"将完全有赖于美国政府怎么做。我的看法是，假如这儿有排外，那儿就会有报复。我们私下从北京得到的劝告已经表明了这一点。"

"我不相信报仇的说法。"美国浸礼会海外传道部的 A. H. 伯林厄姆说道，"但假如我相信的话，我会对要报复的中国人说，'我不怪你'。我希望中国人不会来打扰我们的传教使团，但是我怕他们会来。我们有些在华传教士连我们都联系不上。他们都理解自己的复杂环境。对此我持乐观的态度。"

在中国有数百名美国传教士，分别隶属于美以美会、长老会、浸礼会、圣公会、公理会和归正基督会。

回国休假（续）

费启鸿一家从温哥华出发向南旅行，前往拉斯加图斯，并于1891年7月3日到达目的地，与詹姆斯和珍妮团聚。过了六周之后，他们又离开了那儿，前往俄亥俄州的伍斯特，去与罗伯特和明妮会合，后两人已经在那儿住了一年多了。就像乔治所记载的那样：

9月2日去了伍斯特，并开始做家务。每月房租为10.50美元。

1892年6月4日，由于他们的休假在6月30日结束，乔治向海外传道部提出请愿，要求延长休假期限。他写道：

在这个时节回上海并不明智，由于我们将把三个孩子留在这儿，我们想把离开美国的日期向后延迟三个月，也就是说到9月底。我们在这儿跟孩子们在一起，而且有伍斯特大学所有的优势，所以过得很快活，我俩身体也都很健康。大家都很客气，我们认为这儿对于传教士后代来说有一个理想的环境。

这个请求得到了批准，于是乔治后来在日记中写道：

1892年8月底或9月1日离开了伍斯特，罗伯特、明妮和珍妮特跟我们一起在弗里蒙特待了一周左右。9月9日离开弗里蒙特，前往旧金山，途经科罗拉

费奇兄弟和妯娌（约 1891—1892 年），（后排）约翰·格里斯沃尔德、乔治、玛丽（麦克莱伦），（前排）玛丽（皮斯利）、詹姆斯·费里斯、简（麦克莱伦）

多斯普林斯。9 月 16 日到达拉斯加图斯，9 月 27 日搭乘"中国号"客轮离开了旧金山，前往檀香山。没有被允许登陆檀香山，因为美国是一个"有传染病的"国家（纽约暴发了霍乱）。

【1892 年】10 月 24 日到达上海。

"中国人"对传教士

离开美国之前，乔治于 1891 年 11 月 4 日以上面这个小标题为题目，给《先驱和长老报》写了一封信。

在过去几个月中，中国上海的《字林西报》（*North China Daily News*）上出现了一些内容很吸引人的读者来信，其中第一封信的署名为"中国人"，并且有一个含拉丁语的题目："Defensio Populi ad Populos, or Missionaries Considered in Relation to the Recent Riots"（"人民为人民辩护，或联系最近的骚乱来看对传教士的看法"）。这个题目明白无误地表明该信的作者是在欧美所受的教育，并且他试图说明中国人的反洋情绪是由于以下的原因所造成的。首先，他认为这是由于传教士们在社会和智力上的自卑感所造成的。他把他们视为"欧美失业的专业人士"，而"整个在华传教事业无非是为了他们的利益而设计的一个庞大慈善计划"。他说传教士们"被允许在全国范围内游荡，并搜罗一帮中国社会的弃儿作为他们皈依的信徒。传教士们的眼皮底下并没有法律，因为他们的领事馆离得很远，而中国人的法律却管不了他们。他们装模作样地教授科学和推行知识启蒙，但这要么是骗局，要么是错觉"。其次，传教士关于基督教的教诲毫无价值，并被描述为"一种尺蠖类害虫，它最终必将终结中国人对于知识启蒙的所有希望"。它也是一种"智力把戏"。传教士们所准备的那些文献是"一团无法穿透的黑暗"，这会危及"属于他们那个种族和国家，并被认为是最崇高和最神圣的一切——光、文化和文学修养"。最后，皈依者作为一个阶级的卑鄙和自卑感。来信作者写道："中国人中间最差的那些人，如虚弱的、无知的、贫穷的和有暴力倾向的人，都被传教士称作皈依者，这难道不是一个公开的秘密吗？"皈依者还被进一步描述为"失去父辈信仰的人，是住在自己种族和民族中间，但已被孤立或成为弃儿的人"。

接下来就是"对人"（ad hominem），即对在华外国侨民的请求——请"每一个有才智和公正无私的人"——"公开发声，以表明这个庞大而毫无价值的慈善计划是否应该被容许危及不仅仅是四万万中国人的生命和财产，而且还有欧美各国人民在华已危在旦夕的商业、工业和其他方面的巨大利益，因为目前传教事业所产生的威胁已经显得特别突出。"然后他试图证明"外国政府目前对于传教士的支持既是对中华民族的侮辱，也是对中国人民利益的损害"。

以上是我直接引用该信作者的原话，以渲染弥漫全信的敌意，并且显示作者对于英语极其精通。很少有中国人能像他那样对英语应用自如。根据个人经历，我可以作证，并不是所有受教育程度如此之高的人都会分享信中所表达的

俄亥俄州伍斯特，1891 年圣诞节。（后排）明妮、珍妮特、罗伯特。（前排）乔治、爱丽丝、玛丽、乔伊

想法，而下面的引语也显然可以说明这一点。

有好几位传教士都对这封信做出了针锋相对的回应，同样写信回应的还有隶属于美国圣公会的华人牧师颜永京（Y. K. Yen），后者是在美国接受的教育，对于英语有娴熟的掌握，并且是一位对于西学有很深造诣的儒雅学者。我们没有必要再引用这些回应的信件，但是那位在签名时自称"另一位中国人"的信件作者的有些话令人回味，值得记录。他写道：

"请允许我自我介绍为一位基督教的皈依者，但我并非社会弃儿或太平军原型，也非'中华民族的人渣'。我之所以皈依基督教，是因为坚信与中国的圣人教诲和民族传统相比较，基督教的教义要更为优越。而且我认为，新教传教士来到中国，他们所带来的辅助工具推动了中国人伦理、智力和社会的提升，而非对中国利益和外国人利益造成伤害。这是全知全能上帝对于我们这个不幸国家的最大祝福。请允许我作为一个本地人，对于受过教育的中国人也会有反洋情绪的根源一事发表自己的意见。中国文人在学会识字之后，孔子的儒教便是唯一正统的教义，所有其他的宗教都变成了异端邪说；而作为伟大哲学家和圣人孔子的忠实信徒，每一位受过教育的中国人反对将外来宗教引入中国的一切努力便是理所当然的。

"最后，我在结束这篇文章之前不得不提一下中国直接或间接地通过基督教及其鼓吹者所谋得的多方面利益。在外交方面，中国与欧美建立起外交关系要归功于一位基督教人士蒲安臣阁下的热情和能力。在商业方面，中国最大的轮船公司之所以存在，完全有赖于董静行（Tong King-sing）先生的进取精神，而他就是传教士在香港创办的马礼逊学堂的受益者。【所以他接下来论述了中国矿业领域所获得的成就，并介绍说，铁路引入中国，也是由于董先生大胆进取的精神。】

"在教育方面，京师同文馆也是根据基督教人士的影响力而创办和最终建立起来的，而中国政府显然并不害怕把这种'智力把戏'教授给中国的年轻人，因为我们发现一位美国前传教士（丁韪良）被聘为了同文馆的总教习。大约20年前的留美幼童计划就是一位基督教士绅（容闳）一手策划的，而这位士绅也是从小由传教使团的慈善计划培养出来的。"

上述这些信件具有一种双重性的意义：一方面，它们指出中国基督徒中消息更加灵通的那些人是一种力量，假如不受干扰的话，必将摧毁他们的民族宗教，并用耶稣的教诲来取代伟大圣人孔子的言论。为了防止这样的事情发生，他们在全国各地广为宣传，推出的一些书中含有最恶毒和最骇人听闻的传教士故事，并且努力通过一切可能的手段，以阻止在他们看来是一个国家的灾难。另一方面，这些信件也指出有些中国人正在觉醒，他们有一种"需要感"。他们还有一种意识，认为基督的福音正好能满足这种需要。假如中国要站起来，跻身于世界的民族之林，它就必须得到上帝的启蒙，而上帝是全世界的光。

传教士们并不怀疑这最后一点。然而他们记得，福音书的数量还不足以应付中国这么庞大的人口，而且中国人有如此悠久的文明，并为其民族历史感到如此的骄傲。这使他们意识到，若能取得中国的福传这么大的成果，这正是目的所在，不仅仅是使少数人皈依基督教，这就需要基督徒付出前所未有的努力。

1890 年在上海召开的传教士代表大会请求在此后的五年中至少再派一千名传教士来华。我们指望国内的教会能充分地供养分布在海外的传教士兄弟，不仅需要派人来，更需要为他们多多地进行祈祷。

费启鸿

萨莉·哈福德之死

在乔治最近一次去弗里蒙特看望母亲的两个月之后，消息传来，说她已经去世。《弗里蒙特日报》报道说：

1892 年 11 月 29 日，星期二晚上，萨莉·S. 哈福德夫人在城市郊区巴尔维尔镇的家中去世，享年 88 岁又 5 个月 20 天。

哈福德夫人是本县一位内心高尚的拓荒女子。她一生都是一位积极而有用的人，长久以来她一直保佑着她的孩子们和许多朋友的生活。在过去几年中，她的健康状况一直不太好。她最大的希望就是能活着见到她儿子费启鸿牧师，后者成为在华传教士已经有 20 多年了。这个愿望终于得到了满足。在美国待了一年之后，费启鸿先生及其一家几个月前又回到了他们在中国的差会。哈福德夫人最后一次生病的时间很短，星期二晚上 9 点 45 分，她平静地离开了这个世界。

萨莉·S. 格里斯沃尔德，约翰·格里斯沃尔德的第五个女儿，于 1804 年 6 月 9 日出生于佛蒙特州的波利特。她于 1830 年 9 月 26 日嫁给了费里斯·费奇牧师。他们很快就去了缅因州的埃利奥特。1836 年，他们又搬迁到了俄亥俄州的佩恩斯维尔。1837 年，他们又去了俄亥俄州的休伦，并于 1838 年来到了下桑达

萨莉·哈福德和她在俄亥俄州巴尔维尔奥克伍德陵园中的墓碑基座

斯基（即现在的弗里蒙特）。在 1844 年之前，费奇先生一直是当地长老会教堂的驻堂牧师。后来他搬家到了俄亥俄州的埃文，1846 年 6 月 30 日，他在那儿去世。

费奇夫人回到了她在弗里蒙特的家，并于 1852 年 9 月 23 日跟巴尔维尔的塞缪尔·哈福德结婚。哈福德先生于 1871 年 12 月 2 日去世之后，她便跟她儿子约翰·G. 费奇住在一起，直至她辞世。哈福德夫人是八个孩子的母亲，其中有四个孩子现在还活着：哈丽雅特·史密斯夫人是西纽约州的居民，詹姆斯·F. 费奇住在加州的拉斯加图斯，约翰·G. 费奇住在巴尔维尔，而费启鸿牧师在中国的上海。她身后还留下了 18 位孙辈和 13 位重孙辈的孩子。除了有两年时间她曾在埃文度过之外，哈福德夫人从 1838 年起至死一直是弗里蒙特教会的成员。

葬礼是昨天下午从她的住宅开始的，C. E. 巴尼斯牧师主持了其丧礼和在奥克伍德公墓的下葬仪式。

在塞缪尔·哈福德的墓碑基座上，有一面上写着："塞缪尔·哈福德的妻子萨莉·S.，于 1892 年 11 月 29 日去世，享年 88 岁。"塞缪尔的儿子约翰被指定为她房产的执行人，这房产中包括了 90.09 美元的个人财产。

新的小教堂

1893 年 5 月 30 日，乔治再次给海外传道部写信，请求后者允许在美华书馆的新馆址上建造一个小教堂。他第一次提出这个请求是在 1889 年（参见第 183 页）。他写信给司弼尔（Robert E. Speer），后者取代吉尔斯皮成为海外传道部的通讯秘书。

> 我看到我过去写信时曾经提到过，在新馆址上建造一个新的教堂"将会是对【娄理华】纪念基金的明智使用"。我在那封信中所使用的语言不太正确，因为我完全没有想要使用纪念基金的意图，而是像同一封信后面部分所详细说明的那样，只使用美华书馆的经费。我的想法是，这件事可以在名义上是使用娄理华纪念基金。如果有必要的话，美华书馆可以先打 4000 美元给海外传道部，这笔经费可以被视为娄理华纪念基金的一部分，专门被用于建造与美华书馆相关的教堂，这样就可以跟原纪念基金的用途相符，以解决这个棘手的问题。

不足为奇，范约翰博士这样写信给司弼尔博士：

> 用这些经费在美华书馆的前面建造一个教堂，将会挡住太阳、光线和空气，使得目前的大楼几乎没用。当然，那些住在 100 英里之外的差会成员对于与他们个人利益毫不相关的事情并不会在意，他们只知道站在掌权者这一边，因为在某种程度上，他们依赖于掌权者。

这儿所提及的"掌权者"肯定是指作为差会财务主管的费启鸿。后者在此前的一封信中早已对范约翰博士的反对意见做出了解释。

它不会使美华书馆大楼本身变得更暗，也不会使大楼变得不健康或影响大楼本身的价值。新建筑将位于大楼的南方，不会挡住早上或下午的阳光。它距离美华书馆的大楼有 20 英尺左右，而且后者有三层楼高，完全可以俯视新建筑。

所以，考虑到所有的因素，我认为我们应该有一个新的小教堂的时机已经到来，而且应毫不拖延地这么做。

第十章　伍斯特

　　在 19 世纪末到 20 世纪初的这些年里，费启鸿家的五个孩子全都通过了位于克利夫兰南部约 50 英里的伍斯特的伍斯特大学附中和本科课程。伍斯特大学的创办宗旨是使该大学对所有人开放，它于 1882 年首次对女性颁发了博士学位。然而，伍斯特大学逐渐开始定义自己为一所文理学院，并且在 1915 年教师与董事会之间的一场激烈辩论之后，选择改名为伍斯特学院，以便完全致力于文理科的本科生教育。

罗伯特和明妮借住的"阳坡"

罗伯特和明妮最早就读于该校，他们当时年纪分别是 17 岁和 15 岁。他俩住在一座名为"阳坡"的房子里，即哈丽雅特·M. 怀特福德和康斯坦丝·A. 肯德里克这两位女士的家里。这两位女士不仅是房东，而且还扮演了"代理父母"（in loco parentis）的角色。她们经常向玛丽报告这两个孩子的情况，尤其是关于他们的社交发展情况。

罗伯特

罗伯特经常给家里写信，报告他的宗教工作、音乐表演、摄影兴趣和勤工俭学等情况。他最成功的风险投资之一就是通过乔伊订购中国邮票，然后把它们卖给伍斯特的一位邮票商人，以赚取差价。1893 年 3 月 19 日，他写信给"亲爱的爸爸"：

> 上个礼拜天，我们在美以美会教堂里开了一次很棒的戒酒会议。整个教堂里都坐满了人，就连楼上也是如此，只有最后面的座位空着。我第一个发言，并且在演说中列举了酗酒的所有坏处……乔治·施瓦茨、查尔斯·莱昂和我今晚要在音乐独奏会上分别表演中提琴、长笛和小提琴演奏。我们要演奏的是一首非同寻常的美妙作品，我们每一个人都要轮流表演独奏，另外两人将给他伴奏……我已经集齐了摄影装备的必要零件，相机框架是一位手艺精湛的工人用木头制作的。相机的一部分被完全拆开，然后再重新装起来。下面是我摄影装备的一张图表。
>
> 我所拍摄的有关内生植物切片的一张显微照片将被狄考文博士用于"植物

罗伯特，1892 年

学"课程的课堂教学。贝内特教授上周五叫住了我，并请我在明年及以后做他的助手……他提出给我每小时 20 美分的报酬，每周为他工作 10 小时。这是我的荣幸，而且每个学年中我能赚 75 美元……珍妮特明年能选德语课，而非古希腊语课吗？我认为学德语会更加实用。与爱同在！

你的孩子，罗伯特

而且，一周后在给"亲爱的妈妈"的信中，他写道：

我忘了提及你即将到来的生日，但我许多次想到了它。"离家又近了一年。"13 年前，当我看见你在外婆的坟墓前哭泣时，我的心情非常沉重。"假设母亲在我之前死去。"我觉得这样会生不如死。然而，我还没能做什么事来提升你的生活。我越思考我过去的生活，就越觉得你是一位亲爱的，既有爱心又有耐心的家庭主妇。

来自爱你的孩子，罗伯特

明妮

在到达伍斯特两年以后，明妮开始提及培养预科学生的附中校长对于她的关爱。这位校长同时也担任大学的拉丁语教授（在本书中将被称作 X 教授）。在 1892 年 12 月 17 日写给家里的一封信中，明妮描述了她用钢琴为三个歌唱家伴奏的一次演出。"我希望你们都在那儿。"她写道，并接着补充道：

> 我并不认为 X 教授也会来，我会告诉你们原因。他问我他是否能在学期结束前来看我，我说星期五可以，于是他就在星期五来看我了。那天晚上他提到了圣诞节，并说假如我能允许他给我送圣诞节礼物的话，他将会非常高兴。他并不想做任何事使我生气，所以他才提前跟我说。我不知道该如何回答他，也不知道该跟他说什么，所以我决定跟肯德里克夫人谈一谈。她给他上音乐课，并且十分喜欢他，然而她对这件事的感觉跟我一样，并劝我给他写个便条。我很高兴他能先跟我谈一谈，因为我显然不能接受他想给我的任何东西，同时也觉得我太年轻，根本不该拿任何东西。

珍妮特于 1892 年秋天入读了伍斯特附中，当时她 14 岁。而在 1893 年 1 月 25 日，她写信给家里：

> X 教授请明妮跟他一起去坐雪橇，而明妮装着以为他是在问其他人是否愿

明妮，1892 年

意一起去，所以就邀请克丽茜【肯普】和我一同前往。那不是很好吗？我们将在今天下午四点左右去，然后晚上八点回来吃晚饭。然后他会在这儿度过整个晚上。

5 月底，这三个孩子的姨妈露西·基勒从弗里蒙特来看望他们。6 月4 日，她写信给三个孩子的母亲和自己的表姐玛丽：

　　罗伯特到火车站来接我，他可爱的脸上放着光，我们很愉快地一路走回了家，当我们走到泰勒的老房子那儿拐弯之后，明妮便从惠特福特房子里跑出来，并走过来迎接我们。珍妮特像旋风一般从大门处跑出来欢迎我，差点跟我撞个满怀。你可以看出这三个孩子是多么具有个性。

　　这儿我怕要给你添麻烦了，然而这件事必须做——即给你讲讲明妮的情况。

我过去相信，现在越来越相信，伍斯特并不是适合于她的地方。在我看到了这儿的情况之后，我觉得应该非常强烈地敦促你，至少应该在下一个学年把她送到某个女校去。我认为在女校当中，你会选择佩恩斯维尔【玛丽读过的伊利湖女子神学院所在地】。

她从中国来到这儿的时候，就已经是非常成熟了。那时罗伯特依赖于她，她显然是领导者。现在罗伯特已经是无可否认的领导者了。她是那么的机灵——比她班上那些同学机灵多了……明妮自己告诉我，她已经不能像自己前两年那样学习了，罗伯特的成绩远远地超过了她。她似乎在精神上有点累了，在身体上也不那么精力充沛了。然后，男人的因素也在使她感到纠结——不仅仅是 X 教授，而是那些男学生。她在男学生中很受欢迎，当然，整天跟他们在一起，是不可能老是拒绝接受他们的殷勤。我跟她谈论过去佩恩斯维尔读书一事——这并不是她提出来的——并问她为何想离开伍斯特。她给我的第一个理由就是想离开那些男学生。她年纪太小，不该纠结于男女情事。当然她可以拒绝那些邀请，但没有一个姑娘会不想得到它们，这就是为何她会感到纠结。

我问明妮，她是否会满足于最后一年再回到伍斯特，以便在那儿获得学位。她说她肯定会愿意的。假如你和乔治在此，你俩肯定会同意，就明妮的最大利益来说，给她换一个环境是可取的。

我遇到了 X 教授——当明妮和我进入图书馆之后不久，他也出现在那儿。毫无疑问，他对她感兴趣，然而他很绅士，不会使她难堪。

你最亲爱的，

露西·埃利奥特·基勒

她随后又添了一个附言："佩恩斯维尔的学费要比伍斯特的便宜，不是吗？"乔治和玛丽同意了露西的提议，明妮的下一个学年是在佩恩斯维尔度过的。1893 年暑假正在纽约州肖托夸从事福音传播工作的罗伯特写信给父母，提及了他听说此事后的反应：

听说明妮也许要去佩恩斯维尔读书，我很难过，但我现在很不情愿地同意，这样做是最佳选择。由于有那么多人喜欢她，所以有太多的事情发生。她收到了许多娱乐邀请函，等等。她需要有一个清静的颐养之年。

珍妮特

珍妮特很快也吸引来了她的追求者（下面简称为 Y 先生）。1893 年 5 月 8 日，她写信给"最亲爱的妈妈"：

Y 先生下学年要来这儿，我真的不知道自己该怎么办。我怕他会经常约我出去玩，你知道我现在才 15 岁，老实说在某些方面我显得比较成熟，这对我来说很难。你能否再给我写一封长信（尽管我似乎很自私，只想你给我一人写信），告诉我该怎么做？我希望他能剃掉胡须，因为这样会显得更加精神。

1893 年，7 月 15 日，她写了一封信给"亲爱的妈妈"，并在每页信纸的顶端写上了"私密"的字样：

我想 Y 先生对我来说有那么一点不尽如人意。他在这儿的时候我可以看得出来，但他似乎从来就跟我合不来。我说不上来，他到底是哪儿不对，但他是那么的邋遢或懒惰，我对此很不喜欢。还有他已经 27 岁了，而我只有 15 岁。当然，有时候这是会有代沟差异的，而我不喜欢这一点。我认为，亲爱的妈妈，你可以相信我不想要这种类型的男人的。亲爱的，请不要为 Y 先生而担心，因为尽管我相当喜欢他，但我绝不会爱他。

珍妮特，1892 年

你自己的，自己的珍妮

珍妮特在 8 月 11 日给妈妈写了另一封"私密"的信：

暑期班已经结束，我们已经在克利夫兰。X 教授已经离开了伍斯特，因为他得到了耶鲁大学的一个研究员职位（我相信）。我很想知道以后是否还能再看到他。假如可能的话，他将会是一个可爱的大哥哥。然而我能同情明妮。我喜欢他超过了任何其他我见过的男人，但他身上仍然缺了点什么东西。我不知道是什么东西。这个夏天，他对明妮和我都很好，而且明年还必须跟他通信，因为他在我这儿留下了一些书，要我在秋季的书市上帮他卖掉，因为他届时人已不在这儿。你知道我在他的拉丁语班上。我们原本要读完西塞罗和维吉尔的作品，但最终只读完了西塞罗和学会了如何检查维吉尔诗行的韵律。本来选学这门课要交 10 美元学费，就连牧师们也不能打折扣，但他却愿意免费教我。当然，我并不认为这样做很合适，但我是想在学期末给他交这 10 美元，因为我在图书馆勤工俭学，到那时能拿到报酬，我想从那报酬中扣掉这 10 美元。但是 X 教授在学校放假的前一天来到我在图书馆旁边的那个小房间，并且给了我 16 美元，作为给我的报酬。我拼命想把其中的 10 美元退还给他，然而正如肯德里克女士所说，"他是那么的顽固，总是要按照他的方式行事"，所以他硬是把那笔钱留给了我。肯德里克女士和我讨论了这件事，她认为布莱克教授在学校中跟 X 教授的权力一样大。X 教授也许会听他的话。但那是在 X 教授离开伍斯特之前，我们并没有机会见到布莱克教授，而他走了之后就太晚了，那笔钱我还保留着。亲爱的妈妈，我怕你会认为这封信写得很蠢，但我想要把这件事原原本本地告诉你。我知道自己只是个 15 岁的愚蠢小姑娘。但还有一件事我将必须防止和祈祷，那就是男孩子们喜欢我，而令人感兴趣的是，我也喜欢他们。谁让我有一张富有表情的脸和一双富有表情的眼睛呢？（这听起来很愚蠢，我真的知道，因为明妮也已经告诉我要管住我的眼睛，而我现在只是想要跟你说实话。）有时候人们说我的表情和眼睛比我的话更能够表达我的意思……

你自己亲爱的小坏蛋珍妮

9 月 5 日，珍妮特写信给家里：

明妮和我刚穿上我们的睡衣，在贝茜的房间里聊天，突然间肯德里克女士进来说，X 教授前来拜访明妮和我！原来 X 教授明年不回来，而是要在耶鲁大学做研究。当他前去博览会时，我们已经跟他说了"再见"；虽然他还会回伍斯特一两天，但我们期望到那时自己已经去了克利夫兰，不会跟他再见面。然而他又来了，就在起居室里等我们。所以我们只得重新穿好衣服，下来看他，又重新说了一遍"再见"。

到了月底，珍妮特向父亲提交了她的生活费用报告：

1893 年 9 月

募捐	$0. 01
邮票和文具	0. 38
剪刀	0. 40
4 轴线	0. 16
5 个发卡	0. 25
门牌	0. 05
帽针	0. 05
发卡	0. 05
修雨伞	0. 35
杂费	5. 00
梳子	0. 18
修补两个领带夹	0. 35
募捐	0. 01
邮票	0. 05
冰淇淋汽水	0. 10
募捐	0. 01
讲座门票	1. 50
1. 25 码服饰用品	1. 56
麻布，捻，丝，钩，线	0. 61
信封	0. 05
	11. 12
手头剩下来的钱	0. 04
从罗伯特处收到的生活费	5. 20
从罗伯特处收到的克利夫兰花销	4. 55
跟肯德里克女士去银行取款	1. 00

1893 年 9 月 14 日，罗伯特写信给"亲爱的爸爸"：

　　X 教授向明妮求婚一事令我感觉很不好，我有这种感觉已经快一年了。起初明妮显得很喜欢 X 教授（她曾告诉我这一点），但她的感情逐渐改变了，而他的感情却没有。我可以肯定，他是真的恋爱了，而明妮的变心使他感到非常失望。然而据我估计，直到最后，她都是过于随意地接受他的套近乎，所以他误解了她的感情。我敢肯定，明妮现在为他感到非常遗憾，并且意识到，她过去的做法是错误的。我已经跟她非常坦率地谈过了一次，看到她目前的状况（为自己的过失痛彻心扉）我也非常痛心。她已经有了改变，经过了这次考验，她将成为一个更崇高、更坚强的姑娘，她将会因一个正确的决定而终身幸福。

你挚爱的儿子　罗伯特

在写于 1893 年 9 月 23 日的后一封信中，罗伯特描述了他在伍斯特大学三年级生活的开始：

　　贝内特教授想为我的摄影活动而布置一个装备良好的暗室，并希望让我为他的科学讲座制作幻灯片。我的大部分功课都是新颖和令人着迷的。此外，我还负责主管二年级学生的实验室工作，教他们怎么做实验，怎么操纵实验设备，是很有趣的。我还将为贝内特教授制作几件科学实验装置，供他自己使用和在朗诵室里展示插图作品。我在主日学校带的一个班级共有 21 名学生，它不得不分成两个班。珍妮特将带的那个小班有六七名小男孩。有 21 名学生在夏季要离开伍斯特，而不是两名学生。但愿上帝保佑我顺利完成这个任务，每一个学生的皈依基督教都将是最重要的工作。

罗伯特的信件指明了他对于科学和宗教的兴趣，所以说他被卷入有关进化论争议一事不足为奇。明知自己的父母无疑都会支持《圣经》中关于人类来源的说法，他仍然在这个话题上向他们阐述了他的进化论思想。在 10 月 9 日，他写信给"亲爱的妈妈"：

> 我认为进化是很可能的，但在完全被证实之前不会接受它。假如是真的，它只会更加加强《圣经》的说法，并增加我们对于上帝的尊崇。我不可能把所有的理由或一部分理由写下来。即使是解释我的进化论思想究竟跟你们的看法有何区别也需要好几个小时的会话。有许多牧师相信进化论的学说，尽管沃克教授跟我的想法一样，即认为它是一种可能性。进化在很大程度上已经在下等生命形态中得到了完全的证实，所以说在人类以下的许多范畴中我们已经不可能彻底否定它，而有关人类的证据也是有力的，并且在某些情况下几乎是绝对的。请不要对此感到焦虑。你们可以理解我跟你们谈论进化论的原因。与此同时，我并没有把进化论视为至高无上。它并没有改变我对于《圣经》的看法，就连《创世记》的第一章也是如此。我对于基督及其救世工作的热爱并未改变。进化是一件次要的事情，虽然它对于科学发现来说非常重要，然而它并不会改变我对于基督的亲密关系，正如它不会改变我认为世界是平坦的，或世界是在六天（每天 24 小时）之内被创造出来的。

1894 年春，珍妮特成为伍斯特大学附中 32 位毕业生之一。明妮于 1895 年从伍斯特大学毕业。她接着去费城读女子医学院，并于 1900 年从那儿毕业。

X 教授

当被明妮拒绝之后，X 教授便将注意力转向了珍妮特。尽管在珍妮

珍妮特

特写于 1893 年 9 月的那封信（参见第 223 页）中除了对他的突然出现表示了逗乐的惊喜之外，并没有透露任何其他情绪，但是他当时肯定已经看上了她。与此同时，他已经离开伍斯特，去耶鲁大学读研究生了。1894 年 10 月 18 日，27 岁的他写信给珍妮特的母亲玛丽，宣布了他对于 16 岁珍妮特的爱情。

我亲爱的费启鸿夫人：

珍妮特已经告诉了你们，我在伍斯特最后的日子里所发生的一切——但我也想要告诉你。我将非常高兴这么做，而且我敢肯定你也会听我说，因为我意识到，我将提及的珍宝是多么的珍贵，以及一位母亲对于自己女儿的一切会多么的关心。我将在这封信里告诉你，我在伍斯特最后那些幸福的日子里所发生的一切。

我对她一直有一种很深的个人兴趣，因为得到鼓励，所以这种兴趣已经发展成为最深沉的、最真挚的和最纯洁的爱情。去年夏天和今年夏天的大部分时间我都跟她在一起，而我的爱情更加得以增强。更重要的是，我相信她至少是对我有好感的。这一点我可以从她的行为举止中看出来，当然，她从未说过一句表达爱意的话。

我从未感到像跟她在一起那么幸福过，一想到要离开伍斯特而没有至少告诉她我的爱意就感到心情十分沉重。我拼命地祈祷，以便能得到圣灵的引导，并将自己托付给它。

虽然我知道她的确切年龄，但我不能够把她和她的年龄连在一起想——她在各个方面都超越了她的年纪。我还觉得，假如我离开伍斯特之前没有把我的爱告诉她，这对她和我都极不公平。我从未想过在没有得到她的同意的情况下就向她求婚。在我们开始第一次会话时，我就向她说明了这一点。

然而，费启鸿夫人，在目前的情况下还有另外一件事令我感到更加痛心。这就是我不能够经常写信给珍妮特和经常收到她的来信这一事实。当她去克利夫兰时，她说我可以给她写信。在收到了她的一个便条，上面写着她离开的时间，并说明了她在克利夫兰的街道和号码之后，我马上就给她写了信。但我此后再也没有收到她的来信，也再没有给她写过信。哦，费启鸿夫人，这件事令我感到特别悲伤。

我们的关系（我指的是珍妮特和我）现在遇到了这么一个障碍，以至于我觉得，我们之间通一封信，不会有什么不合礼数的吧。

康涅狄格州纽黑文，公园街102号

X教授的信写得很长，然而他的爱情誓言似乎跟珍妮特自己的真实感情并没有什么关系。甚至在上面这封信写就之前，珍妮特就已经写信给她母亲了：

> 一个完全心碎的男人居然在短短的一年之内就彻底治愈他的心，并且爱上，真正地爱上，另一位姑娘，而他只是在夏季才见过后者几面。我越是想到这一点，就越不喜欢他爱上像我年龄这么小的姑娘的方式。

随着时间的流逝，X教授的激情渐渐冷却了下来，而他给玛丽写信的间歇时间更长了。1896年，两位女房东之一的信中写道：

> 在过去的这个学期中，没有男学生特别吸引她的注意力，安静的家庭生活起到了很好的效果。

1894年，海外传道部最终同意了乔治提出在美华书馆的馆址内建立一座小教堂的建议（参见第183、213页）。同年6月15日，乔治在一封信中写道：

> 我们新的美华书馆小教堂开始慢慢成形，我相信当它建成以后，将会成为我们教会力量的一个源泉，并将造福于上海。我们非常需要它。

一周以后，他又补充道：

> 虽然我们并不期望它会成为"极其壮观的一座建筑"，就像大卫描述圣殿那样，但我们也希望它美观大气，跟周围的建筑浑然一体，而它所在位置将成为英租界的心脏。

第十一章　送给慈禧太后的一件礼物

在 19 世纪的中国，婴儿出生时的寿命预期大约是 30 岁。中国人的习惯是假如某人活到了花甲之年的六十大寿，大家就会赠送珍贵的礼物，以示祝贺。1895 年 11 月 29 日，慈禧太后即将要庆祝她的六十大寿。乔治作为主编的《教务杂志》（*The Chinese Recorder*）登载了下列有关传教士社区筹备赠送慈禧太后礼物的提议摘要。此事的开端源于宁波一位传教士的妻子，即燕乐拔（Robert Swallow）医生夫人（Mrs. Alice Swallow）的一个提问："我们为何不送一本《圣经》给慈禧太后作为生日礼物呢？"很快，一个由三名女士所组成的委员会被指定来考虑此事的可行性。而这个在宁波成立的委员会又写信给住在上海的玛丽和李提摩太夫人（Mrs. Mary Martin Richard）："假如上海的朋友认为慈禧太后会接受《圣经》作为生日礼物的话，那么宁波委员会认为，执行这一计划的最佳方法就是在上海成立一个委员会。"

【1894 年】2 月 19 日，星期一，费启鸿牧师在每周一次的例行祈祷会上将这件事提出来让大家讨论……经过仔细的讨论，该委员会认为宁波女传教士们的建议是一个最值得称赞的计划……并于 3 月 13 日将其推荐给了上海传教使团协会，建议立即启动这一计划，同时对原计划做了一些调整，即将送给慈禧太

慈禧太后

后的生日贺礼定为一本《新约全书》，而非整部《圣经》。

考虑到慈禧太后年事已高，大家认为用大字体印刷的"委办译本"《新约全书》将会是最佳的版本，这个礼物不仅要装帧美观，而且假如经费充足的话，要把它放置在一个用金子或银子打造的匣子里呈送给太后。另外，跟礼物一起还要附上一封动人心弦的信，信中可以写上很多代表光绪皇帝祈祷太后万寿无疆的祷告词。大家认为信中可以注明有多少中国女子为此礼物捐了钱，但不必写出她们的姓名。

一个七人委员会被正式任命来执行这项任务。该委员会的成员分别是：

中国内地会会督范明德牧师（Rev. J. W. Stevenson），委员会主席

英国浸礼会的李提摩太夫人，财务主管

美北长老会的费启鸿夫人，秘书

美国圣公会会吏总汤蔼礼（Archdeacon Thomson）

大英国圣书公会代理台约尔（S. Dyer）

英国伦敦会的慕维廉神学博士（William Muirhead, D. D.）

美国圣经会的海克斯牧师（Rev. J. R. Hykes）

玛丽被要求"起草一份通知，以便被送往全中国"。在总结说明了该计划的情况之后，玛丽写道：

你们能否在你们的传教站和偏远的分站做出相应的安排，以便接受本地女基督徒的捐款，也可以授权后者，从她们的朋友们那儿收取捐款？请尽快将这些捐款，以及来自外国女基督徒——无论是否女传教士——的捐款，汇往上海昆山路1号的李提摩太夫人。

由于时间有限，以及存放《新约全书》的匣子样式有赖于经费的多少，我们恳请这件事能够得到你们的及时关注。另外，在汇送捐款的同时，请告知有多少名女基督徒——无论是本地人还是外国人——参与了捐款。

为了使这个礼物能够尽可能广泛地代表中国社会的各个阶层，我们真挚地希望所有的本地女基督徒都能参与此项捐款活动——无论捐款的数目是多么渺小——以便能够显示她们对于慈禧太后的忠诚和对她贤明摄政的赞赏。

谨代表委员会全体成员，

秘书 费启鸿夫人

《教务杂志》还补充道："对于这个通知的反应普遍都很热烈，无论是外国人，还是中国人。"

反对意见

并不完全是这样。神学博士范约翰牧师的反应就一点也不热烈。1894 年 4 月 27 日，他给玛丽写了以下这封信：

> 我认为我有责任不仅要对这样的计划"不捐任何钱款"，而且还要做更多的事情。你签名送往全中国的那个通知中并没有说明，你请求人们捐款，是为了送一本"上帝"版《新约》给慈禧太后。在通知上签上你的姓名之后，你是否认为人们在收到通知之后会推测这并不是一本"上帝"版《新约》？你把它说成是"一本《新约全书》"。你是否认为，在一本书中的"God"字样全被删尽，并被仔细地换成了异教之神之后，还能够被称作"一本《新约全书》"吗？假如不能的话，那么你所募集的捐款就没有被用于你所宣称的用处，而堪称是"挂羊头卖狗肉"。而祈祷也不能够改变这一交易的本质或改变法律对于这类罪行之惩罚的性质。人们为事物的正反面和各种不同的事物而祈祷。人们需要工作——而正确的做法是同时还需要祈祷。你说"有许多人跟你我一样，更喜欢'God'的中译文为'神'，而非'上帝'，但却仍然捐钱给这一版的《新约全书》，并为它送上衷心的祈祷"。而且你还补充道，"我能做这件事，不仅没有任何良心的谴责，而且还满心喜悦，因为我相信主能够和将会祝福此事"。
>
> 我并不那么肯定主会祝福这件事，但我肯定人们会"凭良心地"做各种事情，而人的良心，除非被主的话语所启发，在道德问题上是不能作为安全指南的。
>
> 你能否不要那么认真地祈祷，而且带着那么深的信仰，以便让主来祝福一

部以"上帝"这个异教词汇来取代"God",而且几乎肯定会引起误解的《新约全书》?我们至少还能找到其他三个跟异教神祇无关,因而不会引起大家误解的专有名词来翻译"God",尽管它们并不能在所有情况下都适用,例如它们无法用于翻译"十诫"中的第一诫。我认为在《新约》中出现"God"的地方,用这三个词中的任何一个都会比用"上帝"这个异教神祇名称更加安全。由于我相信有"许多"被误导的人们正懵然无知地在为这部"上帝"版《新约》捐钱,所以我觉得自己必须提出质疑,看是否能同时印刷一部其他版的《新约》,就像过去经常做的那样。

当中国人在这部"上帝"版《新约全书》中读到"耶稣是上帝的儿子"或"没什么好救的,那是上帝"时,似乎都不可能对"上帝"这个词会有其他的理解;但是只要说"耶稣是天主的儿子",或"天父的儿子",或"上主的儿子",就不可能会引起中国人的误解。据我所知,上述这些名称并不适用于偶像。然而我会等待你给我正式的答复。

你忠实的,

范约翰

反对意见被否决

玛丽把范约翰博士的来信转给了她的委员会主席,即中国内地会会督范明德牧师。1894 年 5 月 1 日,范明德牧师回复了她的信件。

我亲爱的费启鸿夫人,非常感谢你的来信,以及你转给我范约翰博士的信件和你给他的回信。我认为你的答复非常好。我附上今天我给他回信的复件。

我认为它也许会让他闭口，尽管我并不期望他会这么做。如果他继续纠缠此事，委员会也许会有必要开一次会，以便给他一个正式的答复。

同一天，范明德博士写信给范约翰博士。

我亲爱的范约翰博士，赠送贺礼委员会的秘书费启鸿夫人已经把你写于4月27日的信转给了我。虽然我同情你和那些跟你持同样观点的人，但我仍然相信，为了传教使团好名声的缘故，而且在教会和世界的面前，在这么重要的一件事情上，我们肯定会达成相互的谅解。在意见分歧的情况下，我们显然找不到一个能使全中国所有传教士都可以接受的单个《圣经》版本。但由于我们想给每一种《圣经》译本都加一个前言，尤其是对于这个版本我们还要加一个特别的序言，我想在这些前言和序言中，我们可以清楚地说明，除了该版本所选用的"上帝"一词之外，其他还有几个词也被新教传教士用于同样的用途。我认为，如果对这些不同的用词分别加以不偏不倚的说明和解释，它们将能在一定程度上代表所有人的观点。当赠送贺礼委员会下次开会研究如何写前言和序言时，我将把此事交给委员会的所有成员讨论。

假如往昔有关《圣经》翻译用词的争议借此再次死灰复燃的话，我将会对它强烈谴责，我想你也会这么做——尤其是在目前这个环境中。

致以亲切的问候，

相信我会仍然成为你的朋友，

范明德

《教务杂志》补充道："给本杂志写稿的人数已经超过了10,900，而且由于整个经费得到了保证，对于《圣经》的研究也开始了。"

美华书馆被要求印刷一个特殊版本的大字金边《新约全书》。由于没有足够

《新约全书》（原件的摹真版）

的时间来请人亲手誊写它，就像中国人在送这样的礼物时所常做的那样，这部《圣经》将会有一个银制的，具有精美压花毛竹图案的封面。在封面的左上角有用黄金制作的"新约全书"等凸起字样，而在封面的中央部位有一块椭圆形的金牌，上书"救世圣经"四个汉字。该书的大小是长13英寸，宽10英寸和厚2英寸。

这部《新约全书》被存放在一个漂亮的银制匣子里，那银匣子表面也有同样精美的压花毛竹图案，那是出自广州顶级工匠的手艺。银匣子里面还有金丝绒衬里。在那银匣子的盖子上面还有一块金牌，上面刻有"敬赠崇熙皇太后陛下，新教教会的女基督徒"等字样。

这个银匣子重10.5磅，《新约全书》的银制封面重4.5磅。银匣子放在一个柚木小箱子里，无论里外都有金丝绒衬里。

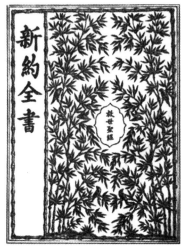

存放帝王版《新约全书》的银制匣子　　　　　　　帝王版《新约全书》的银制封面

　　慕维廉（William Muirhead）牧师撰写了"《新约全书》前言"，从这篇文章中，我们"可以领略中国著名文人转述《圣经》原文的文采"。下面这个源自《创世记》的一小段样本便足以说明这一点。

　　　泰初，世间充斥着空虚混沌，上帝开天辟地，创造了万物。他还创造了人类始祖亚当和夏娃，并赋予他们有道德的天性，使他们享受幸福的生活。当时上帝并不想让人类逐渐死亡，并不想让他们神圣的天性受到损害，并不想让他们通过反抗和叛逆而得罪上帝。上帝更不愿意让人类始祖的罪孽无止境地延续，并延续到很久以后，以至于累及所有的人类，削弱他们本真的天性，造成无数的灾难，并最终以死亡和痛苦而结束。

　　还有委员会财务主管李提摩太夫人写给慈禧太后的一封充满肉麻颂词的信，可能是为了强调这个贺礼全都来自传教使团的女传教士和女基督徒。

致崇熙皇太后陛下

尊贵的太后陛下顺应天意，于前所未有的内忧外患之际执掌中国的政权，并且凭借您的过人精力和伟大智慧，在大清帝国全境内恢复了长治久安，并与所有的民族建立了友善的关系，不仅是您的臣民们，就连远方各国的人民都对您充满了钦佩。

在太后陛下所建立的许多公正法律之中，有一条是向您的基督教臣民们提供跟其他所有宗教信徒同样的保护；因此，我们成千上万名来自全中国各行省的新教女基督徒，尽管大多数人很穷，但也不能错过像太后陛下六十大寿这样的良辰吉日，以表达我们对您的效忠和钦佩。我们借此机会向太后陛下赠送一本《新约全书》，此书是我们神圣宗教，即基督教的主要经典。而基督教是关注于把全世界从罪孽和苦难中拯救出来的唯一宗教。这本书中所包含的真理给无数人带来了公正的法律和稳固的政府，这些都是世俗生活昌盛和权力的基础。由于这个原因，我们听说在西方有一个习俗，即在皇后、王后和公主们祝寿的大喜典礼上往往会向寿星赠送一本《圣经》。

我们在华的基督教徒们不断地虔诚祈祷太后陛下和清王朝的所有皇族成员都能够获得谋取真正个人幸福和民族昌盛的秘密，这样中国人就不会落在地球上任何民族的后面。我们也热忱地祈祷太后陛下能够健康长寿，以便能用您的智慧来辅佐清廷；而且在晏驾之后，能够进入为所有执行仁慈天意的人所准备的玉宇琼楼。

我们永远对于太后陛下充满了最崇高的敬意，

并且是太后陛下最忠诚的臣民，

中国新教教会的全体女基督徒

由于此信"在上海无法誊抄成合适的形式"，于是便先寄到北京，以便能将它誊写在一种特殊的纸张上，这种纸"一面呈黄色，另一面呈红色"。到了 10 月 28 日，即慈禧太后生日的一个月前，所有的准备工作都已经完成。英国和美国驻华公使将这部《新约全书》及相关的信件送到了总理衙门，后者又将这些贺礼转送给了慈禧太后陛下。"因一个非常幸运的巧合"，来自英国维多利亚女王的礼物也在同一天被送到了慈禧太后的手中。

> 没过几天，就有几位总理衙门大臣回访美国公使馆，希望能得到慈禧生日贺礼所有捐赠者的名单。由于捐钱者有一万多人，而且她们都没有留下姓名，所以无法提供全体捐赠者的名单。于是这几位大臣便坚持要求提供一个参与此事的外国女传教士的名单。结果他们便得到了赠送贺礼委员会中两名女性委员，即李提摩太夫人和费启鸿夫人这两人的名字，以及从《教务杂志》上所发表名单中挑选出来的其他20人的名字。

总理衙门的亲王和大臣们在呈送生日贺礼"以供御览"之后，又给英国公使馆写了以下这封信：

> ……她们荣幸地得到了慈禧太后陛下的懿旨。太后赐给了在这场赠礼运动中扮演了主要角色的李提摩太夫人和费启鸿夫人每人各一匹南京丝绸、一匹缎子、一箱刺绣品和两包手绢；向协助赠送贺礼事宜的其他20名女传教士每人回赠了一包手绢和一匹湖州绉绸。

那个银匣子和里面那本《新约全书》似乎已经不可能存在了。然而跟当时那本《新约全书》同时印制的几部摹真本，包括呈送给光绪皇帝的那四部，却仍然还能够找到。至少后来仿制的一个摹真本（其扉页请参见第236页）曾于2009年在美国拍卖。另一部摹真本曾于2011年在华盛顿特区的一个中文《圣经》流动展上展出过。另有一个摹真本曾经在香港的一个主题公园里展出过。

至于慈禧太后所送来的回赠礼物，玛丽至少把部分丝绸转送给了在美国的一个或更多的朋友。1896 年 1 月 30 日，日耳曼敦的一位妇女在给玛丽的信中写道：

> 我亲爱的费启鸿夫人，你不知道和不能想象，慈禧太后的丝绸引起了人们多么大的兴趣！我剪下来的第一块丝绸在果子街 1334 号的商店里马上就被一位姑娘买走。接着上周二，就在我卖掉第一块丝绸的地方召开了传教使团的每月例会，我在会上展示了慈禧太后赠送的丝绸，并且讲述了中国女基督徒给慈禧太后赠送生日贺礼的故事。会后我又用剪下来的小块丝绸卖得了 4 美元。礼拜天，我把丝绸拿到了主日学校，把它的故事又讲了一遍，又得到了不少于五六美元的钱。我把那些丝绸剪成小块，分送到了长老会的各个教堂，向他们打听这些东西是否能帮助募捐。没想到感谢信像雪片一般涌来！我手头已经募集到了 27. 75 美元，更多的捐款还在寄来的路上。每个人似乎都认为给予是一种特权，从捐款的名单来看，每个人捐的款项从 10 美分到 10 美元不等。如你所愿，这个名叫"为海外传教使团捐款"的募捐活动仍将继续。

第十二章　20 世纪初前后

就在准备送给慈禧太后《新约全书》的那段时间，中国和日本之间因对朝鲜的影响力而爆发了一场短暂的战争。在日本的武装力量几乎摧毁了大清国海军之后，中国被迫向日本割让了朝鲜附近的辽东半岛，以及台湾岛。俄国、德国和法国后来坚持要让辽东半岛归还中国。

战争刚刚结束之后，乔治在 1895 年 10 月给《教务杂志》写了另一封信。[①]

为中国人而写的赞美诗和赞美诗集

费启鸿牧师（上海美北长老会）

我从未写过赞美诗，无论是英语的，还是中文的；从未翻译或改编过一首赞美诗；甚至就连尝试都没有过。人们完全可以质疑我没有任何资质来撰写一篇这样的论文。我能够用来回应的理由就是有人请我来写这篇文章，以及我对于音乐和歌唱有深厚的爱好，也许还有一对能够鉴赏音乐好坏的耳朵。当然，我所能提出的批评意见，或论文所能引起的争议，都不会造成我自己的痛苦和彷徨。我自己并没有住在玻璃房子里，所以被认为可以毫无顾忌地扔石子。

中国人的赞美诗写作研究真可谓困难重重，其中可以提及的一个最大困难

---

① 《教务杂志》，第 36 卷，第 10 期，1895 年 10 月，第 466—470 页。

是中文的诗歌格律跟英文的诗歌格律很不相同，我们如数家珍的诗学和宗教观念很难译成优雅的中文，而且要熟谙中国诗歌的精髓也很不容易。中国人所认为的韵律在外国人眼中并非韵律，反之亦然。如何用韵文来表达我们最崇高和最典雅的宗教思想，而且要使中国人能够理解和咏唱，这堪称是一种极其困难的成就，也许只有未来中国的卫斯理或沃茨才能够令人满意地完成这一成就。就其本身而论，中国诗歌的神秘性是如此深不可测，也许我们目前在用中文写作赞美诗的时候，最好不要试图去了解或掌握这种神秘性。

毫无疑问，导致许多从未用英文写过赞美诗的人从事中文赞美诗写作的一个因素是由于中文字都是单音节这一事实似乎造成了一种印象，即每行填入八个字便可组成一个长诗行——八字诗行和六字诗行的交替可形成普通的诗歌格律，而两个六字诗行加一个八字诗行，再加一个六字诗行便可形成短诗格律，这样大事便可告成！因此我们有一些赞美诗作品完全没有适当的韵律和节奏，重音有时会落在中文中不应有重音的文字上，而且当这些词读成重音时会很别扭。

所以才会发生这样的事。有许多赞美诗集源源不断地问世，其必然结果就是我们有大量的中文赞美诗其质量非常差劲（在这件事上，情况就跟我们的英文赞美诗一样）。然而，赞美诗领域的这种情况也许并不会比所谓的宗教小册子领域更为恶劣。几乎每一个传教士在刚开始传教工作时都会意识到宗教小册子极其缺乏，但是他并没有时间停下来考虑一下怎样才能最好地填补这一空白，或者它是否比许多其他事情更为必要。他开始从自己的资源中找出一些东西，即他想象可以用这些东西来填补空白——其结果成功与否其实我们都痛苦地意识到了。

因此，赞美诗写作的过程一直是一个生长和消灭的过程，其结果就像在所有的进化过程中都能看到的那样，是"适者生存"。

在结束这篇文章的时候，请问，一首好的中文赞美诗的基本属性是什么？我的回答是：第一，它必须是虔诚的，这样人们才能以这种精神来咏唱和理解它。无论是赞美、忏悔还是感恩，让我们永远记住它是上帝崇拜的一部分。第二，它必须是用优雅而流畅的中文写成的，所谓流畅，我指的是白话文。第三，它必须是用适当的节奏和韵律写成的，在这两种基本属性中，前者在我们的赞美诗集中往往是被违背的。

最后一点是有关赞美诗集的规模大小。对于寄宿学校来说，我们需要有大量的赞美诗，也许每一本赞美诗集应该包括300—400首赞美诗。然而对于普通的基督徒会众来说，我确信100—150首赞美诗就足够多了。赞美诗数量更少，但学得更好，就会咏唱和理解得更好，这样就有助于培养真正的敬拜精神，远胜于数量浩瀚的赞美诗令普通的基督徒迷失于"惊奇"之中，而非"热爱和赞美"之中。

医疗事项

1895 年 1 月 31 日，乔治给海外传道部的司弼尔博士回信，以解释在华医疗的明显高额费用。

你对于医疗费用所表达的惊奇是正确的——我们确实是按照年份来安排医疗护理的。在东方的出诊费用是如此之高，以至于按照年份的做法被认为是更加便宜和更加明智的。单趟的出诊费是 5 美元（这是针对传教士的价格，要比其他人便宜很多）。所以带家属的传教士很可能每年的医疗费用会远超于 100 美元，而后者就是我们目前在上海为每个传教士医疗护理所付的年费。在上海的医疗费用要比中国其他城市高得多，因为我们不得不雇用非传教士身份的医生。当然，倘若能雇用一位传教医师的话，那费用就会少得多。

假期

乔治的上述这封信还提到了另一个话题：暑假。

至于暑假，在很大程度上有赖于每个传教士所在的传教站及其环境，很难事先决定任何固定的规则。目前，以及在过去几年中，我的假期总是很少和很短，但假如我是住在苏州的话，我认为每年至少会得到一个月的暑假，而且放假所得到的钱要比我待在传教站更多。假期旅行的费用通常是按个人的花费来报销的，尽管有的传教站还曾有过一笔"疗养租房费"，这笔钱还可用于支付在日本某地的租房费。之所以有这笔费用，是为了让有些去宁波附近的疗养院度假的传教士可以支付那儿的房费。

在另一封日期为 1895 年 10 月 10 日的信中，乔治回应了司弼尔秘书的一个建议，即有关暑假的请求应该按气温来决定，而且得经过海外传道部的批准。

不，我不认为这样做可行。除非你在这儿住上几个夏天，否则没有任何发言权。你所应体验的并非气温的高度，而是某种气候条件，之后才能够真正理解。据我所知，一般而言，假如某些传教士的证词也不足以使海外传道部相信的话，那么我怕再说也是于事无补了。但这对于传教士来说有点不公平，不是吗？我很多次见证了传教士们整个夏天都在坚持工作，即使在酷暑中也没有变化，但在秋天来临时，当他们应该大展拳脚之时，他们却精疲力竭了，假如不是病了，在夏季坚持工作的恶果在新来临的一年中显现出来。所以说暑假绝不是浪费时间，而是一种有增益的收获，倘若传教士能够离开至少一个月时间。在美华书馆这儿，我们的所在位置稍有不同。因为我们身处上海公共租界的中心地区，能享受由工部局所制定和执行的严格卫生措施，这在中国任何其他地方都是不存在的。然而即使在这儿，我很肯定，假如每年的夏天都能有至少一个月假期的话，那么我们应该能做得更好和坚持得更久。而我们过去没有这么做的唯一理由是很难摆脱这儿众多的印刷任务（尽管在今年夏天，我确实已经设法头一次开始放暑假）。通常每年有两周假期的金多士先生今年夏天没有休假，结果人看上去明显很沮丧。

与司弼尔秘书产生的摩擦

在同一封信中，乔治继续写道：

现在我要说的是，我希望你也能接受同样的精神。正是由于你写给传教使团的那封信，我肯定你是想以最好的姿态来担负起海外传道部秘书一职，所写的内容也是为了传教士的工作和利益。但从另一方面来说，我知道它们经常会产生一种令人烦恼的情绪，在这种情况下，这封信所产生的效果与你所想要的正好相反。你会问我为何这么说吗？我认为这是因为你不知道你是在给谁写信。这封信给我的印象是你在给年轻人写信，也许是那些年纪比你更年轻的人，你必须给这些人劝告和指示。假如你曾经访问过中国，我肯定你就不会这么写信了。在你之前的海外传道部秘书们从未以这种方式写过信。我是从自己的亲身经历出发，并指现在还在世的所有秘书，包括娄伟德博士（那位新秘书布朗医生除外）。在此的传教士们有的已经过了 50 岁，其他人也已经有了好多年在华传教的经历。你是否有可能撤回你信中那种秘书特有的保守主义，并且意识到我们都是美国长老会的同工、主耶稣的仆人伙伴呢？

我相信你不会认为在我上面所说的直白话语中掺杂着任何的个人情绪，我只是在告诉你真实存在情况，并且我认为你会真正想要知道，并且跟我一样相信你心中只有传教工作的最佳利益。

致以最亲切的问候，

你非常忠实的，

费启鸿

玛丽的疾病

乔治在写上面这封信时也许一直在想着他自己家庭中的经历。在 1895 年夏天，玛丽在克利夫兰接受 11 星期水疗（参见第 111 页）的 14 年之后，又前往日本去接受进一步的治疗。她写信给女子神学院的同学们：

> ……我们去了日本，希望和期望在那儿的一个短暂假期将会治愈我头疼的毛病，后者已经纠缠了我一年多的时间，并且变得越来越厉害，并在我的颈背也造成了剧痛。由于头疼越来越厉害，我最终只能留下来求助于医生的帮助，而费启鸿先生、乔伊和爱丽丝回家去了。经过了四个月时间，我回到了家里，但逐渐变得更加虚弱，直至我梦见自己进入了那幽灵的峡谷。但我还是从峡谷的另一端爬了出来，从那时起，我一直在跌跌撞撞地试图登上健康之山。

当她在 1895 年 10 月回到上海的时候，乔治在日记中写道："她已经经历了一段有睡不着觉等症状的重病期。" 1896 年他又记载道："玛丽这一整年以来一直很虚弱。" 1897 年 1 月 11 日，他写信给海外传道部：

> 我很遗憾地说，我妻子仍在忍受着神经衰弱的折磨，并已因此卧床一年半了，现在什么工作也干不了，这对她来说是一个很大的考验。我为她祈祷，希望她能恢复健康，再一次重返工作。

这儿乔治给出了玛丽所生之病的一个名称——神经衰弱。这是一个通俗的名称，其拉丁语学名为 neurasthenia，这是一个几乎已经过时的术语，用来描述一种意义模糊的神经失调，其特征就是慢性的异常疲劳、轻度抑郁、不能集中精力、没有胃口、失眠等其他症状。[①]

1897 年 4 月 7 日，乔治写信给玛丽的伊利湖女子神学院的同学们。

亲爱的玛丽同班同学们：

　　一封由一个男人用打字机写成的信出现在你们的通报里显得有点不太正常，然而玛丽现在因病连给孩子们写信都写不了，所以我不得不经常来给她代劳。自从她上次写信以来，她的身体健康有所改善，但是她的头脑仍然十分虚弱，无法忍受任何脑力劳动。她阅读你们的来信每次只能读一封信，每天只能读一次，直到她读完所有的信。我不需要告诉你们，她是多么享受阅读这些信——更不必提我也是如此。我认为它们写得非常精彩，尤其是现在已经有 30 年过去了，你们仍然在保持着通信。当年的同班同学中有些人已经陆续去世了，但仍有相当数量的人还活着。玛丽去年夏天去了芝罘，距离上海 500 英里的北方海边，想试一下换个环境对于健康是否有好处。然而她回来的时候，身体健康并没有什么获益。近来她学会了骑自行车，医生对此寄予了很大的希望。她每次只能骑很短的一段距离，在过去的两个月中不下雨的晴天很少，所以她锻炼的机会也很难得。现在气候变暖，好天气来了，我希望她的健康能够改善得更快些。现在还有两个孩子跟我们住在一起，他们对于我们来说，是一个很大的安慰。在美国读书的三个孩子目前情况也都不错。罗伯特一年后将从斯普林附近的【阿勒格尼】神学院毕业，接着我们希望很快就能欢迎他和他的妻子来中国做传教士。（他现在还没有结婚。）

　　我代表玛丽向你们致以她心中的最爱。

你们真诚的，

费启鸿

---

① 《米勒-基恩医疗护理和联合健康百科全书和词典》，第 7 版，桑德斯编，埃尔塞维尔公司，2003 年。

回国休假

虽然他们全家上一次从美国回到上海只过了五年，但乔治的日记在 1897 年报告说：

> 五月份乘坐"皇后号"客轮去了美国。6 月 18 日抵达了卡斯蒂尔【纽约州，乔治的姐姐哈丽雅特及其丈夫的家】。玛丽立即去了格林医生的疗养院①，孩子们和我住在姐姐哈丽雅特家里。珍妮特和我在 9 月份的第一个星期去了伍斯特，乔伊、爱丽丝和明妮后来也来到了伍斯特。玛丽在疗养院待了 16 周之后，大约于 10 月 11 日来到了巴克耶北街的那幢房子里。睡眠有所改善，但身体仍然虚弱，还不能【字迹模糊不清】。
>
> 11 月 11 日，我一个人离开伍斯特回中国。在洛斯加托斯待了 10 天，并于 11 月 27 日乘船前往里约热内卢。
>
> 1898 年 1 月 2 日到达上海。

到了 1898 年 1 月 17 日，玛丽觉得身体好多了，可以从伍斯特给"爸爸和罗伯特"写一封短信，说"上帝一直在指引我过一种有福的新生活"。她还写了一封更长的信，也许是写给她的同学们，那封信发表在一个名为《得拯救以服务》② 的通讯上。

---

① 内科医生、妇女选举权论者和慈善家科迪莉亚·A. 格林医生是卡斯蒂尔疗养院的院长。水疗是针对一些慢性病的治疗方法，包括经常洗澡、喝大量的水，并结合一些户外活动。（罗切斯特地区图书馆委员会）

② O. R. Palmer. Saved to Serve（Philadelphia, PA: O. R. Palmer）, Vol. 1, No. 3, p. 4.

纽约州的卡斯蒂尔

当我们在 1892 年回到中国的时候，我记得我很希望趁跟孩子们分离的机会使我为上帝做一些更有用的工作。我很快就觉得浑身乏力，不得不依靠上帝来获取每天的力气。但是过了一段时间，我头上和背上的剧痛加剧了，所以我们在 1895 年的夏天去了日本，以便能享受更完整的休假和换个环境，希望能达到治愈的目的。这之后的两年半是我饱受折磨和最感虚弱的，日日夜夜都深感痛苦和失眠。虽然偶尔也有短暂感到慰藉的时刻，但每次都会重新跌入更加痛苦的深渊。当我们于去年 5 月离开中国时，朋友们都希望看见孩子们能有助于我的健康，但没有一个人知道，我每次单独跟他们待几分钟就觉得难以忍受，而且不断变换运载方式的长途旅行对我来说是多么的艰难。一会儿到这儿看医生，一会儿又到那儿看医生，他们都试图帮助我，但结果都不一样。我最终于去年 10 月来到了这儿，我的大女儿放弃了至少一年的医学院学业，以便能照顾我和做家务。我刚做了祷告，以求得到特别的帮助，使我逐渐康复，并跟我丈夫告别，因为我知道，他必须回中国去工作。

当明妮在处理家务事的时候，玛丽便能用更多的时间来做祷告，相信长此以往，上帝一定会治愈玛丽。

费启鸿全家1897年在纽约州卡斯蒂尔的合影

　　我忍受着虚弱和痛苦，每天坚持做6小时的祷告。没人知道这一点，只有上帝知道，但我不断地告诉他："主啊，你知道，我已经痊愈了。"接着，在我躺下一小时之后，我发现自己能够起身了，而且感觉有了力气，疼痛也消失了。我坐在火炉旁，烤着面包当晚饭，一边在心里赞美上帝。我女儿进来后，跟我说："哦，妈妈，看到你这么做有多好啊！"

　　从那时起，主便引导我走上一条奇妙的路。我并没有在瞬间就得到奇迹般的治愈，但是我身上所产生的变化也堪称是个奇迹，因为它并不是在瞬间发生的。2月10日，主恢复了我的视力，在过去三年中我的眼睛几乎都已经看不清了，然而从那以后我再也没有戴过眼镜。这都是因为有福的主为了我的健康、痊愈和其他一切而进入了我的身体。我希望在今年秋季回到中国。

　　　　　　　　　　　　　　　　　　　你们非常亲切的，费启鸿夫人

乔治日记中关于回国休假的描述继续记载如下：

玛丽带着乔伊和爱丽丝于【1898 年】11 月 30 日从美国回到了上海，一路途经旧金山、洛斯加托斯、波特兰和温哥华。

他还写信给司弼尔博士：

我的妻子和孩子们平安到达了上海。重新成为一个有家的男人，感觉真是太好了。费启鸿夫人似乎已经痊愈，在卧床养病好几年之后，她又重新担负起了在妇女中传播福音的工作，并将会完成大量的善事。

太平洋邮船"里约热内卢号"

罗伯特

从伍斯特大学毕业之后，罗伯特就读于宾夕法尼亚州的阿勒格尼神学院，一边准备回中国当传教士。1896年1月2日，他给家里写信：

亲爱的家人们，你们可以看到，我是在打字机上给你们写信。它的名称是美国打字机，是我刚购买的，而这封信是我用它写的第一封信。我将给你们寄一个这种打字机的描述性目录，我觉得你们会发现它非常有趣。我是从一个代理商那儿购买的，对方给我一个批发价——买一部打字机有30%的价格优惠，

罗伯特，1900年

美式指针打字机

买三部以上便可优惠40%的价格。当然，我将来会把它卖给阿勒格尼神学院中对它有兴趣的学生。我已经可以很快速地打字，而且打字机本身的构造使得对其校准不会出错。神学院里还有其他两名学生也买了20美元一部的"奥德尔牌"打字机，但是我的这部打字机只花了8美元。它现在对我来说非常珍贵，因为在一般情况下，我将要写很多的布道文，以及更多这类性质的文章。我还希望可以用它来挣一点钱。昨天我在宾州的西方大学为动员学生参加来华医学传教使团而做了一个演讲。演讲结束之后，学生们带我参观了大楼里的一些房间。其中有一个房间是解剖室，那里面有好几具处于不同解剖状态的尸体——这不是一个愉快的景象，然而对我来说确实十分有趣，因为我在伍斯特大学已经修过比较解剖学的课程。上个礼拜天，我在坎伯兰长老会教堂做了一个关于中国的演讲。一周以后，我将在全体学生和一名教师面前试讲布道文。我在下一封信中将给你们寄一个布道文的提纲。

深情的，罗伯特

宾州阿勒格尼，1896年1月2日

1898年毕业的时候，罗伯特跟宾夕法尼亚州蒂龙的丹尼尔·克洛斯

罗伯特和艾莎在杭州，1917—1918

的女儿伊莎多拉·克洛斯结婚。度蜜月时，他们乘轮船去了中国，途经欧洲，一路上不断地向家里人报告他们的历险故事。乔治在日记中写道：

> 罗伯特携妻子经过了几乎6个月途经欧洲的航行，于1898年12月到达了上海。他们跟我们一起待到了元旦，然后去了宁波。

中国的悲哀

1898 年 12 月 31 日，乔治写信给司弼尔博士：

> 我推测你已经看到了对于黄河洪水泛滥①的描述和山东传教士提出的赈灾请
> 愿……但是外国人并没有立即响应上述请愿，因为他们对于以往的饥荒似乎有
> 一个感觉，即赈灾是一个没有希望完成的任务……除非黄河大堤能够得到适当
> 的加固和维护，否则无穷无尽的灾难将会继续降临在黄河两岸人民的头上。

义和团运动

1899 年，中国爆发了一场由义和团所发起的猛烈的反洋和反基督教
暴乱。其动机就是反对帝国主义的扩张以及与其相关的基督教传教活动。
1900 年 6 月，那些相信自己是刀枪不入的义和团团民们在"扶清灭洋"
的口号下会聚北京。当时有报告说，有外国联军从天津向北京进发，试
图解救被困于京师的外国人。作为对此报告的回应，慈禧太后公开支持
义和团，并于 6 月 21 日对那些在北京设立公使馆的外国宣战。北京的外

---

① 经常性的洪水泛滥对于中华文明的摇篮产生了毁灭性的影响。

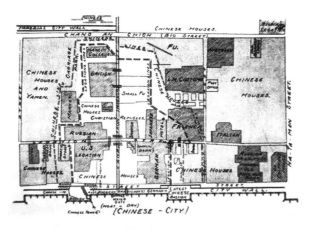

北京使馆区平面图，1900 年

交官、外国侨民和警卫人员，以及中国基督徒们在使馆区被清军和义和团团民们整整围困了 55 天。整个华北的传教士及其教区的中国基督徒们都遭到了杀戮，有的是被义和团，有的是被清军和地方政府。总共有 136 名新教传教士和 53 名儿童被杀，另外还有 47 名天主教神父和修女。据估计，总共有 30,000 名中国天主教徒、2000 名新教基督徒，还有在北京的 700 名东正教教徒中的 200—400 名教徒，在这场义和团运动中被杀害。[①]

这些数据掩盖了一个事实，即这些罹难者中包括了乔治和玛丽认识的人。跟乔伊和爱丽丝一起于 1900 年 8 月到日本避难的玛丽在 8 月 10 日从芝罘这个"中国可怕的悲哀"给她的同学们写信：

  ……我们日复一日地听说有更多亲爱的朋友被屠杀，成百上千的中国基督徒用鲜血来印证他们的信仰。我知道你们近来都读报纸上有关中国的报道，你们和成千上万的其他人都在一边阅读，一边祈祷。天空布满乌云已经有两年了。

<hr />

① 维基百科全书中关于"义和团运动"的条目。

我们许多人觉得奇怪，为什么英国和美国容忍让中国的皇帝遭到如此不堪的对待。慈禧太后及其后党们胆子变得越来越大，数月前就开始显露他们究竟要什么。但是北京所有的外国公使似乎都不愿意相信那些在京师之外的其他人看得一清二楚的事情。最终，就连慈禧太后本人也被她自己所掀起的那阵旋风的力量给吓住了；然而这已经太迟了。

大量的美国公理会传教士前往北京附近的通州去参加一次年度会议。当危险的乌云袭来之后，他们都逃往北京去避难！接着，6 月 30 日就传来了可怕的大屠杀的消息。在其后的几天中，我们紧张的心都快悬到了喉咙口。只要我还活着，就绝对忘不了那一周的情形。一群群的传教士逃出来之后，一路披荆斩棘，去南方避难。没有逃出来的那些传教士则遭到了可怕的屠杀，就连妇女和儿童也不能例外——骚乱的地区越来越广，直到上海的美国领事说，"除了日本以外，已经没有地方安全了"。无论是跨洋电报，还是陆地电报，传来的都是令人悲伤的消息。我们在美华书馆的家和办公室是来往传教士的中转站，所以我始终被"牵涉其中"。那么多催人泪下的故事！还有在这么多地方，我们有这么多亲爱的朋友。费启鸿先生好几个星期以来身体都不好，他已经跟罗伯特及其妻子和孩子去了莫干山。许多人觉得他们在那儿有生命危险。还有我的乔伊和爱丽丝准备回美国去俄亥俄州的伍斯特上学。7 月 19 日，住在莫干山上的家庭成员们都下山了。下山后的第二天，费启鸿先生就为他自己和我买了轮船票，以便能送乔伊和爱丽丝一段。我们于 21 日启程，23 日在日本跟那两个孩子告别，并且来到这安静的海边小镇休息几天。费启鸿先生已经回上海去了，我还要在这儿待两个星期或更长时间。

费启鸿夫人

玛丽还给弗里蒙特的一位朋友写了一封信。他后来发表在一份报纸上，也许就是《弗里蒙特日报》。这封信讲述了同样的事，但是包括了一个特定的恐怖故事。

战火中的北京城

　　你们是否听说过顾纯修（E. J. Cooper）先生一行人的故事？他们花了50多天的时间，从一个村子被赶到另一个村子，一路上吃尽了苦头，衣衫褴褛，遍体鳞伤，经常挨打，还填不饱肚子。顾纯修夫人在路上死于受伤和日晒雨淋。我认识她很久，对她相当了解。这些传教士隶属于中国内地会。

　　最后，由美国、英国、俄国、日本、法国、德国、奥匈帝国和意大利所组成的八国联军在第一次进军北京受挫以后，将总人数两万的军队运到了中国，并于1900年8月14日攻占了北京城，解除了对于使馆区的围困。包括上海在内的中国内地会在义和团运动中要比其他任何一个在华传教使团的损失都更大：它失去了58名成人传教士和21名儿童。然而在1901年，当八国联军要求清廷赔偿时，中国内地会拒绝接受为其财产和生命损失所支付的赔款，以此来展示基督对于中国人的顺从和温柔。①

　　后来，乔治在写给司弼尔博士的一封信中总结了在义和团运动中的传教士死亡名单：

　　【这儿的一位天主教神父】统计出在义和团运动中被杀害的天主教神父和外

---

① 同上。

国侨民人数是 33 人……义和团运动爆发之后被杀害的新教传教士总人数是 188 人。

1901 年 11 月 8 日

在战争之后

1901 年年初，明妮完成了在宾夕法尼亚大学医学院的学业。2 月 8 日，她被派到了华中教区的传教使团。她于 8 月 24 日离开了美国。

1901 年夏天，玛丽有一篇长文发表在 7 月 29 日的《字林西报》上。下面是这篇文章中的要点。

费启鸿夫人，1900 年

究竟谁是"魔鬼",我们还是他们

大约 30 年前,我们在苏州跟"常胜军"(参见第 58 页)的一位前军官访问一座大宝塔。我们在宝塔上面俯瞰全城和眺望远处的太湖,以及与之毗邻的肥沃平原,并由此想到了中国人,说到底,这是中国最奇妙的东西。

有一大群中国人跟在我们这些人后面,因为当时苏州城里的洋人要比现在稀罕得多。他们跟我们保持着一段距离,轻声地评论着我们的样貌等。我当时已经学了几个月的苏州话,能够听懂他们经常挂在口上的"洋鬼子"这句话。这位军官能说流利的苏州话,在这种情况下开始变得有点烦躁,他转向了人群中一位和蔼可亲的士绅,说道:"我的朋友,你知道孔夫子曾经说过'四海之内,皆兄弟也',所以假如说我们是洋鬼子,那你们就一定是土妖精了。"

由于我在中国已经度过了 30 年,所以"洋鬼子""土妖精"这些话在我看来就像是已经沉淀在我生命的暗流之中,但它们仍不时地会坚持冒出来让别人听见。我已经开始相信,我们这些在华的外国侨民作为一个整体,在这个话题上对于"土妖精"这部分想得太多,而对于"洋鬼子"这部分考虑太少。在华外国人已经做过的贩卖鸦片和彩票如今已经是一个太大的问题,以至于现在没人敢于提及它们。我们这些外国人是否意识到,我们的所作所为已经使上海成为罪恶的深渊?我们散布在上海的数个外国租界内,并从城里一直扩展到乡间,到处都张贴招贴画和广告,其内容足以使我们感到羞耻。其中最恶劣的都是有关外国女子的画面,但我们把这些画面张贴出去时,我们告诉周围的中国人(他们在这方面的基督教观念要远强于我们),我们并不在乎别人怎么看待西方的女子。我们是如此焦虑地想要你们买我们的香烟,以至于我们邀请你们来我们的电影院和马戏团,我们甘愿把西方的女子以你们最喜欢的任何方式暴露给你们看。我们是如此急切地要你们购买我们的商品,以至于我们甘愿放弃所有有关礼节的西方观念。为了换取你们的金钱,我们在售卖商品时还免费搭上我们的社会纯洁性。

大约 10 年前,当大型香烟广告画开始像雨后春笋般出现在上海时,我经常会去一位本地基督徒的家里，以便教他妻子认字读书。令我感到悲哀的是，有一天我发现有两张这样的广告画挂在他们的客厅里。我马上告诉他们，我很遗憾看见这些画挂在那儿。这家的老母亲本人也是基督徒，她说："这些画是我儿子刚买的，他认为它们很有装饰性。"我说："假如这群女子是中国妇女，她们穿成这样，或脱成这样，你还会挂在你的房间里吗？"她似乎给这种念头吓坏了。"嗯，"我说，"我是个洋女人，她们都是洋女人，我没脸看着她们穿成这个样子。"我下一次去的时候，这些画已经不见了。当我问起这件事的时候，那老母亲说："我把你的话跟我儿子一说，他马上就决定要立即摘去它们。"

我开始意识到，我母亲真是个充满智慧的哲学家，因为在我小时候她就教诲我，人们的眼睛是雪亮的，对我们的评价也会不偏不倚。有些中国人非常看贬洋人，而我们在他们眼中也确实好不到哪儿去。说到底，究竟谁是"魔鬼"，我们还是他们？

费启鸿夫人

1902 年 1 月 30 日，玛丽从宁波给她的同学们写信，她"来这儿是为了帮助我们的第二个孙辈，即小罗伯特，他出生于 1 月 24 日"。

我的两个女儿于去年秋天回到了我们的身边——玛丽医生（青少年时期的明妮）被派到了苏州的都克医院①……还有珍妮特……现在她在上海一所很好的私立学校任教。

---

① 该医院由明妮后来的丈夫弗雷德·都克（Fred Tooker）所创办。

珍妮特的婚姻

1903 年 2 月 4 日，珍妮特跟出生于宾夕法尼亚州伊斯顿的高伯兰（Asher Raymond Kepler）结了婚，后者是亨利·蒂尔曼和玛丽·安（巴德）·开普勒的儿子。

几天后，玛丽写信给"亲爱的 1867 届的姑娘们"：

> 珍妮特是我女儿中最先结婚的，我觉得非常高兴……婚礼是在一座中国教堂里举行的。费启鸿先生将女儿交给了新郎，而我们的儿子罗伯特主持了婚礼。

高伯兰是宁波的一位长老会传教士，他后来帮助建立了中国的基督

高伯兰

珍妮特，1906 年

高伯兰发给岳父乔治的电报

教堂。1904年5月17日，他发了一个只有七个字的简短电报给上海的岳父乔治，宣布了他们第一个孩子的出生。这个孩子也叫雷蒙德。当时发电报的价格非常昂贵，电报的费用是基于电报中的字数。直到第一次世界大战为止，宣布孩子出生的电报可以用一个五位数的密码来表示，这个密码则被看作一个字。因此，无论是在电报里，还是在密码表上，均

解读上述宣布婴儿出生电报的电码

显示密码 27136。前两个数字"27"表示婴儿于傍晚 6 点出生。"1"告诉我们婴儿是个男孩。"3"表示婴儿体重为 8 磅。而最后一个数字"6"表示"母亲平安幸福，婴儿大而强壮；万事如意"。电报中没有设置代表日期的密码，想必是因为电报必须是在出生那一天送到的。在这个例子中，日期被写作"17/5"或 5 月 17 日。填在年份那一栏里的数字看上去像是"1907"，但"7"是出生时刻"7：45 p. m."的一部分，在这个抄本中写得偏左了。小雷蒙德出生的年份是 1904 年。

在发电报和收电报时，公司名称也是用字母密码的。这个密码代表公司的名称和地址。这么做的目的仍然是尽可能地减少电报中的字数。"Coalexander philadelphia"也许是高伯兰父亲企业的电报密码。

第十三章　乔伊和爱丽丝

当乔治和玛丽在 1900 年去日本避难时，他们还把乔伊和爱丽丝送去了伍斯特，以继续他们的教育。虽然乔伊比爱丽丝大了一岁半，但他们同时入读伍斯特大学，并且在同一个班毕业。当他们在"阳坡"房里定居下来后不久，作为两位女房东之一的惠特福德小姐便给玛丽写了一封日期标为 1900 年 10 月 16 日的信。

我亲爱的费启鸿夫人，孩子们在我们家里的表现无可挑剔。爱丽丝这甜蜜的孩子正如你们所了解的那么可爱，她似乎很享受学校的功课——开朗又聪敏，具有女性的优雅。乔伊的表现也不赖，懂事又可爱，以诚恳的忠诚和勤奋开始了他的学业，而正如我所担心的，这个学业对于他来说并不容易。

上周五，有些男孩子来叫他出去玩，他并不知道他们会去做什么，就跟着去了。我肯定假如他想到了他们调皮捣蛋的程度有那么恶劣的话，那他是绝对不会去的，因为我相信按照他最好的本能，他对此是厌恶的。但他确实是参加了"白衬衫游行"，而且他们竟然还造访了"胡佛小楼"（女生宿舍）。在这些男孩所做的事情里总是有一种极端的因素，而且似乎沉迷于粗俗。

不幸的是，许多没有参与上述活动的学生同情那些男孩，而且很遗憾地说，基督教青年会和学生传教使团的有些领袖人物也在同情那些男孩的人群之列。他们怎么能自诩基督徒，而又去力挺一批把"在十字架前，在十字架前"这样神圣的赞美诗戏谑地唱成"在酒吧里，在酒吧里，我在那儿抽了第一支雪茄烟"这类粗俗歌曲的男孩呢？乔伊在第二天早上非常羞愧地把这些情况告诉了我们。虽然我坦承这几天我们的心情非常不好，但我相信这一经历对于乔伊来说极其珍贵，因为它向他显示了他自身的虚弱。

不要让你作为母亲的心感到沮丧，我觉得你的男孩通过这次了解自身的新知识，将会被提升到基督教男子气概的更高阶段和对于上帝的更深依赖。真正意义上的生活对于他来说将会变得更加有意义。

霍尔登校长说："我相信乔伊告诉我的关于他在这件事中所扮演的角色。毫无疑问，他是这群男孩子中最无辜的一个，但是当我叫他们散去时，他还是跟他们一起走了。"（第二天，当霍尔登博士问他为何没有自己回家时，乔伊回答说："因为我胆子太小了。"）

霍尔登博士补充说："我喜欢乔伊，并对他有信心，但是我相信，不给他减免纪律惩罚是为他好。"说真的，停课12天，然后参加一个对于缺失功课的考试在许多人看来是对他们过于轻微的惩罚。

乔伊对于自己学好功课的能力有很高的期待，我很高兴看到这一点，并且鼓励他要继续努力，但我怕他因学业过重而被压垮。

你忠诚的，

哈丽雅特·M. 惠特福德

乔伊写给家里的信主要是讲述他的生活费和他通过逐门逐户推销商品所能挣到的钱。他在自传《我在中国80年》①中这样写道：

放暑假的时候，妹妹爱丽丝和我经常去访问亲戚或朋友们，但是大部分时间我都是在为下一学年赚取学费。我在安大略省、俄亥俄州和印第安纳州等地推销"立体镜和明信片"，最近两个暑假是在欧洲，以便能补充从家里寄来的那

---

① 中国台湾台北：美亚出版公司，1974年，第12、13页。

安德伍德父子图片公司生产的立体镜和明信片

点收入。

立体镜和明信片结合在一起就是异国风光和人民的立体映像。这些三维画像也被称作"安德伍德游记",是一种很受欢迎的家庭娱乐方式。

1903年7月23日,他能以这样的口吻写信给父亲:

> 用暑假期间挣来的钱,我想给爱丽丝支付一两个学期的学费,以及我自己全年选学音乐的学费。这将花费大约100美元,但假如你觉得不妥,我也可以不去修这门课。我原来想在7月、8月,也许还有9月不去动用你们寄来的生活费。但假如不修音乐课的话,我在明年3月之前都可以不动用生活费。

1903年6月20日,爱丽丝满19岁。她在生日那天写了一封信给"亲爱的爸爸",告诉了他一些重要的新闻。

> 你听说在毕业典礼上他们要对你做什么事吗?也许你能猜到他们要授予你

一个"神学博士"荣誉学位①。这表明他们很欣赏你，这点儿不错，但我知道你根本不在乎这个荣誉学位。在某种程度上，我不该喜欢想象你的名字上总是挂着"神学博士"的头衔。这看起来不像你。

没过多久，爱丽丝就像她姐姐以前那样，在校园里的年轻人中引来了众多追求者。1905 年 2 月 9 日，她写信给"亲爱的妈妈"。

在你最近寄来的一封信中，你提到了礼拜天晚上的教堂活动，并且说你认为最好每次都能让乔伊跟我一起去参加，而不是有时让别人陪我一起去。我也思考了这个问题，知道你很想让我说自己的想法，当然假如你仍然这么想，我们还会像你要求的这么做。我这个学期可能做不到，因为剩下来的这些礼拜天晚上我已经都有约了。所以在春季学期开始之前，你还有时间听到这方面的消息，以及再给我写信谈这个问题。

当然，我并没有被哪个男孩子所吸引，也没有许多追求者，但是跟我一起去参加礼拜天晚上教堂活动的那些男孩子都是我认为我可以朝正确的方向施加影响力的，而且是在礼拜天晚上，而非任何其他时间。礼拜天晚上要比平常日晚上更容易使人举止庄重，并且谈论真正重要的事情。还有一些男孩倘若找不到女伴是不太可能会去教堂的，但假如有女伴，他们就会去教堂，全神贯注地聆听布道文，这样也许会得到很多的教诲。我总是试图提醒自己这是礼拜天，而且我们是在教堂里。假如乔伊和我不是一直住在一起，从而经常可以看到对方，情况就会变得不同，但就目前的事态而言，我们有关礼拜天晚上参加教堂活动的惯例既理智，又明智。你知道，当我们参加完教堂活动回来之后，我从未请男伴进屋过，或以任何其他方式搞得像是他来访，这看上去就像我是跟乔伊一起去参加了礼拜天晚上的教堂活动一样。所以这就是我的感觉，也是我所

①　伍斯特大学直到 1915 年才改名为伍斯特学院，所以此前它是有权利在毕业典礼上授予荣誉博士学位的。1903 年，乔治被该校授予神学博士荣誉学位，所以他以后就能够在自己的名字后面加上"神学博士"这个头衔了。

爱丽丝

看到的；但假如你仍然认为这样做不对的话，我们会按照你的指示那么做的。

爱你的爱丽丝

1905 年 2 月 9 日礼拜天

　　1906 年从伍斯特大学毕业之后，爱丽丝开始为一个基督教组织——也许是基督教女青年会——工作，在南方广泛旅行，访问各地的妇女协会。到了 1907 年，她写给家里的信分别来自亚拉巴马州蒙特瓦洛的阿拉巴马女子工读学校、亚特兰大的阿格涅斯·斯科特学院和考克斯学院、佐治亚州米利奇维尔的佐治亚州教育和工业学院、佐治亚州盖恩斯维尔的布雷门学院。在列举她旅行途中的各个站点之后，爱丽丝写道："再过两个星期，我将会回到【佐治亚州的】哥伦布停留几天，接着我就要为跟家人度一个长假而做准备了。"

后来，就跟兄弟姐妹那样，她回到了中国。她跟父亲住在一起，直至他于1923年去世。两年后，在1925年，她嫁给了一位名叫威尔弗里德·哈里森的英国伦敦商人。威尔弗里德死后，爱丽丝回到了美国，她于1971年去世，并被埋葬在纽约州的黑格。

第十四章 20 世纪

1895 年，日本在甲午战争中打败了中国，使得台湾成为日本的殖民地。1904 年 2 月，在俄罗斯与日本之间爆发了战争。两者都对隔在它们之间的地区野心勃勃：俄罗斯妄想主宰中国东北；而日本则想要吞并朝鲜。日俄战争一直持续到了 1905 年的 9 月。在这场战争期间，玛丽写信给日本天皇：

致日本天皇陛下

尊敬的君主：

长期以来，我一直为贵国政府在台湾的鸦片问题上所采取的方针而感到高兴。这为全世界树立了一个很好的榜样。我们美国政府的布伦特主教在一个研究鸦片问题的委员会里工作，他告诉我，没有任何国家在禁鸦片这件崇高的事业上能够与贵政府所做出的努力相比拟。然而令人吃惊的是，我刚听说，由于急需大量资金以维持目前的日俄战争，日本政府已经从禁鸦片的崇高地位上跌落，为了敛钱的缘故，已经在台湾实施鸦片使用合法化。

我恳求天皇陛下对这件事给予您个人和即刻的关注，并且再次动用禁止鸦片的那些非常公正的法律条款。贵政府从鸦片销售合法化这一过程中所获取的那些钱上面将永远带有上帝的诅咒。所以你千万别乱碰其中的一分钱。

上帝已经绝妙地祝福了您的军队，而您的国家当之无愧地获得了世界上所

上海地图，显示美华书馆在北京路上的原
馆址和在虹口的新馆址（长方形）

有其他国家给予的荣誉。然而我恳请您不要用上帝诅咒过的钱来支付哪怕是一

丁点儿这种荣耀。害怕上帝，您就没有什么别的东西可害怕的了。

　　"罪孽是对任何人的一种羞辱"，但是"以上帝为神的人是幸福的"。

非常忠诚于您和尊崇您的，

费启鸿夫人

上海北京路 18 号

由于这封信是玛丽亲笔手写的，所以有可能它从未寄出过。

成长的痛苦

　　在一段时间里，北京路的不动产设施已经容纳不了美华书馆的业务
了。1895 年 6 月 28 日，乔治写信给海外传道部：

当我们刚买下现有不动产的时候，其空间要远超当时的需要，然而美华书馆的业务量一直在不断地扩大，以至于现在我们要不断地腾挪闪避，以创造更多的临时空间。假如我们还要继续扩展，那我们就必须很快得到更多的空间，否则就得停止生长。假如我们等待，直至必要性压在我们头上，届时也许已经没有可能在周边地区购买土地，或是地价已高得令人望而却步。在美华书馆西面与我们相邻的一处地产最近被出售，而且在那儿盖起了许多中式房屋，因此给我们带来了极大的火情威胁。假如我们东面的地产也发生同样的情况，那么我们的大楼将会受到火情的极大威胁，而且我们地产的价值也会被降低。而在这个地产上的建筑物……尽管并非完全为我们的目的而建，然而只需经过稍微的改动，便可很好地为我们服务。

相信此事将会引起海外传道部的尽快关注，并祈祷将会达成一个正确的决定。

谨致问候，

费启鸿

金多士

到了 1896 年 1 月 19 日，这个提议似乎已经被否决。在那个地产的主人已经提价之后，乔治再次给海外传道部写信：

……正如我在上一封信中所提及的那样，在过去的 6 个月中，这儿的地产价格已经提高到了原价的两倍至四倍。从凡人的角度出发，我对于是否能获得这块地产几乎已经失去了希望。然而我接受的理念是一切都来自上帝，深知他理解我们的需求。

到了 1899 年 2 月，乔治已经有了扩大美华书馆的一个新计划。他写信给司弼尔博士：

我现在必须报告，我已经购买了一块地皮，尽管它并不是我以前想要得到的那块地皮，因为那块地皮已经落空。我已成功地购买了另外一块更大的地皮，并且是在一个更为理想的地点，而且那块地皮上并不是坟墓或任何其他障碍物。它的面积超过了 20 亩（约两英亩），全部价格为 6625 元鹰洋。这一款项超过了美华书馆目前在银行的存款，所以我已经跟银行做出了安排，以允许我们若有必要，在数月内可以超支最多达 3000 美元，而且不需要其他的抵押物，而是完全凭借美华书馆的好名声。国库基金是不能够以任何方式被挪用的。我希望届时美华书馆能够全额付清，这样就能为未来的发展打下珍贵的基础。我曾经跟美国总领事有过一个谈话，他向我展示了一张地图，上面画出了他准备得到，以便成为新的美租界的区域。我在上面提及的那块地皮就位于那些新租界之内。

我们的想法是，过一段时间以后我们将在这块新地皮上建造一座二层楼，以作为我们的印刷厂和装订车间等，并在那儿或英租界内，海关和银行附近的其他地方持有一个城市仓库。目前这块新地皮还应该被填高两英尺，按照目前的价格，这样做将会花费 1200 两白银或 1600 元鹰洋，但我怕到了我们能够支付这笔钱的时候，价格又会往上涨。

无论如何，在得到海外传道部的完全批准之前，目前并没有提出任何建议。

关于建立监理会—长老会书局的提议

我亲爱的司弼尔先生：

不久前当我站在银行里的时候，同时也在那儿的【监理会】潘慎文自发地跟我谈起了他的一个想法，即把他们准备要创建的新书局跟美华书馆合并。这个想法对我来说很新颖，起初使我感觉很吃惊，我以为他们想要一个有很强监理会特征的书局。此后不久的一个晚上，我去了潘慎文的家里，跟他进行了一次更长的谈话，以讨论新建书局一事。他在这次谈话中还告诉我，他曾经跟你在纽约讨论过这件事。我越思考这件事，就越觉得它很有吸引力，条件是必须设计一个实用而可行的管理方法。要让代表各自传教使团，权力相等的两个人来管理新书局，最后几乎肯定会造成摩擦和纷争。可以选择成立一个董事会，从两个传教使团获得人数相等的董事成员，以作为顾问委员会，但真正的管理只能出自掌握实际权力的一个人，或一个传教使团之手。

五万美元金币对于在上海开办一个新书局来说，并不能算是一笔很大的资本。但假如再加上美华书馆的大楼和相关设施，便可以把这个新书局建成为在中国具有绝对优势的大书局。我们正在推出美华书馆去年的财务报表，有些数字确实令人感到震撼。我们的生意从 1897 年的 98,303 美元增加到了 1898 年的126,643 美元，即提高了超过 28,000 美元。工资提高了 3000 多美元。（欠美华书馆钱的）各种欠债人欠债超过了一万。而我们的损益账显示有 1,397,161 美元的利润。而此前年利润最高的年份是在两年前，数目是在 8000 美元至 9000美元之间。

我之所以特意提及这些数字，是为了显示我们正在增长。正如传教工作必然会扩展那样，美华书馆也必须扩展。但是在我们目前的馆址上根本就不可能有更大的扩展。我们必须准备花一大笔钱在新购买的那块地皮上建造新的楼群；或者我们必须跟监理会的传教士兄弟们联起手来，以便大大地扩展我们的出版事业；或者我们必须在现有基础上尽力而为，这样也许会让其他人超越我们。我们应该为广泛的出版需求做好准备，因为毫无疑问，当中国人重新出发时（关于这一点已经确凿无疑），将会有大量的文献问世，其规模全世界闻所未闻。

假如我们的监理会兄弟们靠自己的力量来创办一个书局，他们将会遇到很多的障碍。美以美会兄弟们的经历将向他们显示，办一个传教使团的书局绝不是一件轻而易举的事情。要办好一个传教使团的书局一般都是一个缓慢的发展过程。因此，假如能有两个不同教派的传教使团联手开办书局，而且能避免摩擦和忌妒的话，这对于联手双方来说，都将会是一种极大的帮助，而且可以更加明智地管理费用开支，而不是分别有两个相互竞争的书局。

到了 12 月，乔治已经确认，上述开办联合书局的计划已经落空。他写信给海外传道部：

我们的监理会朋友们最近在苏州召开了他们的年度会议，然而他们并没有采取步骤，以便跟我们联手建立一个位于上海的联合传教使团书局。在【美国的】监理会总部，人们强烈地认为，他们的教派应该有一个隶属于自己的书局。而这显然也是美以美会传教士们的感受。因此我强烈怀疑建立一个联合书局的计划是否能够在上海实现。

1899 年 3 月 31 日

美华书馆新馆计划

建立联合书局的计划落空之后，乔治促使海外传道部批准他提出的

四川北路的美华书馆新馆址（长方形）和
多伦路上的鸿德堂（钻石形）

在新购买地皮上建造楼群的计划。

　　美华书馆楼群的使用空间目前已经达到了极限，这样的现状毫无理由：倘若我们已经做好了准备，为何书馆的发展不能够无限期地进行下去？容器已经满了，再想把东西装进去也是无济于事。我们应该至少有 10,000 美元金币，才能在新馆址上建造起新的楼群。我们应该把印刷厂和装订车间放在新的大楼里。而现有的这个楼可以改造成办公楼、销售部、宿舍楼等。上海没有再比美华书馆的现址更好的位置了，放弃它，把它做总部太不值了。

　　海外传道部难道不能再认真考虑一下这件事，并决定应该怎么做吗？即使监理会的兄弟们加入进来，我们也没有理由可以松懈，而是要变得更加努力。在中国这个地方一点儿危险也没有，只有提供机会，并将提供越来越多的机会，我们怎么努力工作也不会过分的。

1900 年 4 月 5 日，乔治便已写信告诉海外传道部：

　　最近我已经签订了把新馆址的地填高两英尺的合同。它将会花费 1450 元鹰洋。我之所以现在就把这件事先做了，是因为同样的活儿恐怕在不久的将来价格会上涨很多，而且能在造楼之前把这块新地皮弄平整了，并同时消灭了疟疾，这多好啊。而且这也会使那块地皮增值不少。

所以现在根据摆在面前的这些事实和数据，我相信海外传道部将能够理解我们的需要是多么的重大和紧迫，也许会设法募集必要的经费。这全是上帝的功劳，他会视情况需要而准备好这笔款项。

窘境

乔治经常充当整个传教士社区的发言人。1901 年 4 月 5 日，他禁不住写信给司弼尔先生：

你无疑已经知道了中国（可能还有印度和其他地方的）基督徒和传教士联盟中传教士的一些抱怨。事情似乎不应该这样被继续拖下去而没有任何抗议声，倘若私下的抗议并无效果的话，那就应该是公开的抗议。如果他们知道因经费

从左至右依次为：美华书馆小教堂、美华书馆新馆址、本地牧师的住宅

缺乏，自己将会面临何种剥夺，这些传教士肯定是不愿再到中国来了。对于那些只能领取仅够维持生活之薪水的人来说，倘若他被迫在 6 个月或更长的时间里连这点微薄的汇款都拿不到（就像许多传教士所经历的那样），这样的待遇肯定是不公正的。我们差会一些传教士所讲述的故事是极其可怜的。他们被迫向本地的中国人借钱，当掉了家里的所有财产只是为了换点食品，而且在许多情况下，处于最窘迫的境地。除非做什么事情来缓解这种窘境，否则我将建议写信给纽约州的无党派参议员，用自己的名字，以说明真实的情况。我意识到已经有人发表了孤立的声明，但这远远不够。公众应该被告知，这些长老会的传教士是如何在一个错误的印象下来到中国，接着就被抛弃，而几乎沦为饥民。请告诉我你们的看法。

值得欢迎的消息

我亲爱的司弼尔先生，你 5 月 11 日的来信给我带来了值得欢迎的消息，即海外传道部决议批准了给美华书馆贷款 20，000 美元，利息为 4%，10 年后偿还，以建造新的楼群。这一消息给我们的心里带来了巨大的欢乐。我很高兴看到，委员会的报告是被"全体一致通过的"。我注意到委员会所提出要注意的事项，如建筑基础、边墙，等等，我将对此给予特别关注，打好基础，建好新楼。另外还有楼房在建期间要买保险的指示也会得以遵守。

每件事都会在一流的建筑师指导下来完成。我也会将许多事务性的工作尽可能地转交给金多士先生和杜礼思（Clatence Wilson Douglas）先生，这样就能把我更多的时间花费在建造新楼一事上来。

美华书馆的工作已经在加速发展，然而还需要一段时间才能使其业务恢复到战前的状态。我们的一台大型印刷机现在已经被闲置很长时间了，因为订单不足以使这些印刷机都开动起来。当传教士都回去工作，并已经定居下来的时候，我们又要开始忙碌起来。

1901 年 6 月 20 日

1901 年 11 月 8 日，乔治这样写信给海外传道部：

我们已经以 28，000 两白银的总价格为建造美华书馆的新大楼签订了合同，上述价格囊括了一切，包括一座长 160 英尺，二层楼高的主楼。其基础和墙壁大而坚固，足以承受第三层楼，以及一个作为装订车间的长 150 英尺的单层附属楼，假如有必要建的话。

后来，如第 279 页照片所示，在主楼的左面添加了一个小教堂，以及主楼右面的工人住房。在日期标为 1903 年 9 月 9 日的一封信中，乔治又告诉司弼尔先生："你将会有兴趣提前知道，于 6 月 30 日结束的前一财年我们的全部产出是 76，280，594 页。"

回国休假

1905 年，乔治向海外传道部请求允许自己在规定期限前回国休假。他首先说明在中国传教使团生活压力这么大的情况下要熬过 8 年实在是太不容易了。另外，他的假期必须跟美华书馆的金多士和其他人的假期错开。尤其是他想要把假期的开头和结尾都放在夏季，这样他就可以有更多的时间在伍斯特多陪陪仍然在那儿读书的孩子们。在他的日记里，乔治写道：

> 玛丽于 1905 年 5 月 2 日离开了上海，回美国休假，以便能在洛斯加托斯待两个多月的时间，直到 7 月 8 日。

当玛丽在访问乔治的哥哥詹姆斯和她自己的姐姐简的时候，这对夫妇于 1905 年 6 月 17 日庆祝了他们结婚 43 周年。过后不久，在 7 月 3 日，玛丽写信给她的 1867 届毕业班同学们：

> 我们提前了一年回国休假。费启鸿先生上一次回国休假时间很短。你们是

"鞑靼号"客轮及其餐厅

否可以想象我回到大洋这一边，重新踏上故乡之土的感觉？即便是在中国，我也不必用任何爱国情绪来激励自己，然而今年一想到我真的回到了故乡，跟我自己唯一的姐姐在一起，一股亲切感油然而生！我很清楚我的乔伊正在英国，我的爱丽丝在俄亥俄州，我的罗伯特、珍妮特和明妮在中国，而我的丈夫也许刚刚离开他们，以便与我在这儿会合——所以从这个意义上来说，我是孤独的，但是我住在这儿却很高兴，因为我一直惦念着这块故乡的土地。

我的乔伊和爱丽丝明年（1906年）6月将从伍斯特大学毕业，然而我希望佩恩斯维尔女子神学院的毕业典礼至少要比伍斯特大学的毕业典礼晚一周左右，假如两者都在同一周内举行，我不知道我怎么能从伍斯特离开。我的两个孩子将难以宽恕我，然而我将祈望我们能有一个盛大的聚会。

乔治于 1905 年 7 月 15 日到达了美国，而到了 8 月 5 日，他写道：

我要写的是，我于上周五到达了这个城市，途经温哥华和波特兰，在后面这个城市我停留了两天，以参观博览会。① 我乘坐"鞑靼号"轮船在海上经历了一段愉快的航行，它就像可以被固定在海上那么平稳，我可以最亲切地推荐它。但有时海上会起风浪，而"鞑靼号"上也许装有一些货物，在这种情况下，它滚动得很厉害，使船上的乘客都感觉很不舒服。

我期待后天去洛斯加托斯，并在那儿住上两三周，然后再去伍斯特。

明妮和珍妮特

1906 年 1 月 31 日，明妮写信给她"亲爱的小妹妹"，话题是有关珍

---

① 1905 年，俄勒冈州的波特兰举办了一个博览会，以庆祝路易斯和克拉克考察队远征一百周年。

妮特对学医的兴趣。

除非你已经不由自主地被它所深深吸引，否则绝不要去尝试；因为尽管学医在我看来是一种幸福和引人入胜的生活，但它是如此地充满了责任。你手里往往握有生死大权，而且你会意识到，假如你知道得更多——假如你能够利用所有的机会，你就能带来"生命"，但是假如由于你的无知，或是疏忽，那你带来的就是"死亡"——那太可怕了。也许你要负责任的只是你的盲目，或许你本应该让一个颇具价值的传教士回国休假的，但你却没有。我经常在下班回家后，在心里说（这一点我从未对别人坦白过）："哦，主啊，我真烂——我真烂；我不想做医生。"

毕业

1906 年 6 月 14 日，爱丽丝和乔伊都从伍斯特大学毕业了，她是一个文学士优等生，而他只得了一个理学士。乔治和玛丽离开了洛斯加托斯，前往奥克兰，并于 1906 年 9 月 29 日搭乘一艘轮船回中国去了。在一封写给孩子们的信中，他对于年初遭受过地震和火灾的旧金山的"荒凉"进行了评论。在玛丽最后一次见到她姐姐简·麦克莱伦之后不久，简于 9 月 16 日在洛斯加托斯去世。

明妮

1907 年 1 月 23 日，明妮嫁给了同工都克（Frederic Jagger Tooker）医生，后者出生于 1871 年，是美国国家蔗糖精炼公司董事长都克（Nathaniel Tooker）与安娜·克里斯蒂娜（·丹福斯）·都克的儿子。这两位医生用都克父亲捐赠的 25 万美元，在湖南省的湘潭建造了一个拥有 100 张病床的医院。

次月，乔治在给孩子们的一封信中写道：

> 饥荒变得越来越肆虐，从华北传来的消息简直令人心碎。经费正在源源不断地涌来（迄今已有大约 20 万元鹰洋），运来的还有面粉。但是大部分粮食对

明妮，1901 年

都克

于成千上万的饥民来说，来得太晚了。可怜，真是可怜的人民。

在美华书馆的入室行窃

1908 年 7 月 14 日，乔治写信给海外传道部秘书司弼尔：

我想我还没有提及过最近在美华书馆发生的两次资金盗窃案。第一次盗窃案发生在印刷厂，一名男子捅开了二楼的百叶窗，打破了玻璃，闯进了首席工头和财务主管王先生的办公室。进入办公室之后，那个贼撬开了办公桌放有一部分钱的一个抽屉，拿走了大约 144 元鹰洋。保险箱和里面的钱都没有被动过。不久之后，一个贼进入了北京路老馆址一楼的一个房间，他是先锯断了 0.75 英寸粗的铁栅栏，然后拿掉一块玻璃，再从窗口钻进去的。他成功地拿到了 170元鹰洋，撬开了一个抽屉，但没能撬开另一个抽屉。于是他便把桌子翻过来，把钱从抽屉的顶部晃出来。保险箱和里面的钱又是毫发无损。因过于匆忙，那个贼把锯子和锯掉的铁栅栏留在了现场。过去这一年多来，公共租界的各种抢劫和盗窃案层出不穷，其中有些案子极其大胆和成功。我不知道这两位买办居然会把钱放在桌子抽屉里，否则我会明令禁止的。这又是一个"在盗窃之后"值得评说的案件。没人想到保护窗户的铁栅栏居然会被锯断。贼爬进房间的那扇窗就在金多士先生房间楼梯的下面，那儿很隐蔽，贼可以在那儿慢慢地撬桌子的抽屉。他没有带走我们能发现的东西，而且没能拿走抽屉里所有的钱。

经济衰退中的上海

乔治的信紧接着转到了另外一个话题：上海的经济衰退。这跟 1907 年的华尔街恐慌有关，后者被认为是 20 世纪第一次世界性的经济危机。

许多年来都没有像过去这一年多这样生意萧条了，因为上海是一个口岸城市。今天我跟一位中国朋友（一个富裕的裁缝）交谈，他跟我讲了南京路上的两位裁缝，其中一位裁缝已经关闭了自己的店铺，因为在过去一年多的时间里他亏了大约两万元；另一位裁缝也即将关闭店铺，因为他亏了三万元。真实情况是，有许多房子前面挂出了"出租"的招牌，而以前这些房子都很抢手，得付 600—1000 元的中介费，才能租到这样的房子。也就是说，你得向控制房租的那个人发 600—1000 元的额外奖金，才有机会住进这些房子。现在事情已经颠倒过来了。这是中国人中间的情况。在外国人中间，情况也同样糟糕。虽然人们希望会很快恢复以往的繁荣，然而华西和华南的洪水，以及部分地区的干旱，基本排除了情况很快会变好的希望。

乔治的事故

1910 年 4 月 18 日，乔治的助手金多士写信给司弼尔先生：

您将会很遗憾地听说，费启鸿博士上周三遭遇了一次严重的事故。他在一条颇为拥挤的大街上骑自行车时与两辆黄包车相撞，他在摔倒的时候，右大腿骨骨折。同一天下午，他的右大腿骨已被接上，目前康复情况良好。他现在住在各种现代医学治疗设备齐全的综合医院里。

7 月 13 日，乔治本人已经能够写信给司弼尔先生：

谢谢你对我的事故所说的客气话和所表示的同情。我现在已经出院几乎两周了，骨折的地方似乎快要痊愈，身体各方面都有改善。我走路时仍然需要两根拐杖，但各方面情况都显示我最终能完全康复。

乔伊的结婚

　　直至他父母于 1905 年回美国休假，乔伊都没有承诺要以传教士的身份回中国。正如他在自传中所写的那样：

　　　　我一直期待要以某种身份回到中国去。我的想法是要去做生意，这样我就可以保证父母能享有养老保险。由于他们的薪水微薄，以及我家三个最大的孩子已经成为传教士，我怕他们退休时会发现自己没有得到足够的照顾，尽管事实上父母很有信心，"主将提供一切"。①

艾伯塔·卡斯特林·肯普顿，1917—1919

乔伊，1917—1919（美国杜克大学授权使用上述两张照片）

① 《我在中国 80 年》，第 15 页。

然而，在他和父亲一起参加了一次学生自愿者会议之后，乔伊改变了主意，所以 1906 年从伍斯特大学毕业的时候，他在纽约市的协和神学院登记注册。在一次去英国的销售之旅中，他遇到了来自瓦萨学院的一名女学生，名叫艾伯塔·卡斯特林·肯普顿，她是宾夕法尼亚州西费城路易斯·S. 和莉齐·E.（C.）肯普顿的女儿。1910 年 8 月 3 日，在他被按立为牧师之后，他们便结了婚，然后把家搬到了上海。乔伊在那儿开始为中国的基督教青年会工作。

辛亥革命

1911 年爆发了另一次起义。革命者对清廷的腐败和外国列强对于中国的蚕食而感到不安，并且对满族人对于汉族人的统治感到愤怒。就连传教士也不能幸免。乔治的女婿，珍妮特的丈夫高伯兰因中流弹而受伤。在写给海外传道部的一封信中，乔治提及了这一事件。

高伯兰先生在住院治疗一周以后，现在身体已经有了很好的恢复。在他住院期间，有三颗炮弹落在了医院里，但没有造成伤亡。那颗子弹头是一颗滑稽的小球，从他鼻子附近穿过嘴巴，从另一侧耳朵后面的脖子后面射出，但紧接着又射入肩膀，并被卡在后背处，后来它就是从那儿被取出来的。在整个过程中，子弹头都没有碰到骨头，不是贯穿嘴巴，而是在嘴的上面。他的左耳是聋的，左脸是麻痹的，而且他的脸是歪的，但是他说话没问题，并且恢复得很快，尽管我认为左脸麻痹是永久性的，除非现代科学能够再次把那些神经梳理清楚

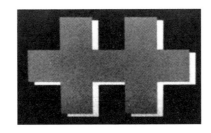

双十节的标志

和连接起来。

1911 年 10 月 10 日（双十节），武昌的临时政府发表了一个独立宣言。武昌起义推翻清廷，结束了在中国长达两千多年的君主统治，并迎来了民国时代（1911—1949 年）。

辛亥革命的结束是以 1912 年紫禁城里的溥仪皇帝下台为标志的。这也导致了中华民国在 1912 年 1 月成立。[①] 然而它并没有导致敌对行动的完全停止。1913 年，又爆发了争夺上海附近江南制造局和吴淞口炮台的战斗，这有时被称作"二次革命"。1913 年 1 月 13 日，乔治写信给海外传道部：

> 到达了我们在南门的地产以后，我发现有好几发炮弹已经击中了那处场地的不同部分，还有一些子弹的弹痕，然而还没有造成重大的破坏。有一颗炮弹穿透了鲍氏纪念教堂的铁皮屋顶，并在刚穿透屋顶时就爆炸了。我在天花板上数到了 16 个由弹片炸出来的洞，但是这些洞都是很容易就能补好的。有一颗炮弹击中了孩子们做游戏的场地，但触地反弹，不知所踪。薛思培先生家的阳台，就在孟传真（Thomas H. Montgomery）先生的卧室外面，也被子弹或弹片击中了三次，其中两次的弹头或弹片进入了那个卧室。没有造成真正的伤害真是幸

① 同上。

运。

昨天晚上，首次外面没有发生战斗，我们相信战争快要结束了。这场战争是一场人们可以想象得到的最荒唐、最混乱和最愚蠢的战斗。没有人知道伤亡人数有多少，而且我怀疑永远没人知道这一点。

费启鸿夫人已经跟姑娘们上了牯岭，即使她想要离开也做不到。她们位于很高的山上，然而我很高兴她不在这儿，不必经历那炮火连天的四个晚上的压力，不必想象战争所造成的所有痛苦的后果，也不必知道有成千上万的难民逃进了外国租界避难。我们组织了委员会来照顾这些难民，并试图为他们找到能够躺下来休息的地方。幸运的是，那几天都是温暖的晴天。倘若天降大雨，难民们将会更惨。

你真诚的，

费启鸿

九江暴乱

在那个 7 月，乔治也给玛丽写了一封短信，讲述了离她不远处的九江也爆发了战斗。

昨天从九江传来消息，这消息有点令人吃惊。在北洋军和北伐军之间发生了激战！我还听说那儿的电线被割断，以至于关于暴乱的新闻传不出来。我不认为他们会干涉牯岭，但这可能会阻断你们的给养供应。然而我并不为此担心。我认为牯岭上的有些人是可以从某些山头看到下面的战斗的，只要他们知道北洋军和北伐军之间已经开战。今天早上，似乎暴乱已经全面爆发。如果八个省份都已经易手，那形势肯定是非常严重了，即使北洋军赢得了战争，我怕在成败尘埃落定之前还会有很多事情发生。

《字林西报》今天早上有来自牯岭的长篇报道，那儿的远景当然并不光明。你说以前从未离一场战斗那么近的说法是错的。你忘记了在江南制造局的那场战斗！我们并未听说那场战斗，因为它微不足道。在江南制造局的战斗今天凌晨3点已经打响。大炮小炮火力全开，而且噼噼啪啪就没有停过。据说中国人纷纷逃离内城，拥入了租界避难。有人建议搭棚子以安置难民，我希望此事能够办成。

又是一个枪炮声不断的夜晚。我们不知道发生了什么事情，也不知道结果如何，然而叛军似乎完全被打垮了。枪炮声已经慢慢地安静下来，看上去这场战争似乎真的快要结束了，至少在上海的战斗即将结束。

乔治的信仰

到目前为止，我们并未涉及多少关于乔治宗教信仰或他对于世俗活动的态度等内容。但是这些内容都反映在下面这封充满真情的写给爱丽丝的信中，后者当时正在欧洲旅行。

最亲爱的爱丽丝：

现在是周六的晚上，我刚下楼来到办公室，想用打字机来跟你聊聊天。

你2月26日的信今天下午我就收到了，但我直到晚饭之后才有机会看到信的内容。你想听听我的想法吗？我看了你的信觉得很悲哀。一段时间以来，我每次读你的信都有相同的感觉。歌剧、音乐会、音乐、娱乐和寻欢作乐。每当我想到你现在的生活时，《圣经》里的话语一次又一次地出现在我眼前："但那好宴乐的寡妇活着的时候就是死的。"① 我担心你的精神生活，以及它从上述那些娱乐活动中获取的营养。在我看来，很多此类娱乐活动，尤其是歌剧，具有完全熄灭你灵性生活的趋向。音乐作为一种娱乐方式是不错的，尤其是当我们用它来颂扬上帝的荣耀时。可是单纯作为一种成就，仅用其取悦别人或满足我们的虚荣心，它就变成了一种确凿无疑的危险。

当然，我意识到你需要休息，而且并不怀疑你经常会感到寂寞，不知道自己该做些什么。但我很想知道你是否真正采用正确的方法来满足你的需求。毋庸置疑，用世俗的眼光来看，你有一个很好的机会。然而我们的救世主是怎么看的呢？所有这些娱乐生活对于你未来的生活和工作会产生什么影响呢？我有时担心你的小提琴技艺也许对你来说是个陷阱。而现在，我亲爱的女儿，我知道这会使你感到难过，而且我很同情你难以割舍上述这些娱乐形式的感觉。但我希望你拿着这封信，把它摊开在上帝面前，问他你应该怎么做。我知道你在某些方面跟我很像——不太愿意用说或写的方式把你的内心想法跟人交流。所以你将许多东西隐藏起来，使别人看不到你。但是我们知道上帝全知全能。你可以跟上帝推心置腹地交流一下，并确保每天只获取上帝所喜欢的东西，即使它有违于你的自然爱好。我有时认为我们很容易忘记基督的这句话："若有人要跟从我，就当舍己，天天背起他的十字架来跟从我。"②所有这一切都是不容易的。

现在我将说"晚安"。我的祷告已经包含在这封信里了。你妈妈和我在天父面前一直将你拥在我们信仰的怀里。愿上帝最大的祝福永远与你同在。并且愿他让你一路平安。

永远怀有一颗充满爱和关怀的心。

上海，1913 年 3 月 15 日

这封信的签名是"爹地"（Daddy），而非通常的"父亲"（Father）。

---

① 《新约·提摩太前书》5：6。（译者注）
② 《新约·路加福音》9：23。（译者注）

第十五章　晚年

乔治一定是在 1913 年退休的，很可能是在年底。1914 年 2 月 14 日，金多士写道：

> 我们借此机会来称颂费启鸿博士所完成的工作是非常合适的，尤其是这 25 年来他成功领导了美华书馆的活动，另外还不要忘记他已总共在华服务了 44 年。在 1914 年 2 月 12 日写给在华传教使团的一封信中，海外传道部在提及费启鸿博士退休一事时，这样写道："本部想要记录在案我们对于费启鸿博士长期而引人注目服务的感激，通过这一服务，他使自己成为在华所有传教士都感到亲近的人，他所服务的不仅是美华书馆和海外传道部属下各个传教使团，而且还有美北长老会属下各个教堂的成员。"
>
> 我们所有人都会想念费启鸿博士对于传教工作中更广泛和更重要问题的良好判断力和知识，但是我们希望在那些与他齐名的重要工作中，以后仍然可以从他的经验和同情中获益。[1]

乔治和玛丽很快就踏上了途经欧洲返回美国的长途旅行。他在日记

---

[1] 金多士：《美华书馆 70 周年馆庆》，1914 年 1 月。

中写道：

1914 年 1 月 17 日，离开上海，途经科伦坡前往美国。在香港和广州待了 10 天。接着，途经马尼拉和新加坡前往科伦坡，在【？】待了 10 天。接着去了塞得港、开罗、耶路撒冷和希伯伦等。从那儿又去了那不勒斯、佛罗伦萨和罗马。在卢塞恩跟艾萨及其孩子们一起度过了三个星期，然后乘船沿莱茵河去了海牙。从那儿去了伦敦，并在牛津待了数周的时间。从那儿去了格拉斯哥，并在爱丁堡与爱丽丝见了面。于 7 月 4 日离开伦敦，前往纽约。在诺斯菲尔德待了两三个月。访问了弗里蒙特，接着又去了帕萨迪纳，然后又去了伯克利和洛斯加托斯。2 月份参观了巴拿马的世界博览会。1915 年 3 月初离开美国回上海，3 月 31 日抵达上海。

回到中国后不久，乔治于 1915 年 4 月 12 日给司弼尔写了一封信。

我再一次地回到了亲爱的古老中国，非常高兴回到上海。不能像过去那样一下子就坐进北京路 18 号那个办公室的偌大座椅，似乎感觉还有点怪异，然而我很高兴还有机会做一些过去没有时间做的其他事情，而且对于美华书馆其他人的某些方面也许还能有一点帮助。美华书馆小教堂目前的状况不太尽如人意，我希望能为改变这种情况做更多的事情。还有，虹口教堂遇到了一些麻烦。俞国桢牧师和我对于他们来说也许还有点帮助。这是一件相当微妙的事情，即试图与中国牧师们进行合作，因为现在他们越来越看重独立性，并自然而然地憎恨任何似乎有干涉嫌疑的事情。还有，我很高兴能参加传播福音的工作，尤其是在浦东地区，那儿本来就被规定是美北长老会巡回传教的地区。

还有一件比较微妙的事情是我们的房子问题，因为我们退休后跟美华书馆脱离了关系，也就意味着没有理由再占据美华书馆的房子。然而我们目前似乎没有其他地方可住，因为在过去 25 年中，我们都住在北京路 18 号第三层楼的

乔治在其办公室里，1917年（杜克大学甘博照片收藏授权）

同一个房间里。美华书馆出于生意上的考虑，想要得到所有它有权拿到的钱，所以它把这些楼里可出租的房间都视为自己正当的财产。倘若这个道理站得住脚的话，那么【我们】将无房可住，因为没有用于租房的拨款，而且要通过正常的渠道租一个房子也需要一定的时间。

日本目前向中国提出的要求已在中国人中间引起了巨大的激愤和动乱，倘若中国的年轻人，尤其是学生，达到目的的话，那么很快就会爆发战争。但是我相信，明智的忠告在北京将会占据上风。而且我相信和平仍将继续。"爱国基金"号召大家捐钱，基督徒们很可能会纷纷捐钱，但他们并不喜欢将捐款用于购买武器，并将国家推向战争，可是假如不捐钱的话，他们可能会被别人称作不爱国。他们今天将会开会，以便讨论这件事。

我们虽然感到有福，能再次回到中国，但我们发现中国人教堂的现状多少有点令人担忧。然而总的来说，这是美妙的时光，而且有非凡的机会。最重要的是要知道该如何引导所有这些新的力量。

致以亲切的问候，

你真诚的，

费启鸿

济良所

乔治和玛丽都参与了创办 1900 年成立的济良所，这是一个救助和改造中国妓女的慈善机构。它很快就发展成为一个多用途的避难所，以接纳被遗弃或逃离家暴的妇女、姑娘，有时还有男孩子，另外还有一些因亲戚们不能够或不愿意照顾而被送到济良所来的孤儿，一旦济良所认为他们需要抢救，也会被接纳。[①]

詹姆斯·费里斯·费奇之死

乔治的哥哥詹姆斯于 1915 年 11 月 22 日在加利福尼亚州的洛斯加托斯去世，离他们上一次见面还不到一年。

[①] Sue Ellen Greenwold, "Encountering Hope: The Door of Hope Mission in Shanghai and Taipei, 1900-1976." Dissertation, Columbia University, 1996.

费启鸿夫人之死

1918 年 10 月初，玛丽在牯岭访问珍妮特的时候患上了肺炎，并于该月 12 日因病去世，享年 70 岁。她的遗体被带回了上海，并被埋葬在八仙桥陵园①。那块墓地原来的编号为：Sec. S, Lot 283。乔治在他的日记中写道：

> 玛丽于 1918 年 10 月 12 日在牯岭珍妮特的家中去世。她于 10 月 22 日在上海下葬。她去世的时候我并不在上海，因为当时离开了她、珍妮特和其他孩子们，去了青浦。乔伊在浦东用电报告知了我这个悲伤的消息。我俩当晚就离开上海，去了牯岭，而罗伯特稍晚些时候也赶到了那儿。我们将她的遗体带到了上海，并将她下葬在八仙桥的旧陵园。

有一个传记条目是这样描述在华的玛丽的：

> 费启鸿夫人（"Marmsie"）身高五英尺，是一个身材小巧的女子。除了完成她作为母亲和国际女士的职责之外，她还在家里组织了一个每周一次的女子圣经班。她还帮助建立了一个救助被弃女婴的机构，取名为济良所。她还编辑了一本题为《远东妇女工作》（*Women's Work in the Far East*）的季刊，另外她还翻译了一些赞美诗，并且出版过两小本她自己的作品。在 1905 年她重病卧床

---

① The Eight Immortals Brisge Cemetery (Ba Xian Qiao, also known as "Pahsinjao")

19世纪八九十年代的上海八仙桥陵园

的一个月之内，她还创作了大量的诗歌作品。她一生所承受的压力最终摧毁了她的健康。虽然她的身体非常虚弱，不得不卧床休息，医生严格规定她身边不能有书写材料，然而她的大部分诗歌作品就是在这段时间里完成的。它们都是写在偷藏在床单下的小纸片上的。她曾积极参与了差会附近一所长老会男校的建设，并且有一次曾经为一名因淘气而差点被学校开除的小男孩求过情。这个小男孩长大以后成为一位伟大的基督教平信徒和政治家。他就是中华民国驻美国大使董显光（Hollington Tong）。他从未忘记过这一改变他人生的善举。"Marmsie"经常被提及是一位在中国最受爱戴的女性。①

当玛丽去世的消息传到美国，海外传道部于 1918 年 10 月 21 日准备了一份表示敬意的传略，其结尾就是下面这段话：

费启鸿夫人是一位不知疲倦的传教士同工。她温文尔雅的性情、深重的献祭、祈祷和信仰的精神、不倦的热忱、交谊的天赋、对于救世主及其信徒的忠诚，以及对于全人类的服务，使她无论走到何处，都会成为一种向善的力量。她是许多勇敢的传教士事业上的朋友，这些传教士将会想念她信仰、希望和爱的力量。她的五个孩子全都回到了中国，并参与了在华传教士的服务。对于这

---

① "Mrs. Mary, 'Marmsie', McLellan Fitch," undated typescript, probably by Geraldine (Townsnd) Fitch, wife of George Ashmore Fitch.

五位孩子，对于费启鸿博士这位最受尊敬的资深先驱传教士，对于华中传教使团、在华和在美的长老会教堂，所遭受的损失，海外传道部致以真挚和深切的同情。

1919 年 1 月 14 日，乔治对海外传道部发布的颂词做出了回应：

非常感谢你们 10 月 21 日那封仁慈和充满同情的信，这封信与在华传教使团 25 日的来信我们直到几天前才收到。是否能请你向海外传道部表达我的感激之情，首先感谢他们非常友好的纪念仪式，其次是感谢由梅里尔博士为我和"所有分享这一损失的人"而引领的祈祷会。所谓"分享这一损失的人"包括了大量的中国人和外国人，因为我从来也不知道在中国会有任何外国人能像她那样赢得这么多中国人的信任和喜爱。而她在同情中国人的过程中也付出了许多，因为毫不夸张地说，她是在"跟他们一起受苦"。教会里的女基督徒们自发和自费地将她的一张肖像照片放大并且装饰得很漂亮，然后把它挂在一个完全自立的中国人教堂里。同时她们还做了一个漂亮的黄铜墓碑，将它镶嵌在教堂的墙上，并且专门为此举行了一个纪念仪式……上海的三个长老会教堂全都参加了这一在工作日举行的仪式，而且这个仪式令人印象深刻，时间也特别长，超过了两个小时——但这只是因为中国人喜欢这么长，并认为这么长才合适。

在葬礼举行之前，我在报纸上登了一个广告，请求来参加葬礼的朋友们按照她对此的看法不要送花，而是将因此省下来的钱捐给济良所。结果募集了好几百元钱，当时我们决定将这笔钱作为核心，设立一个基金，以便能在济良所的所址上创建一个费玛丽纪念医院。从那以后，又有数百元捐款进入了该基金，医院大楼的计划已经确定，其费用至少需要一万元。假如玛丽地下有灵，恐怕没有比这个消息更能使她感到高兴的了——也许她确实有灵？

可惜她受上帝召唤而去时，我没有机会跟她在一起，我早几个星期回到了上海，当电报传来之时，我正在浦东的一个传教站。但所有这一切都是在无限的爱中安排的，无可挑剔。罗伯特、乔伊和雷全都马上赶到了牯岭，并将玛丽的遗体运到了上海，葬礼仪式在上海青年会的殉道纪念堂举行，参加者众多，纪念堂内爆满。

至于我本人，我为她能与主同在的喜悦而禁不住感到喜乐，因为过去她一直渴求和希望上帝的再次降临。如果她幸免于难，我担心她会承受更多的痛苦和虚弱。范德伯格医生说过，他不认为玛丽离开牯岭的话，还能在别的什么地方生活。

我自己健康状况良好，我很幸运有爱丽丝在我身边，来维持北京路18号那个家的运行。

致以真诚的问候，

你真诚的，

费启鸿

在他的日记中，费启鸿写道：

爱丽丝和我于1920年3月去美国的伯克利和洛斯加托斯访问了朋友们。约翰兄弟是一个无助的瘫痪者……回到中国，9月12日到达上海。

在1920—1921年间的秋季、冬季和春季，爱丽丝和我住在斯帕克曼先生的家里（兆丰路第8号，北京路18号的美华书馆地产在我回美国休假前已被卖掉）。

这是他在日记本中的最后一笔记录，除了从封底后面往前数的47页纸，那上面还记有校友笔记、简明家谱、各种笔记、故事、圣经引语、鸦片危机，以及演讲的题目。

费启鸿之死

1923 年 2 月 17 日，78 岁的费启鸿本人因患肺炎而去世。他被埋葬在八仙桥陵园玛丽坟墓的旁边。为他发布的一篇颂词这样描述了他在上海的生活：

> 1888 年他受召唤来到上海，以接管已成为远东最大出版社和全世界最大的基督教传教使团出版社的美华书馆。它位于上海公共租界中心的一幢大型的三层楼建筑之中，而且不断地有来自全世界的学者、科学家和政治家来访问它。费启鸿一家人住在这个大楼的顶层。他除了要管理这个传教使团出版社之外，还主编了《教务杂志》（*The Chinese Recorder*），这是一份具有广泛中外读者的宗教月刊，除了中国之外，还在其他国家发行。在他的敦促下，美国海军基督教青年会委员会最终成立，而且他成为该委员会的首任主席。它对于那些远离祖国的年轻人具有很大的基督教影响力，其中有些人后来作为传教医师又回到了中国。①

一篇没有注明日期的报纸文章报道如下：

---

① "The Reverend George Field Fitch, D. D. ——Founder of the Fitch Clan in China," undated typescript, probably by Geraldine (Townsend) Fitch, wife of George Ashmore Fitch.

费启鸿牧师，神学博士

葬礼

星期一下午，当着一大群朋友的面，费启鸿博士的遗体被下葬在八仙桥陵园他妻子的坟墓旁边。不顾他临终前的请求，还是有一些朋友给他送了花圈。励德厚（H. K. Wright）牧师主持了他的葬礼。在哀悼者中有死者的两个女儿——高伯兰夫人和爱丽丝小姐——和他的孙辈以及肯普顿夫人，费吴生的岳母。当费启鸿去世时，他的儿子费吴生因患白喉而正在住院，直到星期一才回到家里。然而他还是不能够出席在陵园坟墓旁举行的葬礼。葬礼上的护柩者分别是章嘉理（C. F. Johnson）医生、毕嘉罗（C. E. Patten）博士、海慕华（E. M. Hayes）先生、杜礼思（C. W. Douglass）、鲍咸亨（Y. H. Bau）、王亨统（Wang Han-tung）、钮立卿（L. C. Niu）和董先生（Z. H. Tong）。

费启鸿纪念教堂

为了纪念乔治和玛丽，人们募集了一笔基金，以建立起一个教堂。这座名为"鸿德堂"的纪念教堂坐落在上海多伦路上。这并不是一个小教堂，而是一个规模宏大的教堂，是上海为数不多的大教堂之一，同时也被认为是上海最美的教堂之一。这是一座具有中式风格的建筑，外墙用的是黄砖，另有高耸的橘黄色柱子直冲而上，支撑着一个具有寺院风格的曲线大屋顶，屋顶上覆盖着绿色和蓝色的琉璃瓦。[①]

---

① "Mrs. Mary, 'Marmsie', McLellan Fitch" op. cit.

在建中的"鸿德堂"，1928 年

使用中的"鸿德堂"，2017 年

乔治去世五年之后，1928 年 10 月 13 日《北华捷报》（*The North China Herald*）登载了一篇报道，其内容如下：

上海的新教堂

为纪念费启鸿夫妇而捐献

基督教运动可喜可贺，大上海在各战略要点不断出现美丽现代教堂建筑的基础上又添一座新教堂。

礼拜天下午，有1000多教众参加了多伦路上鸿德堂的开堂仪式。这座教堂完全是在中华基督教会沪北堂的中国人监理下建成的。它是费启鸿博士夫妇的纪念教堂。在一个几乎长达半个世纪的时期中，费启鸿夫妇将其大部分的生命融入了上海的基督教运动。

教堂首建于1882年

这座教堂最早是于1882年由美国长老会传教使团建造的，该差会的驻地位于北京路18号。在最初35年中，我们就是在那儿的思娄堂（娄理华纪念小教堂）里做礼拜的。由于美北长老会位于北京路的地产被出售，所以在过去10年中，我们改在四川北路的美华书馆小教堂里做礼拜。

自从美北长老会教堂在45年前创立以来，教众不断得以增加，目前已达到了400—500人。教堂成员中包括了上海最成功和最受尊敬的工商业家，其他成员还有中华基督教青年会和类似组织的领导人。教会中的年轻人尤其积极地推动社区内的各种基督教社会服务计划。

新建筑

新的教堂建筑外饰黄色砖墙，内是钢筋混凝土，其结构相当漂亮。它具有中式建筑风格，是上海同类建筑中最美丽的一座教堂。教堂配置有一个750座的礼堂，底层有教室、幼儿园、祷告室等，更别提毗邻教堂的一座漂亮的牧师住宅。

整个配套设备花费了12万元，其中美北长老会差会提供了3万元，费启鸿夫妇的长女都克夫人捐了3万元，教会成员们捐了6万元。教堂建筑是捐献的，没有欠账。参加教堂奉献服务是一种不寻常的经历，因为你不必用任何奉献来支付最后的欠账。

开堂仪式非常有趣。来自中华基督教会闸北教堂和鸿德堂的一个大型交响乐团贡献了开堂仪式的音乐部分。上述这两个教堂的牧师，跟路崇德（J. Walter Lowrie）博士、费佩德博士、诚静怡（C. Y. Cheng）博士、应书贵（S. K. Ying）先生和陈金镛（K. Y. Chen）牧师一起参加了开堂仪式。鲍咸昌（Y. C. Bao）先生，商务印书馆的经理和创始人之一，主持了开堂仪式。鲍先生是该教堂的一位长老，他的父亲是该教会的首位牧师。

鸿德堂可喜可贺，竟拥有如此美丽和便利的设备，以用于礼拜仪式和社区服务。

该教堂的奠基石上用中文繁体字铭刻着以下字样：

爾所建之殿，爲永固我名之所。我使之成聖、

我將目覩心思，恆久不已。

这段话来自《旧约·列王纪上》9：3：

"鸿德堂"的奠基石

> 我已将你所建的这殿分别为圣，使我的名永远在其中；我的眼，我的心也必常在那里。

在第二次世界大战中，一颗日本人的炸弹穿透了这座教堂的阁楼，但却是颗哑弹。战后，人们发现了这颗哑弹，并将其移走。甚至在"文化大革命"期间，它也幸免于难，只是后来改名为鸿德堂。如今它是一座不分教派的基督教教堂，每个星期天提供三场礼拜仪式，大约有2000名教区居民参加。

人们可以想象，乔治和玛丽一定会对此感到高兴。

附录　关于传教使命的布道文

基督教传教使团[①]

我们正在大清帝国从事传教活动——这个帝国广袤无边，而传教士同工却凤毛麟角。

长老会在华传教士费启鸿牧师在中国工作了九年之后回国休假，正在这个城市里访问他的一位亲戚。上个星期天早上，他在公理会教堂布道，讲述基督教工作在大清帝国中的进展。以下便是他那天所讲的布道文：

《罗马书》10：14—15

"然而，人未曾信他，怎能求他呢？未曾听见他，怎能信他呢？没有传道的，怎能听见呢？若没奉差遣，怎能传道呢？"

---

① The Times and Gazatte. Redwood City, San Mateo Co., CA: Vol. XXII, Nos. 20, 21; 14, 21 Aug. 1880.

在上述经文中有一个对于传教的简明论证，而且它几乎不需要我来进行阐发或论证。然而，让我来提醒大家一些跟这个话题有关的伟大事实，简单看一眼这个国家的某些区域，并且看一下吾主耶稣的追随者进行基督教传教的工作，也许对大家还是有好处的。你们也许听说过伟大的惠特菲尔德①的神奇力量，他能够驾驭听众们，使之在听演说时哭得撕心裂肺，而在关键时刻到来时又能够为他所描述的基督教事业而慷慨捐赠。我并没有掌握这种能控制你们感情和钱包的演讲术。但我掌握了事实，简单的事实，只要我们正确思考，就可以引起我们最大的兴趣并激发我们最深切的同情。但愿我能带领你们穿越 6000 海里太平洋水域，把你们放在通往杭州或苏州周边美丽群山上那些星罗棋布古刹的道路旁。看看那些从早到晚，直至深夜，从你身旁经过的众多路人。看看那些朝圣者长着蓬乱的长发和没刮胡子的脸，额头上有一根银箍，他们已经疲惫地走了很长的路，每走三步，就俯身躺平，用额头去磕石板路面，嘴里不停地念叨"南无阿弥陀佛"。停留在你们所在的地方，日复一日，周复一周，你可以看到，从你们身边走过的人群络绎不绝。走进这些名刹之一，可以看到那儿烟雾缭绕，有一排排的蜡烛，穿着袈裟的和尚、镏金的佛像、在菩萨前烧香跪拜的善男信女，嘴里在不断地念经。听着叮当的铜钱声，眼见着穷人那些好不容易挣来的钱都进了那个肥胖而懒惰的和尚的钱箱里。要知道这一切都是为了要获得罪孽的救赎，以及属灵和属世的祝福。要知道许多人是打心底里相信这些说法，而另一些人虽然怀疑这些说法，但仍然因为害怕而不得不这么做。难道他们的祖先几百年来不都是这么做的吗？难道他们对于同样这些菩萨的许愿没有如愿吗？难道中国这么一个古老而强大的民族真的有可能不能得救吗？请你们想象一下中华民族有多么的大，不是成千上万人，也不是数十万人，而是数万万人。假如你要一个一个地来数这些人，每天数十个小时，你们知道需要多长时间吗？据估计，中国的人口有三亿，这个数字被很多人认为是过于保守，要

---

① 也许是乔治·惠特菲尔德，这个闻名遐迩的牧师曾经在英国和美国殖民地至少布道 18,000 次，受众也许在一千万人以上。通过煽动性的结合戏剧性故事、宗教修辞术和帝国主义傲慢情绪，惠特菲尔德能够轻松驾驭大批听众的情绪，使之听得如痴如醉。

数完的话需要 23 年。再假如说把美国的全部人口，男人、女人和孩子，都分散掺杂在中国人口中间，那么每六个人当中才能有一个美国人。这是多么庞大的人口啊！当你们和我在不久之后站在上帝面前接受最后审判的时候，该有多少中国人的灵魂同时出现在那儿啊。

为了把这件事更加清楚地展现在我们面前，大家请先注意到：

1. 目前一些跟传教工作有关的事实。

2. 以何种方式，并由谁，来执行这些传教工作。

3. 我们在传教工作中的个人职责，因为假如我们能唤起对于传教工作的同情，但依然没有认识到，我们在这件事情中应该有自己的个人兴趣和责任，那样的话，还是没有用的。

第一，请让我指出那个已经打开的门。50 年前，有一些传教士可以被看见试图在当时南方唯一的口岸城市广州谋得一块可立足之地。最严格的预防措施和小心谨慎是必要的，否则就会有传教工作被禁，人身性命难保的危险。直到 1842 年，中国才对传教工作开放，即使在那时，也只限于一个非常小的范围之内。现在传教士可以勇敢地前往中国所有 18 个行省，而且我可以说，是可以比较安全地去那些地方。他可以在街上布道，也可以在小教堂里，可以分发书籍，可以租房子，建小教堂或住房，使自己的权利得到保护，在几乎所有的例子中，都是通过中国官员的帮助。当我们意识到，中国核心的 18 行省（这并不包括蒙古、东北、西藏等）从东往西有 1355 英里宽，从北向南有 1669 英里长，即拥有一块约二百万平方英里面积的中部国土时，我们就知道传教士不必再局限于在一个狭窄空间里苦苦挣扎。整个大清帝国拥有五百万平方英里的国土，几乎是美国的两倍。现在传教士可以去到这个庞大帝国的每一个角落。中国也发生了很大的变化。九年前的 3 月，当我首次访问苏州，贸然上街时怀着极大的勇气。尤其是当一位女士出现在公众面前时，就像是打响了发令枪，使得一大群人从各个方向向我们疾跑过来，尽管以中国人的信用而言，我们从未受过虐待，然而我们却经常感觉到，我们离一个爆炸物的距离之近，简直到了危险的地步。现在苏州城里已经有了两处外国人的寓所、大约九个小教堂，以及两个寄宿学校，约有 30 名学生。一位女士可以在没有危险的情况下穿越整个城区，尽管还会有人盯着她看，并且骂一些难听的话。

你可以坐上一条本地人的船，穿越乡间，访问一个接一个的村庄，以及一个接一个的城市，花数月时间把基督的福音传到新的地方，而且几乎不会遇到任何抵抗。中国最常见的水运模式（尤其是在华中地区）非常适合于价廉物美的旅行条件，每天只需花五角钱或一元钱，就可以雇用一条住家船和船工，把我们送往我们选择要去的任何地方。我们带上自己的食物和铺盖，就在船上吃饭和睡觉。这条船在旅行途中就成为我们临时的家。

我们的权利还受到了中国官员们的保护。他们已经发现——尤其是在他们跟英国打交道的时候——假如杀死一名外国人，那将会是一件代价昂贵的事情。高官们因没能通过司法程序对外国人实施适当保护而立即被剥夺了官位。关于这一事实的认识迄今似乎已经传遍了每一个地方，在大多数地方，官员们似乎已采取一切措施来确保在中国内地旅行的外国人的安全。这完全符合条约中的条款，即我们可以去任何一个地方宣传基督教的宗教真理。

其次我们可以注意到，有一个已经准备好的文献。1818 年，或 62 年前，《圣经》全书就已经被翻译成了中文文言文。最近，《圣经》又被翻译成了中文官话——它比文理要更加易懂——它更方便于诵读，也更方便于听众的理解。《圣经》还被翻译成了好几个地方的方言，如上海话、宁波话、福州话和广州话——这些方言差异很大，都需要有单独的译本。

还有大量的宗教小册子——它们有的是译文，有的是为了传教工作的特殊需要而最新撰写的。神学、天文学、自然哲学、国际法和科学等领域的中文著作都会被传教士所利用。为了提供这些书籍，在北京创建了一个美国公理会的出版社，在上海有一个美国长老会的出版社，而在福州有一个美以美会的出版社。有的传教使团出版社就像美华书馆那样，每年可以产出数千万页的出版物。

那么在大型葡萄园中的劳工情况又如何呢？在苏州这么一个单独的城市里，人口居然有 50 万，即相当于最近一次人口调查中加利福尼亚州三分之二的人口，但城里只有四个男传教士及其妻子们和一名单身女传教士。然而这只是部分的真相。苏州城的方圆 30 英里内一共有五个有城墙围绕的城市，还有几十个村庄，其中有些村庄在美国会被考虑为城市，可是在中国，倘若没有城墙围绕，就不能算是城市，尽管那儿的人口已经达到了三万或四万。在方圆 60 英里范围内的城市和乡村数量要多两三倍。然而在所有这个区域里，并无一位新增的传教士。以苏州为省会的江苏省为例，它的人口据估计在 43,000,000 上下，或相当于十年前美国的总人口。在这个省内，有以下这些传教士：苏州的传教士前面已经提及；在江苏北部的镇江和南京有二至三名传教士；在上海还有 7 名传教士。另外，上海还有两三名传教士在创办美国圣公会的一个教会学校。让我们总结一下：16 名传教士对 43,000,000 江苏人口，或每 2,500,000 名中国人只有一名传教士。加利福尼亚州人口的三倍，但只能有一名传教士来给他们布道，这就是我们在江苏省境内遇到的情况。这也不是全部。还有一些内地的行省人口超过了或几乎有 20,000,000 人，但却连一名传教士都没有。

然而，面对这样的事实，许多人会说："哦，我们必须尽一切力量先办好国内的传教使团。我们必须切实做到，国内所有人都成为基督徒。只有到那时，我们才能谈论派传教士去遥远的国度传教。"按照这个原则，你就必须永远等待，因为上帝绝不会祝福这么心胸狭窄的基督教。早期的教会并不是这样做的。保罗并没有逗留在耶路撒冷，或隐身于自己的同胞中间。圣灵也没有说要等到所有的犹太人都皈依基督教，而是说了什么？"要为我分派保罗和巴拿巴，去做我召他们所做的工。"而这就是把福音带给远方的人们。下面这句经常被人引用的谚语真是有害无益，"博爱始于家中"。谁这么说的？博爱就是爱。吾主耶稣基督是怎么说的呢？对上帝最大的爱，爱邻人如爱己。邻人是指谁？他不一定是同城的人，也不一定是同民族的人。就像基督对犹太人所说的那样，他可能是撒玛利亚人，一个被憎恨的种族。对于我们来说，这个邻人可能是，必须是，中国人。他们是一个被憎恨的种族吗？但愿上帝宽恕我们这么说。他们有同一个创造者，对同一个审判官负责，并将肩并肩地与你和我一起站在上帝的面前，上帝并不偏袒任何人。

至于国内的传教使团，请你做好国内的传教士。你能够，也应该，这么做。

但由于你尊崇吾主耶稣的教诲，永远不要让国内传教事业削弱你对海外传教事业的兴趣和责任感。美国的每一个男人和女人都处于可拯救的状态，也就是说，只要他们愿意，就可以被拯救。他们已经听说了耶稣基督对于生命和不朽的奉献。他们只要愿意，就可以来皈依基督教，并得到拯救。这儿有《圣经》、福音传道人、基督徒、开放的避难所、安息日和上帝的话语，有什么可以阻碍他们？

然而对于数以万万计的中国人、日本人和印度人来说，他们几乎从未瞥见过一丝阳光，几乎从未听说过上帝关于宽恕之爱的低语和被钉在十字架上那救赎主洁净的宝血。

"滋润人的，必得滋润。"① 把福音传到这些地方去的人必得祝福。这就是"给予不会让你贫穷"。

第二，现在该由谁来完成这伟大的工作呢？除了上帝的子民，就是这儿和其他基督教国家的人民，尤其是这个国家的人民。"未曾听见他，怎能信他呢？没有传道的，怎能听见呢？若没奉差遣，怎能传道呢？"② 教会必须唤醒它对于海外传教的职责。它必须慷慨地拿出自己的珍宝；它必须教育和供奉年轻的基督徒去海外传教。父母必须告诉他们的孩子们，当地人"由于盲目，向木制或石雕的偶像行礼"，必须教他们为传教事业捐献和祈祷。我们必须更加经常地提醒自己，我们今天所享受的神恩，即开明政府、免费学校、文明等上帝赐福，是的，这一切都来自耶稣基督的宗教。我们应该关上闸门，以防这种神恩流向其他国家吗？不，尘世间所有的王国皆为吾主的王国。"是照亮外邦人的光。"③ 这光能通过我们放射出去吗？对于这个国家的当代教会来说，它是否会参与这场伟大的征服只是说说而已。毫无疑问，它在某些事例上显得过于心胸狭窄和自私自利。在过去这两年中，我知道有两名年轻人向长老会自愿报名要去中国当传教士。对于他们其中之一，海外传道部被迫答复："我们现在没有钱，请你等待我们的召唤。"结果这个年轻人再也没去成，因为他已经成为教区牧师或担

---

① 《旧约·箴言》11：25。（译者注）
② 《新约·罗马书》10：14—15。（译者注）
③ 《新约·路加福音》2：32。（译者注）

任其他职务而不能够再脱身。长老会对另一名年轻人说："由于国内的传教事业太需要你了，所以我们不能派你去中国。"于是他们拒绝放他走。这就是"屯粮不卖的，民必诅咒他"①。

第三，我们在海外传教中的个人职责。为了能更加清楚地说明这一点，让我们首先努力摆脱一些偏见，甚至错误的观念。在这些偏见中我可以提及一个很普通的例子，即寄钱去异教国家，或在当地人中间传教代价太大。许多人会这样告诉你，你有时也会从报纸上读到这样的言论，即寄一美元就要花一美元；换言之，你必须捐两美元，才能将一美元寄到特定的地点去。而真实情况是怎么用的呢？在美北长老会里，你捐的一美元能有 96 美分被直接用于在华传教事业上。在美国公理会里，这个百分比几乎是一样的。在其他一些传教使团里，我看过这方面的数据，虽然手头并没有，我记得最高的寄费比是 8 美分，即一美元中有 92 美分用于实际的传教工作。其余就只是组织费用了。另外，我从未听说过有人曾挪用或贪污捐给海外传教事业的一美元。我怀疑可能找不到任何一个世俗机构能像我们的海外传教使团那样，在日常经营过程中始终秉承节省、明智和诚实的主旨。

另一个很普通的印象是，中国人不可能成为好基督徒。对此我可以回答，凡是相信上帝金玉良言的人都绝不会相信这一说法。是什么造就了我们？是谁使我们摆脱了祖先们很久前曾陷落其中之迷信和异教的黑暗？除了基督教焉有其他？它会在中国变得更弱吗？然而，我们不会仅仅依靠对这件事的信心来建立我们的信念。我在中国看到过和听说过的好基督徒并不亚于美国的好基督徒；他们随时准备舍己救人，如有必要，甘愿为基督的十字架受苦。

在宁波城里住着一位石匠，他是长老会教堂的成员，是支持福音传播的慷慨捐助者。去年冬天，他在苏州承接一个劳务项目时，给当地的一所教会学校捐了 10 元钱。考虑到他的背景情况，这被视为是一笔慷慨的捐赠。在从苏州回宁波的路上，他被强盗抢走了差不多 60 元钱。过后不久，苏州的一位传教士收

---

① 《旧约·箴言》11：26。（译者注）

到了他寄来的一张40元银票，还附了一封短信，上面写着："当我跟你在一起的时候，我本来是想给你们学校的穷孩子们更多钱的；但是我还没完成这件事就走了。在我回家的路上，上帝训斥了我，所以我现在再给你寄上40元钱。"我想问一句，在基督教的美国，有多少人会像他那样，对于上帝的"训斥"做出回应呢？

在与宁波差会有关的一个传教分站里，住着一位在心里接受天恩的穷人。他很想把他的珍宝传授给他人，为此目的他偶尔会去临近的小村庄，将福音传播给村民们。以这种方式，他在把一些村民吸纳进教会一事上发挥了关键的作用。与同一个教会相关的还有一位家境殷实的油漆匠，他看到了这位穷兄弟的天赋之后，便对他说，假如他每周能一整天来做此工作的话，他就支付他在家干活一天所能挣到的钱。而穷兄弟的说教是如此的成功，这位油漆匠后来把每周一天的报酬提高到了两天的报酬。美国国内传教使团所干的事有点像这两位中国基督徒之间的故事。

大约八年前，我为昆山城里的两个人施行了洗礼。由于他们作为基督徒很难再找到工作，以及他们很难遵守安息日的规定，于是他们便开了一个小店，并且一起做点小生意，直到今年，他们中间的一个受召唤去了天堂。据我所知，这两个人从未以任何方式收到过传教使团的一个铜钱，而且他俩一直在我的关注和照顾之下。然而他们在生意失败时还能忍气吞声，并且高高兴兴地面对现实。在他们那个小店的一个角落里有一段中空的毛竹，"在每周的第一天"，他们会清账，然后将挣到的钱塞进那个毛竹储蓄罐，甚至"就像上帝赐予他们的一样"。他们的店在安息日都会关闭，在成千上万个中国小店中，他们这么做是独一无二的。他俩相处得如此和谐，以至于附近的人也感叹说："这两个人住在一起，就像是兄弟一般。"你们问我是否相信在中国人中有真正的基督徒？我知道的。在散布在中国海岸线和内地的教堂中有大约15,000名慕道友。作为一个整体，他们在热情和忠诚度上要比随机抽取的美国国内教堂同样数量的慕道友更高，只是在知识层面更低一些。有些中国人入教是否具有唯利是图的动机？美国人也同样如此，有时他们入教也动机不纯。在美国，以宗教为职业生涯是受人尊敬的，做一个始终如一的基督徒并不是进入上流社会的障碍。恰好相反。然而对于皈依基督教的中国人来说，情况就大相径庭。他被家人和同胞们视为是一种耻辱。他必须忍受迫害和蔑视。他的名字被人认为是卑鄙的，他很难在社会上立足，靠努力工作为生。我一点也不想否认，中国人中也有弱者，或者偶尔也会有人跌倒。如果不是这样的话，那就太奇怪了。但也有更好的例子来说明上帝的恩典和力量能做些什么。还有一些中国男女发展出了崇高的基督教男子气质和女子气质。

在那个国度你们可以看到打开的门、修好的路和对于上帝子民的祝福。那么你们对于这项伟大工作有什么个人兴趣和责任呢？很多人似乎认为，这种事应该归教会管，而教会的肩膀足够宽——能够承受几乎任何负担——他们忘了教会也是由许多个人所组成的。我们想要的是你个人的同情，以及你表达同情的捐赠和祈祷等行动。基督说："你们往普天下去。"你说，你不能去？好，那你可以派别人去。你不能捐很多钱？不，你可以用祈祷来帮助海外传教事业，再加一点上帝的祝福，就价值成千上万，你只是从未想过更多。

关于海外传教这一话题，我们需要增加更多的知识——了解更多的地方和人。在过去几年中，尤其是各种女子海外传道部出现之后，我们在这方面已经有了很大的进步。然而还有许多可以改进的空间。让我问一下，你们是否阅读传教士的期刊，《传教士先驱报》（*Missionary Herald*）或《海外传教士》（*Foreign Missionary*）？没有兴趣的人是无法更好地为海外传教事业服务的，而没有阅读习惯的人是无法培养出兴趣的。

与此同时，不幸的人们正在陨落。他们走向死亡的规模不是成百上千，不是成千上万，而是数以百万计。你和我是否要安静和漠然地坐在那儿，聆听那些濒死之人的哭号，但从未做出回应——给予所需的救助就在我们的能力范围内，但却从不伸出援助之手？